森田繁子と腹八分

MORITA SHIGEKO
HARA HACHIBU

KAWASAKI AKIKO
河崎秋子

徳間書店

森田繁子と腹八分

目次

装画　加藤休ミ
装幀　アルビレオ

第一章　鉄砲と書物

札幌《さっぽろ》から車で一時間ほどに位置する町の国道を、品川《しながわ》ナンバーの赤いＢＭＷが軽快に走っていた。スポーツタイプの車体には曇りひとつない。

車は道の駅手前一キロ地点で、左にウインカーを出した。およそ地元の人間しか利用していないような細い道をスピードを落としつつ、しかし迷う様子なく突き進む。道の両脇に広がる野菜畑で雑草抜きをしていた老夫婦が、怪訝《けげん》そうに首をかしげた。

「奥の四谷《よつや》さんとこのお客さんかね」

「にしたって、派手《はで》すぎねえか。さらに奥の、先月札幌から引っ越してきたナントカって人の客でないのか」

「ああ、そうかもね」

道を進むごとに、国道からはほとんど視界に入っていなかった小高い緑地がどんどん近づいてくる。

そこでようやく車はウインカーを出し、道沿いに「四谷農場」という古い木の看板が出ている敷地に車体をすべり込ませる。犬小屋に繋《つな》がれた茶色い中型犬が見慣れない車の来訪にワンワンと遠慮《えんりょ》なく吠えたてた。

車庫で聞き慣れない重低音のエンジン音と愛犬チロの吠え声を耳にした四谷登《のぼる》は、機械油を差していた手を止めた。

そういえば今日は、電話で頼んでいたコンサルタントが顔を出す日だったか。うっかり忘れていたな、と反省しながら登は首に巻いていたタオルで額の汗を拭《ぬぐ》った。

「営農診断だけでなく、とにかく色んな相談に乗ってくれるから。この人に頼めば後悔はしないよ」と農協の知り合いがしきりに薦《すす》めるので連絡してみたが、実はその言葉を完全に信じているわけではない。

取りあえず少し話をしてから考えるか。そう考えながら車庫を出た登の耳に、張りのある声が飛び込んできた。

「こんにちは。四谷さんですね。お電話頂きました、森田《もりた》アグリプランニングの森田繁子《しげこ》と申します」

声の主を見た登の表情筋が一瞬こわばる。目の前には、六月の穏《おだ》やかな光に包まれる農家の敷地にはおよそ似合わない、やたらと派手な女がいた。

艶《つや》のある深紅《しんく》のパンツスーツに、耳たぶで揺れる大ぶりの金のイヤリング。首元には金チェーンの模様が入っている紺色《こんいろ》スカーフが巻かれ、足元は赤いハイヒールといういで立ちだ。

濃いめのアイメークに、薄茶色の巻き髪の頂点には紫色の大きなサングラスが乗っている。横一文字に結ばれた唇《くちびる》は、真っ赤でつやつやした口紅で彩《いろど》られていた。

そして、派手な装《よそお》いと同じくらい目を惹《ひ》いたのは、その体格だった。大きい。特に、横に。身長は百六十五センチの登と同じぐらいだが、優に百キロは超えているように見える。しっかり太い手足と貫禄《かんろく》のある腹部がそうパツパツに見えないのは、服の仕立てが良いからか。

今年六十二歳になる登は繁子の装いにうっすらと覚えがあった。そうだ、三十年ぐらい前、まだ札幌で勤め人をしていた頃、バブルの頃はすすきのの若い女たちがこんな感じの格好《かっこう》をしていた気がする。もっとも、紹介者の話では五十代女性とのことなので、ひどく若作りに見えてしまうのだが。

登が森田繁子と名乗った女を呆然《ぼうぜん》と眺《なが》めていると、彼女はカツンとハイヒールを揃えて頭を下げ、有名ブランドのショルダーバッグから名刺《めいし》をスマートに取り出し、濃いピンクのマニキュアに彩られた指で差し出してきた。

「よろしくお願いします」

「あ、ああども。農協に紹介してもらって電話しました、四谷です。すんません俺は名刺なくて」

登は慌《あわ》てて頭を下げながら名刺を受け取って確認する。「森田アグリプランニング」と凝《こ》ったレタリングで印刷されたそれは、インクも紙も非常にしっかりしたものだった。

「ええと。じゃ、とにかく家あがってもらって、お話でも」

「いいえ、差し支えなければ、お電話で伺《うかが》った奥のお宅にすぐ向かいたいと思います。四谷さんこれからご都合いかがですか」

「いや、俺は別にいいけど、でも」

「初顔合わせで交渉進めることは致しませんよ。あくまでご挨拶《あいさつ》のみ。どんな方なのかお会いしておかないと、対策の立てようがありませんから」

繁子はふっくらとした頬をさらに丸めてにっこり笑った。派手な外見と見事な腹部由来の張りのある声に惑《まど》わされるが、言い方は柔らかく、かつ説得力があるな、と登は感じた。

「あ、ああ。取りあえず会うだけなら。ここから奥は砂利道になるから、うちの軽トラ出すんで、一緒に乗っていってもらえますか」

「ありがとうございます。では失礼、ちょっと靴替えますね」

そう言うと、繁子はＢＭＷの後部座席からなんの飾り気もない白いスニーカーを取り出した。さらにスポーツメーカーの黒いウインドブレーカー上下も取り出して、スーツの上から着込む。結果、やたら濃い化粧をしたウォーキングおばちゃんが目の前に現れた。胡散臭《うさんくさ》さは変わらないが、スーツよりは余程いい。

……印象操作で人を煙《けむ》に巻いてんのかな。まあ、ひとまず言う通りに先方と顔合わせさせてやれば、その後すぐ断っても紹介者への面目は立つか。そう思いながら登は車庫の奥から軽トラックを表に回した。

四谷農場を出た軽トラックは、こんもりと緑が茂る小山の道をガタガタ進んでいく。助手席の繁子は真っすぐ進行方向を眺め、凸凹《でこぼこ》道に合わせて丸い体をボヨヨンと揺らせていた。

「四谷さんのお宅から何キロぐらいですか」

ふいに繁子が口を開き、助手席をチラチラ見ながら運転していた登はびくりと身を硬くする。

「あ、えーと、道なりに二キロってとこですね」

「直線距離だと？」

「一キロちょっと、ぐらいかな」

頭の中でざっと〝隣家〟との距離をはかりながら、登は小さくため息をついた。

「申し遅れてましたが、正式依頼については今回先方にお会いした上でご検討ください。お役に立てれば嬉《うれ》しいですが、もちろん断って頂いても問題ありません。では、お電話でお困りごとの内容は伺ってましたが、事前に確認させて頂きますね。間違った箇所があれば指摘してください」

「あ、はい」

「まず、四谷さんが今回ご依頼になったのは、これから伺う移住者さんとの間に発生したお困りごとについて、ですね……」

繁子はおもむろに黒いウインドブレーカーのジッパーを開くと、その下のスーツの胸元からファイルを取り出し、読み上げて確認していった。

もともとその土地は近所の農家が所有していた南向きの山林の一部で、年取って札幌に移り住むため手放すことになった。

農地に関しては農業委員会を通じて近隣農家が無事引き継ぐことになったが、山林については管理に手間がかかることもあり、積極的に引き取ろうという者が出なかった。

「かといって、妙な業者が伐採《ばっさい》してソーラーパネルとか設置したらと思うと、不安になっちゃって」

「胆振東部《いぶりとうぶ》地震とか、ありましたしねえ」

繁子がぽつりと呟《つぶや》き、「ああ……」と登も頷《うなず》く。テレビに映った空撮画像に登と妻は震えあがった。自分たちもまさにあんな地形で営農をしているのだ。そこの木を切られ、構造物を置かれてはたまらない。

結局、その山林は離農農家の遠縁だという札幌の三十代の女性が購入することになった。システムエンジニアで、田舎で暮らしながら在宅でも仕事を続けられるらしい。

「新型コロナで大変だった時以降、リモート、地方移住もずいぶん増えましたものね」

「ああ、その人もうちの町を気に入って移住してくれたそうなんで、地元民としては嬉しいことなんですけども」

もともと山林のうち少し平らな一角は大昔に農家が入植した跡地で、後から作業小屋として建てられたミニログハウスには水も電気も通じている。さすがに光回線は開通していないが、ポケットWi－Fiと市街地のコワーキングスペースを使えば仕事に支障はないそうだ。

二カ月前、菓子折りを手に引っ越しの挨拶に来た坂内《さかうち》みずほという移住者は、登の目からすると礼儀正しくて声の小さい、一言で言えば陰気な女性だった。登も妻も、慣れない田舎の一人暮らしだ、何かあったら手助けするよと特に考えるでもなく応じた。

「女性の一人暮らしとのことで我々も少し心配したんだが、どうも結婚して将来ここで一緒に住む予定の男性がいるとかで。なら安心して見守っていけるなと」

「なるほど」

登も元サラリーマンの身だ。鄙《ひな》びた静かな環境で新たな生き方を模索する、そのメリットデメリットを共有できる部分はある。出しゃばってはいけないが、もし困っている様子があれば力になってやろう。そう思っていた。

「でも、彼女が引っ越した翌月には、問題が発生したと」

「そうなんだよ」

登は大きなため息を吐《つ》いた。この辺りの農家の主人は皆、害獣駆除用《がいじゅうくじょ》の猟銃《りょうじゅう》を所持している。畑に入り込んで作物を蹂躙《じゅうりん》するエゾシカ駆除は欠かすことができない。今までは山林に逃げ込んでも追いかけて仕留めることが可能だった。

それが、引っ越してきた彼女によって突如《とつじょ》待ったをかけられたのだった。

「確かに、山林の一部は彼女が購入した土地ではあるんだが、山の一カ所だけハンターが入れない地域が発生すれば鹿どもはすぐにそこに逃げ込んじまう。どれだけ警戒していても、油断すると食われてひどい有様だ。壊滅的《かいめつてき》でこそないが、手塩にかけて育てた野菜が少しでも食われると、作る側としちゃがっかりしちまう。鹿の方は農家のそんな気持ち、分かってくれるわけじゃないし」

「お気持ち分かります。害獣にとってあの山は最高の安全地帯ですものね。ハンターの姿を見ればすぐに逃げ込めばいいわけですし」

当然、登たちはハンター仲間と共に彼女の説得にあたった。確かにここはあなたの土地だが、鹿はそんな区分関係なく逃げ込んでしまう。もちろん小屋から十分な距離をとった上、方向も重ならないように重々気をつけて発砲するので、どうか立ち入りを許してほしい。

最悪、発砲できなくても、せめて鹿を追うために立ち入らせてほしい。どうか地元産業の事情を酌《く》んではくれないか。

「俺たちは平身低頭して頼んだし、苛《いら》ついた仲間が声を荒らげても、それを丁重《ていちょう》に詫《わ》びて協力を仰《あお》いだ。でも、彼女は身を縮《ちぢ》ませて首を横に振るばかりだったんだ」

「なるほど」

「そんな訳で、お宅に説得協力の依頼をした次第です。その、女、いや、女性同士の方が色々説明を受け入れられやすいとか、そういうこともあるでしょうし」

「なるほど、なるほど」

まったく同じ口調で繁子は繰り返した。登の背筋がうっすら冷える。

言葉を選んだつもりではあるが、農業コンサルタントという職業の実績は特に重視せず、外部の権威ありそうな女性を引っ張ってきて話し合いを成立させたい、あわよくば我々の要求を吞《の》ませてもらいたい、そういう魂胆《こんたん》が少しあったことは否定できない。

それを繁子に気取《けど》られるかもしれない。そう密かに怯《おび》えた。

しかし繁子は涼しい目元のまま、フロントガラスの向こうを眺め続けている。

「あの赤い屋根のお宅ですか」

濃いピンクの爪《つめ》が指す方向に、ミニログハウスの赤く塗られた屋根が見えてきた。もう六月、それも昼間だというのに、煙突《えんとつ》から薪《まき》の煙が細く立ち昇っている。建物の横に札幌ナンバーの白い軽自動車が止まっている。

登と繁子はハーブの鉢が並ぶウッドデッキを通り過ぎ、玄関の前まで来た。ドアには「SAKAUCHI」と彫られた木のプレートつきのドライフラワーのリースが掛けられていた。

「ごめんください。近所の四谷です」

登が声を張りあげても返事はない。繁子は軽自動車に目をやって在宅を確認してから、控えめにドアをノックした。

「こんにちは、坂内さん、いらっしゃいますでしょうか」

数秒後、室内で足音が響く気配があった。やっぱり女性を連れてきて正解だったか、と登が考えていると、鍵解除の音の後に、おずおずとドアが開かれる。

「はい、あの、四谷さんと、どちらさまで……」

姿を見せた坂内みずほは、草色のワンピースにショール、大きな丸眼鏡という、登の目には子どもに読んでやった絵本に出てくる婆さんのような格好だった。化粧っ気もない。

この辺りに住んでいる妻を含めた実際の婆さんがファストファッションなどの服をよく着ているのを考えると、三十代というみずほがこのような服装をしているのがどこか滑稽《こっけい》にさえ思えてしまう。

みずほはドアの隙間《すきま》から面識のある登の姿を確認し、さらに開いて繁子の巨体を目にして、目を真ん丸にして驚いていた。

まあ、無理もないかと登も思う。派手なメークの大柄《おおがら》なおばちゃんが訪ねてきて、戸惑わない方が難しい。さっきの自分もそうだった。

繁子は自分がどう見られるのか気にもしないのか、堂々とした表情でみずほを見つめ、丁寧に頭を下げた。

「突然ご訪問してすみません。四谷さんの知り合いで、東京の森田と申します。山の中に移住された若い女性の方がいると聞いて、仕事柄、ちょっとお話を伺いたく思いまして」

繁子が口にした内容に登は感心した。自分の素性《すじょう》と目的を全て晒《さら》してはいないが、嘘は言っていない。

「はあ……」

堂々と、臆《おく》する様子なく玄関に立つ繁子に、みずほは少なからず混乱しているようだったが、はっと我に返り、玄関ドアを大きく開けた。

「あ、あの。ではとりあえず、中へどうぞ」

「すみません。お邪魔致します」

みずほに促《うなが》されて、登と繁子はログハウスの中に入った。今まではウッドデッキにあるベンチセットで話し合いをしてきたため、登も室内に入るのは初めてだ。

森田繁子効果だろうか、と隣の繁子を見ると目が合った。真顔で頷かれたのでとりあえず登も頷き返しておいた。小さな薪ストーブの上に置かれた鍋から漂《ただよ》う小豆《あずき》を煮る匂いが室内を満たしている。

「散らかってますが、どうぞおかけください」

促されて、登と繁子はリビング中央の素朴《そぼく》なソファセットに腰を下ろした。

登が目をこらすと、横組みの丸太の間には真新しいコーキング剤が詰められている。冬場への対策だろう。

木の机にはパソコン、壁一面に本が並ぶ巨大な本棚。机の隣にあるパーティションの奥にはベッドが置かれているらしい。薪ストーブの前には、それこそ絵本のようなロッキングチェアまであった。

もとは離農した農家が作業兼休憩小屋として建てたというログハウスの内部は、みずほの手によるものか、1Kの非常に居心地の良さそうな空間に仕上がっていた。

「いいお家ですね」

繁子の感心したような声に、登も思わず頷く。理想の生活。脳裏にはそんな言葉さえ浮かぶ。

「いえ、そんな。片付けが苦手なので、なるべく物を持たないようにしてるんです」

謙遜《けんそん》しながら、みずほは手早くカモミールのハーブティーを淹《い》れてくれた。味はさほど感じられないが、湯気《ゆげ》とともに立ち昇る野草っぽい匂いは登も嫌いではない。

「それで、どういったご用件でしょう」

みずほは自分もカップを持って正面の椅子《いす》に座り、緊張した面持ちで切り出してきた。登が

「前に話した件だけど」と口を開こうとした瞬間、繁子がウインドブレーカーの胸元に手を突っ込み、名刺入れを取り出した。

「私、こういう者でして。東京で農業関連のコンサルタントをしております」

「あ、恐れ入ります」

みずほもデスクの引き出しから自分の名刺を取り出し、二人の間で交換が始まった。

登はふいに居心地の悪さを感じる。かつてサラリーマンだった頃は自分も名刺を持って仕事をしていた。しかし農家となった現在、名刺は作っていない。昔に戻りたい気持ちは特にないが、名刺一枚が自分にとって小さくともひとつの寄る辺となっていたことは間違いない。登は手持ち無沙汰《ぶさた》に挨拶を交わす女性二人の姿を眺めていた。

「森田繁子さん。農業コンサルタント、というと……」

「簡単に言えば農家さんのさまざまなお手伝いが仕事です。所謂《いわゆる》営農コンサルが主ですけど、うちの場合は結構なんでもやらせて頂いてます。六次産業化で何かやりたいという農家さんの商品開発協力から、百貨店バイヤーとの顔つなぎまで。その他、就農したいという方のご相談に応じることもありますので、坂内さんにぜひ農村移住の動機や、実際に住んでのご感想などを伺いたいと思いまして」

「そういうことでしたか」

みずほはほっとした様子でカップを口に運んだ。登は黙ったまま、二人の会話に耳を傾《かたむ》ける。繁子の言った就農相談というのは嘘でもないのだろうが、実際はみずほの事情を聞き出すのが目的なのだろう。

「さっそく伺いたいんですけれど、坂内さん、この地域に住まわれたきっかけは？」

「あの、遠縁の農家が山を手放すと聞きまして。仕事柄、ネット回線さえ繋がればリモートで業務できるものですから。もともと人が多いところは少し苦手で。それで……」

途切れ途切れではあるが、みずほは繁子に促されるままにこの場所に移り住んだ経緯を話し始めた。

おおむね登が以前に聞いた内容だったが、繁子は絶妙なタイミングで会話を引き出していく。

彼女が札幌中心部で生まれ育ったため緑豊かな場所での生活にずっと憧《あこが》れていたこと、仕事を終えてゆっくり本を読むのが好きなこと、できるだけ静かに、できれば婚約者と結婚後は小屋を建て増したりしつつ、子どもをここで育てていきたい、などのみずほの真意を登は初めて耳にした。

「では、坂内さんの今の暮らしはどんな感じですか？　一日の流れとか」

「ええと、だいたい日の出頃に起きて、お茶を飲みながらメールをチェックして……お仕事はなるべく早く終わらせて、夕方からはその辺をお散歩したり、ゆっくり好きな本を読みます」

「いいですねえ。緑が多くて、静かで。お友達とか遊びにいらしても、案内のし甲斐ありますものね」

「ええ、そうですね」

頷きながらも、みずほが〝お友達〟というくだりで少し視線を横にずらしたことに登は気づいた。繁子は婚約者を含めた知己《ちき》の意味で言ったのだろうに、このぎこちない感じは何だというのか。少し心に引っ掛かった。

「じゃ、今のところこちらでの暮らしは、十点満点中、何点ぐらいですか？」

「十点満点中……うーん……」

顎に手をやるみずほが、一瞬だけ登の方を見た。今度は登が視線を外す。彼女が静かに暮らしている土地への立ち入りという、彼女の意に沿わないことを要求している自覚はある。

「六……七点……ぐらいでしょうか」

「七点。随分いいですね」

大袈裟に手を広げ、ニッコリと繁子は感嘆《かんたん》した。案外低いですねと指摘されるとでも思っていたのか、みずほは眼鏡の奥で目を丸くしている。登は登で、案外みずほの評価が高いことに驚いていた。自分たちの介入のせいで、彼女の望んだ田舎暮らしが二、三点ぐらいの評価になっていたらどうしようかと、実は臆病になっていたのだ。

結局、繁子は三十分ほど身の上やら趣味についてのとりとめのない話を聞き出した。登は隣でただ会話に耳を傾け、お代わり含めて三杯のハーブティーを飲んだだけだった。

「本当に、ありがとうございました。移住された方の直接のお声を聞ける機会は限られているので、助かりました」

「いいえ、お役に立てたか心許《こころもと》ないですけれど。また何かありましたらいつでもどうぞ」

みずほは最初の頃から大分緊張も抜けて声が大きくなり、控えめな笑顔も見えるようになっていた。

「ではお言葉に甘えて、またお邪魔させて頂くかもしれません。ありがとうございました」

繁子は軽トラックの助手席から、外へ見送りに出たみずほに手を振った。車が動くと、運転席の登からは、バックミラー越しにみずほが軽やかな足取りでログハウスに入って行く姿が見える。

「随分、その、ゆっくり取り掛かるもんなんですね。はなから説得にあたって即時解決してくれるとは思ってなかったけども」

結局話を聞いただけなのか、という登の嫌味を酌んだのか無視したのか、繁子は平然と「まあそうですね」と明るく答えた。

「無理を通そうと思えば誰しも頑《かたく》なになります。お互いの事情を知らないうちに無理に折り合いをつけようとすると、大抵は禍根《かこん》を残しますから」

「これから徐々に、ということですか」

「ええ。急《せ》くのは良くないと思います。ゆっくりだからこそ、聞き出せることもありますし」

自信ありげに、まっすぐフロントガラスの向こうを見据《みす》える繁子を視界の端でとらえながら、登はふと思い返す。

そういえば、自分や狩猟仲間が説得の為に訪れた時は、田舎の事情を理解してもらおうと言いつのるばかりで、みずほの考えや事情に積極的に耳を傾けたことはなかったような気がする。

「それに、あの方。物静かに見えて、ずっとご自分のことを喋《しゃべ》りたかったのかなって思ったものですから」

「喋りたかった？　ああ、まあ、一人で山の中で暮らしてれば、そりゃ話し相手が欲しくなりそうなもんで。それに、俺ら農家もあの人の言い分も聞かず悪かったとは思うけど……」

「いえ、それだけではなくて」

繁子はウインドブレーカーの胸元からスマホと手帳を出し、画面を見ながら何かを書き付け始めた。

車内を流れるしばしの沈黙に耐えられなくなり、登が天気の話でも出そうかと思い始めた頃、繁子がふと「七点は、現時点では上等だと思います」と口を開いた。

「あの人、思ったよりはここでの暮らしを気に入ってるようで、俺は地元民として正直安心したかな」

「でもまだ足りません」

スマホの画面と手帳から顔を上げないまま、繁子は強い声で断言した。

「私が関わるからには八点、つまり八分《はちぶ》が目標です。トラブルが発生した場合、お互い事情を酌んで意見を譲り合ったなら五分五分です。そこにプラスアルファの提案をして、お互いに腹八分となるように調整するのが私の仕事です」

「なるほど……なるほど？」

どちらかが完全譲歩すればゼロ対十。等しく譲り合えば五対五。確かにそうなのだが、それを八対八に持っていくのは、かなり贅沢な話なのではないだろうか。

そんなことを登がつらつら考えていると、車は山道を抜け、住み慣れた四谷農場の看板が見えてきた。見慣れた軽トラが敷地内に入っても昼寝を決め込んでいた愛犬チロは、助手席から繁子が降りた瞬間に火がついたように吠え始めた。

ひとまず登は繁子を母屋《おもや》の中へと誘った。

「ええ、作戦会議と参りましょう」

繁子はウインドブレーカーの上下を脱ぎ、またもとの深紅のパンツスーツ姿になって頷いた。

登はまだコンサルを頼むと決めた訳ではないが、彼女の〝腹八分〟という言葉が妙に心に残った。

――本当に、お互いが腹八分になれたなら。

心の底からの信用ではないまでも、この派手なオバチャンのおかげでもし実現できたらありがたいな、ぐらいの気持ちにはなっていた。

「あらあら東京から。遠いところから、よくいらしてくださいました」

登の妻、芳子《よしこ》は繁子の派手ないで立ちに目を瞠《みは》った。四谷家の質素《しっそ》な茶の間で、真っ赤なスーツを着た大柄な女性が正座をしている。異様な状況だが繁子本人は大真面目な顔で背筋を伸ばしていた。

さて作戦会議、といっても何を話したものか、と登が居心地悪くしていると、芳子がささっと、作ってあったいももちに砂糖醤油《じょうゆ》を絡《から》めたものと番茶を出した。ゆでたジャガイモを潰したものに片栗粉を練りこんでバターで焼くだけ。このあたりでは定番のおやつだ。

「こんなものしかなくて申し訳ないけど」

「いえ、とても美味《おい》しそうです。いただきます」

繁子は丁寧に両手を合わせて食べ始める。箸《はし》をつけて、皿からいももちが全て消えるまで五秒とかからなかった。登は自分の目を疑った。手品《てじな》か？　と思うような速さでいももちが消えた。しかも、繁子は下品にかき込んだ様子もなく、控えめに咀嚼《そしゃく》してあくまで上品にのみ込んでいる。

「あらお口に合った？　もしよかったらもう少し召し上がる？」

「ぜひ。とても美味しいです」

結果、ほんの数分の間にいももち三皿と番茶二杯が繁子の体内に消えた。おそらく芳子が作りおいた分全てが繁子の腹の中に消えたと思われるが、繁子は涼し気な顔で口元をハンカチで拭っているし、芳子は客の旺盛《おうせい》な食いっぷりに喜んで、「冷蔵庫にまだ何かなかったかしら」と台所に向かった。

登は気を取り直して自分のいももちを齧《かじ》り、気まずい思いで頭をかく。

「規格外からさらに形の悪いイモとか、うちは昔からこうやっていももちにして食ってるんだ。こんな田舎料理で悪いね」

「いえ、素晴らしく美味しかったです」

繁子は満足げに微笑《ほほえ》んだ。嘘やお世辞の気配はない。

「この辺は山沿いだから開拓が遅かったらしくてね。川沿いは米農家が多いんだけど、うちのとこまでは用水路来てないんで、ずっと畑作でさ」

事業規模がそれほど大きくないことを暗に含めて登が下を向くと、繁子は「十分じゃないですか」と声を上げた。

「私なんかよりも四谷さんの方がよくご存じだと思いますけれど、米でも野菜でも、マニュアル通りに作って美味しいものができる訳がない。作り手ではない私がこうしてご馳走になって、間違いなく美味しいと思える、そんな作物を育てる農家さんがご自分を卑下なさるのは良くないですよ」

そう言うと、繁子はブランドバッグからごそごそとファイルに入った資料を広げた。四谷家やみずほの小屋を含めた地図が、縮尺を変えて三枚、さらに広域航空写真だ。

「では私のお腹も満足したところで、状況の確認をしましょう。ここが四谷さんの住宅、農地を含む敷地はここからここで間違いないですね？」

「ああ、そう、ここです。そして隣接した山林の、さっき行った小屋がここ」

改めてこうして見ても、みずほが住む山林は地形的に周囲から孤立している。少し離れたところに隣町までの国有林が広がる中、みずほの山林はちょうど飛び地のようにも思える。

「国有林で数を増やした鹿が四谷さんをはじめとする農家さんのところまで来て食害をし、ハンターの活動時間になると坂内さんが所有する山林に逃げ込む、という理解でよろしいですか」

「その通りです。まったく、腹の立つ鹿で」

登の眉間《みけん》に皺《しわ》がよった。農家に婿《むこ》入りして後悔していない程度には、登は自然が好きだ。チロも可愛がっているし、野生動物も嫌いではない。エゾシカだって、あのつぶらな瞳でじっとこちらを見つめているだけなら、可愛い生き物だと思う。

しかし、農家として手塩にかけた作物を食い荒らされ、犬も鉄砲も恐れずに飄々《ひょうひょう》と逃げて被害額が膨《ふく》れ上がれば、可愛いだけでは済まされない。地域の年寄りによれば昔と比べて明らかに数は増加している。手を打たなくてはならない。

「どうにかしないと、俺らだってメシの食い上げです。なのに奴ら、うまいことあの山林に逃げ込みやがる」

「道内の他地域でも鹿の問題を扱わせて頂いたことがあるので、仰《おっしゃ》りたいことはよく分かります。昼は山林に身を潜《ひそ》め、夜になると群れで食害をする。規則正しいものです」

「ええ。時計でも持ってんのかと言いたいぐらいだ」

「離農農家さんがこの山林の持ち主だった頃は四谷さんをはじめハンターさんたちは自由に出入りができていた、と。実際に発砲して仕留めることはあったんですか？」

「撃つことはあったけど、周囲には農地や住宅もあるし、ＧＰＳ（全地球衛星測位システム）で場所や方向、法律上許される距離も確認してだな。撃ち殺すというより、追い出すためだ」

「そうですか」

繁子は頷くと、ブランドバッグからタブレットを取り出してなにごとか操作を始めた。しばし訪れた沈黙に堪《た》えられず、登はつい言い訳がましく口を開く。

「この辺の農家仲間も、肉で生計立ててる訳でねえし、むやみに鹿を殺したいわけじゃないんです。でも罠《わな》だけじゃ限界もある。別の地域でも誤射《ごしゃ》での事故があった時は改めて銃の管理が厳しくなったし、なにより仲間や地域の奴らに害を及ぼすようなことは絶対したくねえ。それは引っ越してきた坂内さんに対しても同じです。でも……」

「確認ですが、四谷さんの要望としては、坂内さんの土地に入って発砲はできないまでも鹿を追い出したいとのことですね？」

繁子がぱっと画面から顔を上げ、やたら真剣な目で登を見つめている。登も神妙に頷いた。

「ああ。威嚇《いかく》で撃てれば本当はありがたいけど、発砲はやめてくれっていうなら、猟銃肩に下げて山の中歩くだけでも鹿は多少びびってくれる。だからあの人には、せめてそういう活動を理解して許して欲しい」

「なるほど」

真面目に語った真意に反して、シンプル過ぎる繁子の反応に登は少し力が抜ける。人の考えを酌んでいるんだかいないんだか、どうも分かりづらいところがある。このまま信用して正式な依頼をしていいもんだろうか。そこまで考えたところで、繁子が「よし」とタブレットの画面をこちらに見せてきた。

「興味深いものを見つけました。画像に出てくるこの景色、見覚えはありませんか？」

表示されているのは、SNS（交流サイト）の画面だった。北海道らしいミズナラやカシワの混合林の一部に、見覚えのあるログハウスが移り込んでいる。

「フェイスブック？　……これ、坂内さんの小屋？　このでかいカエデの木も、見覚えがある」

「ご明察です」

「じゃあこれ坂内さんのアカウントか。この、〝wilddogs〟ってやつ。なんか、名前の趣味があの人とイメージ違うな……」

登は老眼で見えづらいため、画面を近づけたり遠ざけたりして、内容を確認した。表示されているアカウント名だけではなく、やたら数の多い絵文字や「＃マジで最高の場所」「＃真のキャンパーとつながりたい」「＃最高にハッピーな形で夢を叶える」と並んだハッシュタグのテンションは、さっきログハウスで本に囲まれて静かに暮らしていたみずほのものとはどうも思えない。

繁子が三杯目の番茶をすすりながら「続きをご覧になってください」と促すので、過去の投稿も確認してみる。そこには、あの山林の写真の数々と共に、登の日常やこの地域とはあまり縁のない単語が並んでいた。

「なんだこれ、キャンプサイト？　キャンプ場？　そのためのクラウドファンディング準備中？　あの人、そんな計画立ててるのか」

つまり、あの山林をキャンプ場にする計画を立て、その宣伝と資金集めをしているのだ。登は思わず顎《あご》に手を当て考え込んでしまう。

別に、坂内みずほが個人で所有している山林でキャンプ場を作ることは自由だ。行政の手続きや認可などは色々あるのだろうが、周囲に特に迷惑をかける施設という訳でもないだろうし、好きにすればいいとは登も思う。

だが、投稿されているやたら前向きな計画の数々とテンションの高い説明文を読めば読むほど、快適な小屋の中で読書していたいと言っていた気弱な隣人のイメージからはかけ離れていく気がするのだ。

違和感に首を傾《かし》げる登に、繁子は「ええ」と頷いてタブレットを手元に引き寄せた。

「映っているのは確かに坂内さんの土地ですが、このアカウントはご本人のものではありません。投稿も、別の方がなさっていると考えた方がいいでしょう」

登の考えを読んだかのように、繁子がスッと画面を切り替えていく。そのうち、髭《ひげ》モジャの男性がどこかの湖をバックにした自撮りらしき写真が出て来た。その下には〝ＷＩＬＤ　ＤＯＧＳ代表　ＵＮＯ〟と書かれている。

「こちらが、アカウントの管理者でクラウドファンディングを主導してキャンプ場を作ろうとしていると思われる人物、そして、坂内さんの婚約者の男性です」

繁子がスクロールした画面に表示された写真では、さっきの〝ＵＮＯ〟氏が、『近代日本文学全集第二巻』と書かれた本で顔を隠した女性の肩を抱いていた。髪と肩幅、そして地味な色合いの服、そして〝フィアンセのＭＩＺＵＨＯと頑張ります！〟というキャプションから、あのみずほに違いないと思われる。

「じゃあ、坂内さんは結婚したら、夫婦であの場所をキャンプ場にしたいと思ってるってのか」

「鹿を追うために土地に入ってほしくないという要望も、この計画が理由の可能性がありますね」

繁子の言葉に登はハッとした。確かに、地域の人間が野生動物を追い回すためにキャンプ場の敷地内をウロウロしていれば迷惑に違いあるまい。発砲はしないまでも肩から猟銃を下げていればなおさらだ。

「そうか、ならこっちも無理にとは言いづらいな……いやでもキャンプ場として整備されていれば鹿は入らないのか？　いやしかし奴ら危害を加えられないと分かればすぐ慣れちまうから……」

登とて、こんな田舎に移住してきた若い夫婦者が、自然を活かした活動をしたいというのなら反対どころか応援してやりたい気持ちはある。だが、鹿の食害とどう折り合いをつければいいのか。そもそも折り合いなどつくのか。唸《うな》る登をよそに、繁子はまたスイスイとタブレットの画面を切り替えた。

「こちら、クラウドファンディングのページです。予定しているキャンプ場の特徴は、木の伐採を最小限にして木々が生い茂るキャンプサイトであること、利用者が自力での薪調達が可能であること、焚き火可であること、ドッグラン設置予定でペット同伴も可。近年のアウトドア人気を考えれば、需要のツボを心得ておいでかと思います。鹿の件についてはその特徴を踏まえて今後交渉していく必要がありますね。四谷さんはキャンプ場の設営自体には問題はありませんか?」

「ああ、キャンプ場自体は、俺ら周囲の農家に迷惑がなければ別にいいんだろうけど……」

「けど?」

濃いアイラインと皺に縁どられた目でじっと見つめられ、登は口ごもる。繁子の視線の強さに押されるように、もやもやとした違和感を言葉に出した。

「なんか、あの大人しいお嬢さんのイメージとちょっと違うと思って。いや別に、夫婦間で似たものじゃなきゃいけないってことはないけども。坂内さん本人も、そのキャンプ場の計画、賛成してるんだろうか」

「四谷さんのお考えはご尤《もっと》もです」

繁子はしっかり頷いたのち、同じぐらいの強さで首を横に振った。

「しかしそちらの方面は私が取り扱うべき内容ではないので、敢《あ》えて私はこちらの点に注目します」

発言を促した割にはばっさり割り切った繁子の様子に、登は多少呆気《あっけ》にとられた。しかし、黒々としたアイラインに縁どられた両目は少し優し気に細められていた。

「これは、〝UNO〟さんのクラウドファンディングのリターン、つまり寄付してくれた人へのお礼リストです」

「なになに、『魂のフリーダム六時間体験コース』、『ワイルドベジタブルのお試し舌鼓コース』……ワイルドベジタブルって山菜のことか？　なんか全体に大袈裟だな」

なぜかやたら仰々《ぎょうぎょう》しい名前の体験コースに登は呆れ、次いでそこに表示された寄付金額に思わず「たっか！」と声を上げた。一番安い六時間体験で五万円から、一番高い「真のスピリチュアル一年間自由利用権」で二百万円だ。

「こういうの、やったことないから相場が分からんのだけど、高いモンなんですね」

「アウトドアサイトの募集金額としては問題があるわけではありません。ただ、ちょっと気にかかることがありましてね。こちらの調査に、少しお時間頂戴《ちょうだい》したいと思います。坂内さんの婚約者さんは、しょっちゅうこちらにいらしてるみたいですか？」

「ええと……時々、うちの前を坂内さんのと違うＲＶ車が通ることがあって、もしかしてそれかな。必ず見かける訳でねえけど、エンジン音でかい車だから……頻度でいえば二週間に一回ぐらい、来てるのは必ず週末かな」

「なるほど。なるほど……」

そう言うと、繁子はタブレットをバッグに戻し、台所で夕飯の支度《したく》をしている芳子に「お茶といももち、ご馳走様でした。とても美味しかったです」と声をかけた。

「あらあらあら、もうお帰り？　内地から見えたんでしょ？　よかったらうちに……」

「いえ、車で一時間も走れば札幌に娘の家がありますから、お構いなく」

娘がいるのか、と登は内心驚いた。別に独立した子どもの一人や二人いてもおかしくない年代なのだろうが、派手な繁子のいで立ちは、生活感があまりなかった。

「あらあ、札幌に娘さんいらっしゃるの。市内の大学に？」

「いえ、勤め人でして。子どもと二人で暮らしているから、たまに掃除と子守を兼ねて顔見に行ってやるのが丁度いいんです」

孫までいるのか。登はさっきよりもさらに驚きを感じながら、繁子を見送りに外まで出た。その際に、仲介に関する見積もりを小声で頼む。どう転ぶかは分からないが、少なくとも味方になってもらってマイナスにはならないだろう。

最初は彼女の派手な見た目に圧倒されたが、落ち着いた仕事の進め方を信じられるぐらいにはなっていた。

「見積もり含めて近々にお電話のうえまた伺いますので、よろしくお願いします。尽力《じんりょく》を致します」

必ず良い結果を出します、万事任せてください、などといった言葉を口にしないところが、却《かえ》って信用できた。

繁子は来た時と同じ真っ赤なBMWを颯爽《さっそう》と走らせ、四谷農場を去って行った。けったいな車で来たけったいなオバチャン。しかし頼りにはなりそうだ。

時刻はもう夕方になっている。薄暗闇に車体が消えてから、登が外に出しっぱなしだった工具類を仕舞おうと踵《きびす》を返すと、傍《そば》で見送りをしていた芳子がうーんと全身を伸ばしていた。

「面白い方だったね。なんだか、この辺にはいない感じ」

「それはまあ、確かに」

あんなに派手なスーツを着込み、目立つ車を乗り回す女性は、このあたりでは飲み屋の姉さんがたでも滅多にいない。ましてや農家には。

「お隣の坂内さんの件で、またこちらにいらっしゃる？」

「ああ、多分お願いすることになると思う」

登がそう答えると、芳子の顔がパアッと明るくなった。

「そしたら今度はカボチャ団子用意しておこうかな。あんこ付きで」

てっきり、対極の世界に生きているような女性に距離を感じているかと思ったのだが、芳子は意外にも森田繁子を気に入っているようだった。

「なに、お前、あの人、気に入ったの。いっつもドラマで農家役の役者に農家の女はあんな濃い化粧しない、とくさしてたのに」

「それは農家の役にしては、ってことだし、森田さん農家じゃないでしょ。確かに見た目には最初驚いたけど、ちゃんとした方みたいじゃない。いももち、気に入ってくれたみたいだし」

「俺も言ってるだろ、美味しいとかは、いつも」

つい、登もそこは聞き流せずに反論する。確かに夫婦の曖昧《あいまい》さで、出されるメシを黙々と食べることは多いが、時々はきちんと「美味《うま》かった」と口に出すこともある。

「うん。でも、八十％の美味しいと、百二十％の美味しいは、同じ美味しいでも違うし、森田さんみたいに百二十％美味しいと思ってくれてる人は、ちゃんと分かるよ」

「そういうもんか？」

いや俺だって八十％だろうがちゃんと美味しいと思っていることに違いはないんだけど、と言い募る前に、妻は「お米とがなくっちゃ」と身をひるがえして母屋に戻ってしまった。

「八十％。八割、ね」

当事者がそれぞれ八割同士でなんとか折り合いをつける、という話の後に、八十％より百二十％の方が嬉しいなんていう話題が出てきてしまった。なんだか面倒くさくなって、登は無意識に右手で自分の左肩を揉《も》んだ。

近々に連絡する、という言葉から、数日内に話が動くのだろうと登は考えていた。

しかし想像に反して、繁子は去った次の日の午前九時に「今日、午前中のうちにお邪魔してもよろしいですか」と電話をよこした。四谷農場では、早朝からの畑仕事を終え、朝飯後の小休憩をとっていたタイミングだった。幸い、今日は雨の可能性があり急ぎの作業はない。十一時頃なら、と時間を決めて登は電話を切った。

「森田さんのお電話、何だって？」

台所から響いてきた芳子の軽快な声で、登は我にかえった。

「ああ、なんか、十一時頃に来るって」

「あら！　じゃ、お昼ごはん用意しましょ。森田さん、和食大丈夫かな。洋食のおかずの方がいいかな」

芳子はうきうきと台所に行き、冷蔵庫を開けて中身を確認し始めた。

それから少し経ち、十一時少し前に、例の赤い愛車が四谷家に再び滑《すべ》り込んだ。ワンワンとチロがけたたましく吠える中、「こんにちは」という繁子の声は、やたらハキハキと玄関に響いた。本日の装いは、ブルーのロングスカートのスーツと、ラメがあしらわれたゴールドのハイヒール。

昨日も派手だったけど、今日は輪をかけて派手だな。そう登は思いつつ、繁子の全体的に大きな体にそのゴージャスな装いが似合っていることは認めざるを得なかった。

居間に通された繁子は、派手な格好に似合わぬ丁寧な所作《しょさ》で頭を下げた。

「連日のお邪魔失礼します。昨日は素晴らしいいいものまでご馳走になってしまい」

「いえ別に、そんな大したもんでは」

繁子の表情と声は昨日と同じくあくまで淡々としていたが、登はつい昨日の妻の言葉を思い出して曖昧な返事をした。百二十%の美味しかった。過剰《かじょう》ではないからこそ、芳子は繁子の言葉を信じたのだろうか。

「さっそくなんですが、できれば今日も坂内さんとの折衝《せっしょう》に伺いたいと思っています。四谷さんのご都合いかがですか」

「俺は別にいいですけど。そんな、昨日の今日で立て続けに足を運んでもらっちゃって、申し訳ない」

「私の方はお構いなく。糸口を見つけましたので、手早くいきましょう。こちらをご覧ください」

「糸口？」

繁子は海外ブランドの大きなバッグからタブレットを出すと登に見せた。

「なんですか、これ。ブログ？」

表示されているのは、ブログのようだった。一見、よくある個人運営のブログに思えるが、装飾がやたら黒っぽく、なんというか、登の目にはヤンキーが乗る改造車の色合いを思い起こさせるものだった。

「ブログのヘッダー、一番上に表示されているここを見てください」

「ええと、『UNO Wild Field』……ウノワイルドフィールド？ UNOって、昨日見せてもらった、坂内さんの婚約者がやっているっぽいSNSのやつですか？」

「おそらく、その方がやっている裏ブログです。かいつまんで説明しますが、きょう未明に更新された記事で、今日の夕方から明日いっぱいまで、このUNOさんが坂内さんのお家を訪問する予定であることが確認できました。それに合わせて私も伺い、UNOさんとお話ができればと思っております」

心持ち早口で繁子はそう告げると、美しく引かれた口紅を横一文字にして黙り込んだ。訪れた沈黙に、登もふむ、と顎に手をやる。繁子が二日続けて訪れた理由は分かった。どうやら午後はこのブログを書いたUNOという人物と会って話をせねばならない。

だが、登の心は重かった。タブレットに指を滑らせてUNOのブログを見ていくと、若者言葉まみれの短い文章と、緑のフィールドを背景に派手な若者たちがはしゃいでいるような写真ばかり。果たして、話が、通じるのだろうか。疑問と不安から繁子を見ると、彼女は登の視線を受けてこくり、と頷いた。

「あらまあ、今日も素敵なお衣装。台所まで聞こえたのだけど、午後から出かけるのでしょ？ なら森田さん、よかったらお昼食べていって？」

登が繁子の頷きの理由が分からないままでいるところへ、芳子が台所からお盆を手にして出てきた。

「恐れ入ります。お言葉に甘えてよろしいでしょうか」

「もちろん。あのね、最近糠《ぬか》漬けにミニトマトがいいってご近所から聞いて試してみたのだけれど。うちの人は『いいんじゃないか』ぐらいしか言わないから、率直なご感想伺いたいわあ。口に合うかちょっと味見してくれない？」

「喜んで」

女性同士、というか芳子主導で盛り上がりながら、二人は登を置いてさっさと奥の台所に消えてしまった。飯食わすために呼んだわけではないんだが。妻が喜んでいるからまあ良いか。登がそう思って茶を飲んでいると、台所から陽気な声が響いてきた。野菜の調理法がどうの、保存食がどうの、といった単語が断片的に聞こえる。

そういえば、子どもが独立してから、芳子と誰かが台所で楽しそうに話をしていることなどほとんどなかった気がする。登は手持無沙汰な気持ちで例のＵＮＯのブログを遡《さかのぼ》って読み始め、そして、眉間の皺がどんどん深くなっていった。

「それじゃ森田さん、どうぞたくさん召し上がってね」

「ありがとうございます、頂きます」

繁子は前回と同じ位置に正座すると、手を合わせてから早速目の前の料理の数々に挑《いど》み始めた。白米、小松菜のみそ汁、焼き鮭、各種野菜の糠漬け、春に作っておいた蕗《ふき》の薹《とう》みそ、近所の酪農家《らくのうか》と野菜と物々交換してもらった牛乳で作った牛乳豆腐とヨーグルト。全て四谷家の定番食材、自分の家や近隣の農家が作った食材による素朴な昼ごはんだ。別に特別なものではない。

その全てを、繁子はいっそ気持ちよいほどの勢いで、真っ赤に塗られた口の中に収めていった。

ぱくぱく、ぱくぱく。

ペースは速いが食べ方はあくまで上品だ。次々と食べ物が口に入れられ、咀嚼され、飲み下されていく。特に「美味しい」などと感嘆することも、にんまりと笑うこともない。登は自分も箸を動かしながら、つい繁子の食べっぷりを観察してしまった。

無表情だが、一定のペースを保ちながら淡々と料理を平らげていく繁子を眺めていると、芳子が「百二十%の美味しい」と言っていた理由が分かる気がした。食べられるべくして、食材と人間が存在している、とさえ思えてくるのだ。

「ご馳走様でした。何もかも、大変美味しゅうございました」

瓶に入った常備菜以外の全てと、白米とみそ汁二杯ずつを綺麗に平らげて、繁子は丁寧に両手を合わせた。大人三人分ぐらいの量だったにもかかわらず、繁子はゆったりとした所作でポケットからレースのハンカチを取り出し、優雅に口元を拭っている。呆然とする登をよそに、芳子は「お口に合ったみたいで良かったわ」とニコニコしながら食器を下げている。繁子もハンカチを仕舞って片付けを手伝っていた。

登と繁子は茶の間に移動し、テーブルに向かい合って座る。

「さて、昨日お話しした件ですが」

もともと姿勢正しかった繁子がさらにぴんと背筋を伸ばすと、緊張感と威圧感を覚えずにはいられない。登もだらりと胡坐《あぐら》をかいていたのを正座に座り直す。

「さっき、森田さんが見せてくれた裏ブログとかいうの、一通り見てみました。あれは……俺の推測が正しければ、あんなこと、現代の日本で、許されていいものなのか？」

「いいえ」

即座に繁子は首を横に振った。そしてテーブルの上のタブレットを操作して再び裏ブログを表示する。画面を切り替える指が、ある記事の画像でぴたりと止まった。

派手なアウトドア・ウエアに身を包んだ若い男女が至極楽しそうに集まっている一枚だ。一見すると野外のパーティーで、画面の端に映っているアウトドア・テーブルには、ビール瓶や数々の皿が並んでいる。

普通に見れば、仲間と休日を楽しんでいるだけの画像に見えなくもない。繁子は「これです」とアウトドア・テーブルの上を拡大表示した。そこには、空になった料理の皿の他に、薬包紙の包みや黒っぽい粉末が入った密封袋、ガラス製の実験器具のようなものが無造作に置かれていた。

「これもです」

繁子は続けて肩を組み合っている若者たちの手元を表示した。指に挟《はさ》まれているのはただの煙草《たばこ》のように見えるが、拡大するとそれは普通の紙巻き煙草とは異なり、フィルターもプリントも確認できない。ただ真っ白だ。

「だめなやつ、だよなあ、やっぱり」

登は手を伸ばして、画像の中央に映っている、髭モジャの男性の顔を拡大する。酒に酔っぱらってご機嫌《きげん》の笑顔のように見えつつ、さっき拡大して見つけた証拠を確認してから改めてその顔を見ると、口の端からは涎《よだれ》を垂《た》らし、目は血走り、どうも普通の酒酔いとは見えなくなってくる。

登も六十二年の人生で一度もお目にかかったことはない、しかしマスコミの報道などでその危険性と有害性、ことに若者が手を出して良い事など一つもないであろうことは把握《はあく》している危険な物質。大麻《たいま》だ。

UNO氏は大麻を常用し、あの山林に造設予定のキャンプ場を、仲間との大麻使用の場として使う可能性がある。

「大麻、か。ウチの近所でなんてことしようとしてんだか」

登は渋い顔で画面を睨《にら》んだ。重く深い溜息を吐き終わったタイミングで、繁子が毅然と声を上げる。

「あらかじめ確認しておきますが、これだけでは証拠になり得ません。彼らは下剤や胃薬、趣味で収集したガラス器具を置いているだけかもしれないし、裏ブログのこの記事にある『ゴキゲンなパーティー』『超ハイになれる配合最高』『やっぱ自分で野菜栽培したいわ』という文言についても、これだけでは違法性は何ら認められません。それに、合法的な煙草を自分で紙で巻いて吸っているのだと主張されればそれまでです」

「ああ」

それだけの「そうではないかもしれない」という可能性を挙げ連ねれば連ねるほど、UNO氏の言動は限りなくクロに近くなっていく。しかし、自分たちが警察でない以上、この件に関して直接取り締まることはできないのだ。

「四谷さんがお考えになっていることは分かります。もし交番にでも行ってこのページを見せれば、直接的な証拠にはならないにせよ、高確率で警察は今後UNO氏をマークすることでしょう。市民としては、通報する義務があるという考え方もできる。しかし私が今回四谷さんから依頼いただいたのは、現在あの山林に住まわれている坂内さんと、四谷さんをはじめとした近隣の農家さんたちとの折衝です」

繁子は感情的な雰囲気をまったく出さず、淡々と状況と立場の説明を続けた。その毅然とした声に登はどこか安心する。そうだ、隣の土地でこれから社会的に良くないことが行われようとしていても、我々にできることは限られている。その範囲で、自分たちは何を変えられるのか。

「森田さん。改めてご相談したい。俺たちはあの坂内さんの主張と折り合わなくて困ってた。本人がどう考えてるかは分からんが、あの山林に住んでいる以上、坂内さんはこの地域の人間だ。そして俺は、あくまで坂内さんと俺たちを軸に問題を解決したい。そのために、俺は、あの人に何をしてやれるだろう」

登は話しているうちに考えが纏《まと》まっていくのを感じていた。そうだ、坂内みずほはもうあの小屋で穏やかな生活を始め、それゆえに俺たちと意見が合わない。あのＵＮＯ氏のやろうとしていることとは関係なく、つまり、婚約者だろうが何だろうが、望ましくないＵＮＯ氏の計画に隣人がどう関わっているか確認したうえで、お互いの折り合いをつけねばならない。そう思った。

「分かりました。私もできうる限り、尽力致します」

繁子はそう言ってゆっくりと頷いた。真っ赤な口紅がにっこりと弧《こ》を描いた。

「そういえば森田さん、今日は着替えないんですね」

昨日と同じように、登が運転するトラックに乗って、二人は坂内みずほのログハウスに向かっていた。

繁子は前回、真っ赤なスーツを隠すようにウインドブレーカーを着込んでいたが、今日はブルーのロングスカートのスーツ、ゴールドのハイヒールのままだ。

「前は交渉相手の坂内さんを威圧してはいけないと思いましたので。今回は、UNO氏と相対しなければなりません。これは私の戦装束《いくさしょうぞく》です」

そう言って、繁子は悪路で揺れていた腹をボヨンと叩いた。

「戦装束……」

登は思わず顎に手をやり、考え込んでしまう。なるほど、我々はこれから戦いに赴《おもむ》こうというのだ。ならば自分も気合を入れた方がいいのかもしれない。

登は前方を見て右手でしっかりとハンドルを支えつつ、左手を運転席の後ろに伸ばしてごそごそと目的のものを取り出した。狩猟用の蛍光素材が張りつけられたキャップとベストだ。ベストはオレンジ色で、いかにも目立つ。

「俺もこれ着た方がいいかな」

「ええ、いいと思います。服装は時に自らを奮い立たせ、そして周囲に立場を、あるいは意思を示すものです。この帽子《ぼうし》もベストも、有効かと思いますよ」

繁子は前を向いたまま、真面目な眼差しで頷いた。立場と意思を周囲に示す。登はなるほど、と思いつつ、同時に繁子の派手な装いにそういう意図があったのか、と妙に納得した。

坂内みずほの家が見えてくると、明らかに煙突ではない場所から煙が立ち昇っているのが見えた。登は少し離れたところで車を止め、例のキャップとベストを身につけた。猟銃は持ってきていないというのに、自然と気持ちが引き締まる。

「よくお似合いです」

「それは、どうも」

愛想笑いのない繁子の褒め言葉に、登はかえってむず痒《がゆ》さを感じて帽子を深くかぶり直す。

登が銃砲所持許可と狩猟免許を得たのは、農家として害獣の鹿をなんとかするためだ。もともと、鹿を殺したい訳ではない。たとえ命中しても喜びめいたものは得られず、肉は主に業者に引き渡すだけだ。

登としては、心のどこかで狩猟が嫌だと思っていた部分もある。だからこそ、その害獣駆除をわずらわせる坂内みずほと対面することは、二重の意味で面倒ごとだと感じていたのかもしれない。

そこからさらに、大麻キャンプ場疑惑。これで面倒ごとは三重だ。

それでも、こうして狩猟の格好に身を包んでみると、登は自分の中で肝が据わったような気がしていた。面倒でも、何でも、自分の立場と意思を示さなければ、事態は一つも好転しない。害獣でも、野菜作りでも、体を動かすことを面倒くさがっていては一分《いちぶ》の満足さえ得られないのだ。

「基本的には、坂内みずほさんとのお話し合いは、状況に応じて私も口を添える形でおおむね四谷さんにお任せします。ブログのご事情を伺うのは私が。必要だと思われた時はいつでも口を挟んでください」

「了解です」

登と繁子はお互いに頷きあって、大股でログハウスの方へと歩き出した。

ログハウスの隣にはみずほの軽自動車と、登が以前農場前の道で見かけた白のRV車、さらに真っ黒なピックアップトラックも止まっている。

「おっ、シボレーだ。鹿を乗せるのにいいんだけど、なかなか売ってないんだよなあ」

登は呑気《のんき》に憧れの目を向けた。しかし、繁子の目はやや険《けわ》しく細められていた。

「いらしているのはUNO氏お一人ではないようですね」

繁子がぼそりと呟いた。その声は低くて重く、登の背中に一瞬緊張が走る。だが、一歩先をハイヒールにもかかわらずのしのしと力強く歩く繁子に励まされるように歩を進めた。

ウッドデッキの階段前では焚き火とアウトドア・テーブルセットが設《しつら》えてあった。少し離れた木陰《こかげ》には大きめのテントも見える。

人影が三つ。階段には登と繁子がSNSの写真で確認してあった、髭モジャで髪にゆるいパーマをかけている男が座っている。自撮り写真で見たUNO氏に間違いない。焚き火を囲んだベンチ型チェアには三十歳ぐらいの茶髪の男、そして茶髪の肩にしなだれかかるように金髪の若い女が居眠りをしていた。

三人の顔も耳も赤い。まだ午前の早い時間にもかかわらず、酔っぱらっているようだ。もしくは昨日の夜から今まで飲み続けているのか。登が視線を巡《めぐ》らせると、アウトドア・テーブルの上には幾つものビールとチューハイの空き缶が転がっていた。

みずほの姿は見えない。車があることから考えると、室内だろうか。先を歩く繁子は臆せずズカズカと階段に近づいた。

酔っぱらってはいてもさすがに来客には気づいたのか、三人は突如現れた繁子に呆気にとられている。無理もないな、と登もその点については心中同意する。田舎で楽しくキャンプをしているところに、いきなり派手なスーツを着た巨体のオバチャンが登場したら、そりゃ面食らうことだろう。

驚きからあんぐりと口を開けたUNO氏と繁子の目が合ったようだ。「え」「なん」と男が言葉を探す様子をよそに、繁子は眉《まゆ》一つ動かさず口を開いた。

「こんにちは。お楽しみのところ失礼します。坂内みずほさんはご在宅ですか？」

「あんただれ？」

繁子の冷静すぎる声が癪《しゃく》に障《さわ》ったのか、UNO氏は眉間に皺を寄せ、あからさまに不機嫌な声を出して階段から立ち上がった。

まだヤンキー文化ってあったのか、と登は密かに感嘆する。格好こそ海外ブランドのパリッとしたアウトドア・ウエアだが、半ズボンに両手をつっこみ、顔を斜《なな》めにして繁子を睨みつける（繁子の方が背が高いため、やや見上げる形になってしまっているが）男の仕草は、登が若い時に読んだヤンキー漫画のそれだった。

繁子は相手の挑発的な態度にも怯《ひる》まず、ジャケットの内側から名刺を出して深々と頭を下げる。

「申し遅れました。私、農業関係のコンサルタントをしております森田と申します。今日はあちらの四谷さんのご依頼の件で、坂内みずほさんとお話し合いに伺いました」

「はあ？」

繁子の発言で、男は今度は少し離れたところにいた登の方をぎろりと睨みつけた。ＳＮＳで見かけた笑顔とは正反対の表情に、かえって登の心は冷静になっていった。

何だコイツ、ただの調子づいたガキじゃねえか。

登にとって馴染みのない、ＳＮＳやらクラウドファンディングやら大麻やらといった文化の側にいるＵＮＯ氏はまったく未知の、どこか怖い存在に思えていたが、実際に目の前にいる男はただの酔っぱらった若者である。登はあえて帽子をとって頭を下げた。

「どうも、近所に住んでおります農家の四谷です」

「え、は、はあ……どうも」

男は登の礼儀正しい所作に戸惑いながら、オレンジ色の狩猟ベストに目が釘付けになっていた。すかさず繁子が畳みかける。

「恐れ入ります。もしお名刺お持ちでしたら、頂戴できますでしょうか」

なるほど、と登は納得した。クラウドファンディングを行い、キャンプ場を開設しようというのなら名刺の用意ぐらいあってもおかしくない。

ＵＮＯ氏は「えーと、確かここに……」とぶつぶつ言いながら尻ポケットから財布を出し、ごそごそと二枚の名刺を取り出して面倒くさそうに登と繁子に渡した。

渡された名刺は、いかにもパソコンで自作したと思《おぼ》しき紙質とデザインだった。

「UNO　WILD　PROJECT　筆頭責任者　宇野龍太《うのりゅうた》」

住所は札幌市中心部のマンションの一室が記されている。会社なのか団体なのか個人事業所なのか。筆頭責任者というのは正式な役職なのか。なんとも判別がつきづらい中、取りあえず対面すべき相手の本名は明らかになった。

UNO改め宇野はどこかふてくされたような表情で、繁子の名刺をひっくり返して確認する。その横を、繁子はすっと通り過ぎようとした。

「それでは。我々は坂内さんにご用がありますので」

宇野は「ちょっ」と慌て、荒々しく手を伸ばして繁子の肩をつかむ。明らかに苛ついた様子だった。

「ちょっと待てって。あんたらあれだろ、みずほが言ってた、鹿撃ちに敷地に入らせろって地元の連中だよな」

繁子は顔をしかめ、宇野を睨んだ。静かな迫力に登もつい身を縮めた。なるほど、挑発のために宇野をいったん無視した訳か、と合点《がてん》がいく。

宇野も思わず手を引っ込めるが、さすがに引き下がるのは格好悪いと考えているのか、ポケットに両手を入れ、繁子と距離を詰めてヤンキー姿勢で睨み上げていた。が、体格と格好、態度を総合するに、明らかに繁子の方が迫力がある。大型犬と気が強いフレンチブルドッグという感じだ。

「おい。人の土地にズカズカ入り込んで鹿撃ちしたいとか、あんたらに一体何の権利があるんだよ。みずほは断ったって言ってたぞ。なのにこんな訳わかんねえオバチャン連れてしつこく来るとか、何なの？」

睨み合いでは分が悪いと判断したのか、宇野はぱっと繁子から顔を背け、狩猟ベストを着た登に詰め寄って来た。しかしもはや猛《たけ》り狂った時の愛犬チロほども威圧を感じることはない。登は堂々と胸を張る。

「我々は正確には鹿撃ちに、ではなく、鹿がこちらの敷地に逃げ込んだ際、発砲せず追い込むために足を踏み入れられるよう、坂内さんにお願いしています。何度もお邪魔して申し訳ないとは思いますが、こちらの立場を理解してもらうために、説明を重ねているわけでして」

少しだけ繁子の言動を見習い、わざと丁重な言葉を心掛ける。しかし、宇野はこちらの言い分を聞く気は毛頭ないのか、「はあ？」と睨みながら距離を詰めてきた。雰囲気を嗅《か》ぎつけたのか、座っていた茶髪の若者も眉間に皺を寄せて立ち上がった。

何かあった時に二対一はまずいかな。そう登が頭の隅で考えていると、繁子が異様に素早《すばや》い動きで登と宇野の間に割って入った。

「失礼。今、宇野さんが、人の土地と仰ったので確認ですが、土地の所有者で、かつ現在こちらにお住まいなのは坂内さんですよね？　法務局で登記簿謄本《とうきぼとうほん》の確認はとってありますが、念のため」

「は？　所有者がみずほなのはそうだけど、それが何？　俺とみずほ、結婚する予定なんだから、いずれ俺の土地になるようなモンだろ」

「結婚なされれば夫婦の共有財産と思われるかもしれませんが、法的な手続きを改めてとらない限り、所有者は変わりありませんよね。でしたら我々はあくまでみずほさんにご相談せねばなりません」

「はあ？　法律がどうこうとか、あんたら他人のクセに何えらっそうに口出してくるわけ？」

宇野の声がだんだん荒く、大きくなっていく。繁子は明らかに挑発していた。それはいいんだが、面倒ごとになるのは勘弁だぞ、と登が気をもんでいると、視界の端で、小屋の玄関ドアが開くのが見えた。

「龍ちゃん？　騒がしいけど、どうしたの？　お客さんなの？」

坂内みずほが、昨日会った時と同じように地味なワンピース姿で現れた。ウッドデッキから婚約者と来訪客らが距離を詰めて話し合っている様子を見て、不安げに手を胸の前で組んでいる。

「みずほ！　俺が話つけておくから、オメーは中に入ってろ！」

宇野の荒々しい声に、みずほはびくりと身をすくめる。しかし、茶髪の若者と椅子に座っている若い女に動じている様子はない。まるで、この二人の関係ではいつものことだと分かっているかのようだ。

「いいえ！　ぜひ坂内さんにもお話を伺いたく思います！　昨日お邪魔した森田です！」

宇野に負けないほどの声で繁子が名乗りを上げた。その声量になのか、かけられた言葉の内容に驚いてなのか、みずほは「は、はいっ」と肩をすくめた。覚えているにちがいあるまい。初対面であっても繁子のインパクトはそう簡単に忘れられるものではないだろう。

登が思わずズレた思考をしているうちに、みずほは階段を下りて登たちの近くまでやって来た。

「お騒がせしてすみません。こちらの方にごあいさつをさせて頂いておりまして」

みずほや宇野が口を開く前に、繁子がばっと頭を下げる。登も帽子をとってそれに倣った。

「あの。お友達が来てる時に申し訳ないんだけど、改めてこっちの考えを説明したくて」

「あ、ああ……森田さんと四谷さん。今日も足を運んでもらって、申し訳ないです」

「みずほ！　うるさいのは嫌だからって小屋に引きこもってたのはお前だろうが！　話つけとくから、黙って俺に任せておけ！」

空気を読まずに宇野が大声を張り上げた。みずほはそのたびにぎゅっと身を縮める。男と女のことだ、他人がどうこう判断するモンじゃない、と思いつつ、登の目にも二人の関係が穏やかなものではないのは明らかだった。

「失礼、もし坂内さんがお嫌でなければ、私どもは今この場でぜひお話を伺いたいです」

ぐい、と宇野とみずほの間に繁子が大きな体をねじ込み、宇野の大声からみずほを庇《かば》った形になった。繁子の背後で、みずほは明らかにほっとした表情をする。

「立ち話も何なので、そちらの立派なアウトドアセットに腰を下ろさせていただいてもよろしいですか？」

「あ？　ああ、ちっ……」

繁子の要望に、宇野は渋々アウトドア・テーブルや折り畳みチェアの上にちらばった空き缶をざっと片付けた。一番大きな一人がけのチェアには宇野がどっかりと腰を下ろし、隣のチェアにみずほ、二人がけのベンチチェアに繁子が座る。ベンチチェアの重心が繁子の方に偏《かたよ》っているため、バランスをとるため登はなるべく端の方に腰を下ろした。

茶髪の若者と若い女は宇野のやや後ろに並んで立ち、繁子に睨みをきかせている。なるほど、宇野とみずほの共通の友人、というよりは宇野の仲間か手下という立場か、と登は当たりをつけた。

位置的には上座を占め、背後に二人を配した宇野は、やや心理的に優位に立ったつもりなのか、髭の合間から上げた口角を見せつけながら繁子を睨んでいる。対して、繁子はアウトドア・ベンチにもかかわらず膝《ひざ》をそろえ、背筋を伸ばして顔を上げ、宇野ら三人の視線を真っ正面から受け止めていた。

本来、自分らと坂内みずほの問題だったはずなんだけど、何でこんなことになったんだっけ。自分が繁子に依頼したせいだとは十分わかっていながら、どこか登は他人事《ひとごと》のように身を縮めた。同じく、正面ではみずほが椅子の上でキョロキョロ落ち着かない。

みずほは見るからに気が弱い。婚約者である宇野とその仲間を前に、さらに萎縮《いしゅく》していると なると、その関係性と力関係が分かって気の毒なほどだ。登はみずほに向かって、なるべく穏やかな声を心掛けて語り始めた。

「今日は猟の時のベストと帽子をかぶって来たけど、もちろん銃は持ってない。どうだろう、坂内さん。もしこういう格好の人間が、弾抜いた状態の銃を担いで住まいの周りをウロウロしていたら、怖いだろうか。驚くだろうか。なんとか少しでも、慣れてもらうことはできないだろうか」

「あの、ええと……」

下を向き、返事を考えている様子のみずほの静寂《せいじゃく》を遮《さえぎ》るように、宇野が「はあ？」と声を上げる。

「慣れるも何も、みずほに不法侵入を認めてやる義務なんて無いだろうが」

「うん、でも……」

「でもも何も、縁もゆかりも無い人間の図々しい頼み事より、せっかく土地を買ったお前の感情を優先すべきであってだなあ」

「宇野さんといったか。失礼だが、我々は地権者の坂内さんの口から答えを聞きたいんだ」

登は宇野の言葉を遮り、強めに睨み付けた。宇野は「分かってないなあ」と首を横に振る。

「俺はこいつの婚約者、身内なわけ。気が弱くて言いたいことも言えないもんだから、代わりに主張してやってんの。問題ある？」

なあ？　と駄目押しをするように、宇野はみずほに大仰なしぐさで頷いて見せた。みずほは下を向き、小さく頷く。

「ほら。だから話し合いとやらは俺が受け付けるんで、そのつもりでいてもらえねえかな」

「では伺いますが、宇野さんはこちらでキャンプ場を開設なさるご予定だそうですね」

ふいに繁子がバッグからタブレットを取り出してクラウドファンディングのページを表示し、宇野の前に掲《かか》げる。ふいをつかれたのか、宇野も背後の二人も、驚きで目を丸くした。

「な、んで、これを。わざわざ調べやがったのか」

「私、志《こころざし》ある方にご協力するのが趣味でして。たまたまこちらのページを拝見した次第です。たまたま。偶然に」

しれっとした言葉がよどみなく流れ出ている。登は下を向いてひそかに苦笑いした。繁子はおそらく、偶然などではなく相応に手を尽くしてネット上に存在する宇野の痕跡《こんせき》を調べ上げたに違いなかった。

感情を取り繕《つくろ》わず、不機嫌や当惑が丸分かりな宇野にとって、感情を表情に出さない繁子はかなり相性が悪い。宇野は感情を取り繕う方ではなさそうなので、不機嫌や当惑が丸分かりだ。今も「しまった」といったふうに唇をへの字に曲げている。

「そのリンクをたどってたどって、かなり長い道のりでしたがこちらも拝見しました」

繁子はそう言ってタブレットを何度かタップした。ばつの悪そうだった宇野と仲間たちの顔色がはっきりと青くなる。繁子の隣に座る登に画面は見えないが、例の大麻使用が疑われる裏ブログだと分かる。

「龍ちゃん。なに、それ」

さすがにみずほもおかしいと思ったのか、繁子が持つタブレットの画面を見ようと椅子から立ち上がった。

「オメーは見なくていい！」

宇野は思わず立ち上がって手を伸ばし、タブレットを奪い取ろうとする。繁子は宇野の指が触れる寸前で立ち上がり、うまく避けた。

「チッ、デブババアの癖に」

悪態、というよりただの幼稚な悪口を吐く宇野に、不安げな表情のみずほが取りすがった。

「ねえ、龍ちゃん。さっきちらっと見えたけど、『やっぱ自分で野菜栽培したい』って書いてあったよね。ここで一緒に住んだらキャンプ場やって、自分で野菜も作って、のんびり暮らそうって言ってたもんね。なら何で隠そうとするの？」

「野菜だのワイルドベジタブルだのというのが、そのテの人にとっちゃ大麻の隠語だからだろうな」

登はつい口を挟んだ。宇野と仲間がこちらを睨み、みずほは両目をまん円《まる》にしてこちらを見ている。繁子だけがゆっくりと頷いた。

「俺も知らなかったけど、その裏ブログとやら見てたら、何を意味すんのかは大体気づいたよ」

「おっさん！　外野がテキトーなこと言ってんじゃねえぞ！」

宇野と茶髪が気色《けしき》ばむが、二人と登の間に繁子が移動してうまく壁を作る。

「四谷さんがおっしゃってるのは、適当なことではなく、事実ではないでしょうか。木々に囲まれた私有地の中にキャンプ場を作り、利用者をクラウドファンディングに賛同した会員のみにすれば、ここで大麻を栽培しても、大麻パーティーを開いても、そう簡単に周囲には漏れませんものね」

「ババアてめえ！」

三人は怒り心頭、今にも襲いかかってきそうな勢いだが、繁子は涼しい顔をしている。ここで明確に否定するか、しらばっくれでもしておけば、少なくとも婚約者に対してこの場だけは取り繕えるだろうに、もはやその考えさえ浮かばないようだ。

まあ、向こうから先に手を出されたなら立場が悪くなるのはコイツらか。何かあれば警察を呼ぼう。

駐在所の警察官は顔見知りだ。もし暴力沙汰で呼ばれて、地元住民と平日午前に酒が抜けた様子もない、髭モジャ男となら、少なくとも自分の方を信じてもらいやすいだろう。ようは俺から手を出さなければいい、たぶん。と登も腹をくくる。狩猟ベストのポケットにスマホがあるのを確認し、立ちあがった。

「まあねえ、大麻だって俺のじいさんたちの世代では繊維用に作ってたとは聞くけどね。でも、あんたらが使う用途は違うやつだろ？」

ギクリ、と三人の表情がこわばる。

「そういうのをさ、俺らが生業《なりわい》として作ってるもんを隠語に使うたぁ、農家の端くれとしてはやっぱり気分はよくないわけよ」

正直、登にとっては社会正義などどうでもいい。法を犯してまで違法薬物等を所持し使いたいやつは勝手に自滅すればいい、そう思っている。

しかし、今は抑えきれない三つの怒りを登は抱えている。

曲がりなりにもご近所さんになった女性をだまくらかしていたことがまず一点目。

人の近所で違法なものを栽培し使用するコミュニティーを作ろうとしていたのが二点目。

そして、よりにもよって汗水垂らしながら人の口に入るために栽培している「野菜」を、薬物の隠語として使っていたこと、が三点目だ。三点目に関しては別にこいつらが使い始めた訳ではないだろうが、その言葉になじんで使っているのは腹が立つ。

「知るかよそんなん。ババアとジジイが好き勝手妄想並べたてやがって。いいから出てけオメーら、調子に乗ってっと警察呼ぶぞ！」

「龍、警察沙汰はさすがにマズイ」

「そーだよ。ちょ、落ち着いて考えなって」

激高して立ち上がる宇野の両脇で、仲間の二人がなだめにかかる。さすがにここまで魂胆が露呈《ろてい》し、軽い気持ちでネット上に残した情報が明らかにされては分が悪いと理解できたらしい。

顔を真っ赤にしている宇野の前に、すっとみずほが歩み出た。胸に手を当て、猫背で、相変わらずおどおどとした印象だが、顔はしっかり宇野を見ている。繁子がさりげなくみずほの背後に近づいた。何かあった時に守れるようにか、と気づいて登も少しだけ彼らに近づく。

「龍ちゃん。ねえ、嘘ついてたの？　小さなキャンプ場で、自然が好きな人たちにゆっくりしてもらいながら、二人で静かに暮らしていこうって言ってたのは、嘘だったの？」

　みずほがか細い声で、しかし目をそらさずにそう言うと、宇野はいまいましそうに頭をかきむしった。

「別に嘘を言ったつもりはねえよ。自然が好きな連中っていうのは間違いねえし、お前と暮らしたいっていうのも、本心だって。信じてよ。なあ。俺とお前の仲じゃん。信じるよなあ？」

　な？　と子どもをあやすように顔を斜めにして笑いかける宇野の前で、みずほは眉間に皺を寄せる。

「でも、嘘は言ってなかったとしても、大麻とかなんとか、教えてくれなかったこと、たくさんあったよね。私、うるさいの嫌だって何度も言ったのに、昨日も夜から龍ちゃんとお友達がお酒飲んで騒ぐの、家の中で我慢してたのに。こういうの、今だけかと思ってたけど、キャンプ場開いたら、毎日こういう感じになるの？」

「いやみずほ、落ち着け。人の話聞けって」

「聞いてるよ！」

　ふいにみずほが大きな声を張り上げた。宇野ら三人だけではなく、繁子でさえも巨体をビクリと震わせる。みずほに大きな声が出せたのか……という意外性、繁子も驚くことがあるのか……という衝撃で、登は思わず二人の姿を交互に見た。

「わ、たし、いつも聞いてたよ！　龍ちゃんの言うこと、やりたいこと、全部いっつも聞いてきた。それで、私がそれおかしくない？　とか、私がこうしたい、とか、言っても、今まで全然まともに取り合ってくれなかったじゃない！」

小さな両手を握《にぎ》りしめ、涙をぽろぽろとこぼしながら、それでも坂内みずほは声を振り絞った。

「私の話、聞いてないのは、龍ちゃんの方！」

「うっせえ！」

宇野が右手を振り上げた。まずい、と登が駆け寄るよりも先に、みずほの近くにいた繁子が手を伸ばす。

きゃっ、というみずほの小さな悲鳴が上がるのと同時に、繁子が宇野の腕を払った。

撥《は》ね上げられた宇野の拳《こぶし》は握り込まれていた。平手ではなく、拳で殴るつもりだったのだ。なんてやつだ。さすがに仲間二人も暴力沙汰はまずいと思ったのか、茶髪が慌てて宇野を羽交い締めにした。

登の中で、今日一番の怒りが湧き上がった。男女のケンカに口出しする趣味はないし、今回の二人の仲たがいのきっかけは自分たちの来訪であることを差し引いても、婚約者に手をあげる男など、擁護する余地は一つもない。

「ちょ。それはやめろって、龍」

「殴るとかマジありえんし」

「……うっせ！」

宇野は茶髪の腕を振り払うと、腕をぶらぶらさせて周囲をぐるぐる歩き回り始めた。

「あーちくしょ、うまくいくと思ったのに。マジ冷めた。マジどうでもよくなった。ダチも裏切るし。誰も彼も俺の言うこと聞かねえし。うぜえ、うっぜえ」

ジーンズのポケットから電子タバコを取り出し、吸い始める。いつの間にか、繁子だけではなく茶髪と女の仲間二人もみずほの前に立って宇野を警戒していた。登はそのさらに一歩前に出た。もし宇野が暴れたら、最初の壁ぐらいにはならなければならない。

「みずほぉ」

投げやりな宇野の声に、「な、なに」とみずほは上ずった声を上げる。

「無いわー。マジ無いわお前。せっかくちょうどいい土地持ってるってＳＮＳで知って、手間と時間かけて、この俺が口説いてやったのに」

はあー、とこれ見よがしに宇野が息を吐くたび、みずほが体を硬くする気配があった。

彼女に繰り返しこういうもの言いをして、従属関係を作り上げてきたのだろうか。登の中で、予感が確信になりつつあった。

「面倒くせえから、もう無し。結婚もキャンプ場も、もうどうでもいいや。予定通りにやっても、こんなうっせえジジイババアが口出してくるのも勘弁だし、お前もなんかうぜえし」

宇野はばかにしたような目つきでみずほを見ている。震えながらもその視線から顔をそらさないみずほがいじらしかった。

そして、二人の間に入るように立ちふさがっている繁子の顔が険しくひそめられていた。怒っている。これは相当、怒っている。登はちゃらちゃらと恨み言を述べる宇野よりも、繁子の怒りの方がよほど恐ろしかった。愛犬チロが見たら、恐らく尻尾を巻いてゴロンと腹を見せる。

「あー。でもこれでせいせいするわ。土地でもなきゃ、お前みてーな暗くてキモイ女、マジ勘弁だから」

「宇野さん」

ズン、という威圧感と共に、繁子が一歩前に出た。さすがに迫力を感じたのか、よく回っていた宇野の口もぴたりと停止した。

「今後、我々は警察に何か言ったりは致しません。ですが今後、も、し、も、何らかの形で坂内さんや四谷さんや近隣の農家さんが被害に遭うことがあれば、心当たりのある情報提供を含め、捜査協力致しますので、ご了承ください」

繁子は冷静を通り越して冷徹な声でそう言うと、宇野からもらった名刺を上着の内ポケットから取り出してひらひら振った。なるほど、と登も合点がいく。住所を押さえているのは、こういう時に強い。たとえ拠点をすぐに引き払ったとしても、証拠としてはそれなりに有効ではあるだろう。

「……っ」

宇野はもはや恨み言も言えず、顔を真っ赤にして唇をかみしめていた。ターゲットをみずほから繁子に変えて睨み付けてはいるが、勝敗は明らかだった。

「畜生！」

宇野は手にしていた電子タバコを地面にたたきつけると、白いＲＶ車へと大股で歩いて行った。

「あ、龍ちゃ……」

みずほがか細い声で何か言おうと口を開いたが、結局何も言えないまま、ＲＶ車はエンジンを吹かして乱暴に砂利道を走り去っていった。

みずほは、ふーっと大きな息を吐くと、その場にしゃがみ込んだ。

「ちょっと、坂内さん、大丈夫かい」

思わず登が声をかけると、「ええ、ちょっと……」と、膝に顔を埋《うず》めたみずほからか細い声が返ってくる。

宇野にとっては練っていた計画が覆《くつがえ》されて、今頃さぞかし腸《はらわた》が煮えくり返っていることだろう。だが、裏切られたうえ、心無い言葉を投げつけられたみずほのダメージは、宇野の比ではない。しかも、事情がどうあれ、破局のきっかけを作ったのは間違いなく自分なのだ。どう声をかけるべきかと登が迷っていると、みずほは顔を伏《ふ》せたまま、「す〰〰」と妙な声を出し始めた。

「あ、の、坂内さん？」

「〰〰すっきりしたああ〰〰」

ぱんぱんに張り詰めていた風船から空気が抜けた時のような声だった。泣いていたらどう慰めようとばかり考えていた登は驚いたが、傍《かたわ》らの繁子も目を丸くしていたのでさらに驚いた。

みずほはゆっくりと立ち上がると、ブラウスの袖《そで》で目をごしごしとこすった。

「やっと、言いたいこと、言えました」

両目が真っ赤のひどいありさまではあるが、不思議とすっきりした表情だった。

「ご立派でした」

繁子がずれたことを言いながら頭を下げる。みずほも「ありがとうございます」と礼をした。

なんだか女性二人に置いて行かれたような気がしながら、登も慌てて頭を下げる。

「その、坂内さん。申し訳なかった。突然お邪魔して、結局お二人の仲を裂くような結果になってしまって。でもやはりこちらとしては、どうしてもキャンプ場の件については言及せざるを得なくて、ええと……」

言い訳めいたことをしどろもどろになりながら説明すると、みずほは目を細めて首を横に振った。

「いいんです。怪しいとは思ってたけど、クロなら今後のことはどっちにしたって白紙にしなきゃいけないし。それに、あの人と一緒になって大丈夫かなって、不安な部分もあったんです。土地とかキャンプ場のことだけじゃなく、人間の相性っていうか」

みずほは少しうつむきながら、自分を納得させるように呟いた。言っていることはもっともだ。大麻の云々《うんぬん》は別にしても、婚約者に拳を振り上げ、暴言を吐くような男、別れて正解だと登の理性は判断する。

しかし、つまるところは男と女の話だ。どうしたって、外野が足を踏み入れて許されることではないし、みずほ自身も口では割り切りつつ、納得していない部分も多かろう。

かけるべき言葉を見つけられないでいる登をよそに、みずほはカラ元気を出すように上体を伸ばした。

「まあ、振られてしまいましたが、別にいまさら」

「それは違いますでしょう」

隣に立っていた繁子がふいに話を遮った。

「坂内さんが、宇野さんをお振りあそばしたんです。清らかで、非常に美しいお振り方でした」

何か日本語がねじれてはないか。聞き慣れない表現に登が首をかしげるのをよそに、みずほは繁子の言葉に力強く頷いた。

「お見苦しいところをお見せしましたが、こういう結果になって、少しほっとしてるんです。お二人が龍ちゃんのキャンプ場の目的を暴いてくれなければ、私も納得できないまま、計画を進められちゃったんじゃないかと思うし。ありがとうございました」

「こちらこそ、爽快なお振り方を見届けさせていただき、ありがとうございました」

「あ……りがとうございました、で、いいのか？」

三人で深々と頭を下げていると、少し離れたところから「あのう」と間の抜けた声がかけられた。

「あー……、俺らも、そろそろ、帰って構わないっすかね」

残された茶髪と若い女の二人は、ばつが悪そうにその場にたたずんでいた。

「キャンプの道具とかー、全部あたしらのなんで、持って帰ります」

そう言って二人はアウトドア・テーブルやテントを片付け始めた。計画の首謀者《しゅぼうしゃ》はあくまで宇野、彼らは協力者程度の立ち位置だったということだろう。主導側の一員だったら、キャンプ場計画を粘られてもおかしくなかった。そうではなさそうなことに少しほっとしながら、繁子と登、庭を汚された側のみずほも加わって、散らばった空き缶をみんなで拾い集める。

「あ、ども。なんか本当、すんませんでした」

茶髪と目が合うと、恥ずかしそうに頭を下げられた。

もし宇野の計画していたのが普通のキャンプ場だったなら。もしみずほが宇野とその仲間たちと一緒に騒ぐことを楽しめる立場だったなら。この若者二人が普通にうちの近所で楽しい時間を過ごす未来もあったのだろうか。

そう考えて、登は目を伏せた。違う。宇野やこの二人にとって当初の予定が崩れようとも、自分が考えるべきは、自分と農場、そして地域の利益だ。違法行為に目をつむってしまうのは、望ましいことなんかではない。

繁子が言っていた、当事者であるみずほと自分、双方の満足を腹八分まで持っていくこと。そのためには宇野側の満足までは考えないこと。その冷静な意味が、今ようやく分かった気がしていた。

五人がかりで、ミニログハウスの周辺はすっかり片付き、若者二人はキャンプ道具をピックアップトラックの荷台に積み、座席に乗り込んだ。

「何のお構いもしませんで……」

どこかずれたことを言って頭を下げるみずほに、車内の二人は苦笑いで応えた。

「まー、あたしが言うのもなんだけど、縁切れて良かったんじゃない？」

「俺らも、龍と手を切ることを考えるわ。すぐキレて話ごまかすこと一つできないような奴、どうせどっかでトラブル起こすし」

「んじゃ、もう会うことないだろうけど、元気でねー」

遠ざかっていく黒のピックアップトラックに、みずほは長い間頭を下げ続けていた。

少し離れたところで様子を見ていた繁子と登は、ほぼ同時にふうっと小さく息を吐く。

「一つだけ、宇野さんとそのお仲間の、褒められるべき点を挙げるとするならば」

繁子がぼそりと、みずほに聞こえないぐらいの声量で切り出した。

「本日しかサンプルがありませんが、坂内さんの敷地内でキャンプをして騒いでも、法的に問題となる物品を持ち込んでいなかったことですね」

「あ」

登は言われて気が付いた。そういえば、あの三人の連中が小屋の前で飲んだくれていた時、テーブルに載っていたのはアルコールの缶だけで、裏ブログに映っていたガラス器具や謎の薬包紙は存在していなかった。

片付けの時もそんな物品は見なかったし、テントの収納を手伝った時も仲間の二人が何かを隠している様子はなかった。

「籍を入れるまでは、つまり嫁さんの土地を自由に使えるようになるまでは、慎重《しんちょう》を期したのかね」

「あるいは、少なくとも結婚するまでは、坂内さんを違法行為に巻き込むつもりはなかった、ということなのか……」

そのあたりの真意は宇野にしか分からないし、今更確かめようもない。

みずほがこちらを振り返る。その表情は、どこか寂しげなような、つきものが落ちたような、複雑な色合いをしていた。

登が「今日はひとまず帰るんで、また今度」と日を改めての話し合いを提案しようとしたところ、隣から地響きのような音がした。

「失礼、健康なもので」

繁子の腹の音だった。思えばゴタゴタに巻き込まれたせいで時間を気にしていなかったが、そろそろおやつ時間といってもいい。とはいえ、ついさっき芳子がたっぷりと昼食を振る舞ったのにこんなに豪快に腹が鳴るとは。非常に健康的だ。その堂々としている様は、食が細い登にはいっそうらやましいぐらいだ。

ここはやはり家に帰って間食を、と登が口にしようとしたところ、みずほが「じゃあ」と前のめりになった。

「あの、もしよろしければなんですけれども……私、お昼これからで。簡単なものでよければ、お二人とも、うちで簡単な軽食でも、召し上がりませんか？」

「ありがとうございます。ぜひ」

合意が早い。と登が返事を言うまでもなく、女性二人はミニログハウスの方へと歩いて行った。


「ごちそうさまでした。大変美味しゅうございました」

「いや、本当にうまかった。ごちそうさまでした」

繁子と登はふうっと満足の息を吐きながら、手を合わせてみずほに感謝した。

シンプルなエプロンをまとったみずほが、ミニログハウス内の小さなキッチンに立ったのが約三十分前。

そこから目を瞠《みは》るような手際で、三人分の軽食を作り始めた。といっても、出てきたものは量も質も立派なもの。本人は「簡単なもの」と言って二人を誘ったが、料理に詳しくはない登の目から見ても明らかに謙遜するようなものではない料理ばかりだ。

生ハムとレタスのサラダに何かの手作りドレッシング。

ヨーグルトっぽい何かに漬けられた鶏もも肉をフライパンで焼いたもの。

何かの干しキノコとタマネギのシンプルな何かのソースに、何か独特の風味がする塩をかけて仕上げたパスタ。

ニンニクとオリーブオイルと何かのハーブを混ぜてトーストしたフランスパン。

どれも、料理自体はシンプルなのに、「味わったことがないけれどすごくおいしい何か」の味にあふれている。会話することさえ忘れて夢中で胃の中へとおさめた。登は家で昼食をとった後でけっして腹が減っていたわけでもなかったのに、香りや味わいのお陰かつい出されるままに完食してしまった。

繁子は言わずもがな、芳子の料理の時と同じように無表情ではありながら、まったく滞ることなく料理を口に運んでいる。みずほは来客二人の食べっぷりがうれしいのか、微笑みながら食事を共にしていた。

食後に以前出されたのと同じ味のハーブティーをごちそうになりながら、登はもう一度ため息を吐く。

「いやー、本当においしかった。坂内さんは、どこか料理の学校とか、通われてたんですか」

「いえ、特にそういうのは。母も父も料理が好きで、私も自然とそうなっただけです」

「素晴らしいです」

繁子の静かな声から、最大限の賛辞《さんじ》が漏れ出ていた。みずほはカップを手にうれしそうに頷いている。

宇野さんも喜んで食べてたんじゃないですか、と登は口に出しそうになり、慌ててハーブティーを飲み下して自分の軽率さを恥じた。今さっき、結果的にその宇野との仲を裂いたのは間違いなく自分たちなのだ。

「宇野さんは、坂内さんの料理の腕を評価しなかったのですか」

「うえっぼっ」

喉《のど》の奥からハーブティーが逆流しかけて、登はむせた。せっかく俺が言うのを堪《こら》えたっていうのに、と若干恨めしい目で繁子を見る。

「大丈夫ですか四谷さん。ええと、龍ちゃ……宇野、さん、はですね。私が作る料理だと味が薄いみたいで、好きではないようでした。塩とかソースとかマヨネーズとかたっぷりかけて、ちょうどいいみたいでした」

みずほは少し視線を落とし、思い出しながらエプロンの裾《すそ》を両手でもんでいた。せっかく心を尽くして作った料理に、ソースをたっぷりかけられては作った側としては思うところもあったろう。

「宇野さん、もしかして中京方面のご出身ですか？」

「名古屋《なごや》です。何で分かったんですか？」

みずほは驚いたようで思わず立ち上がった。登も、特になまりのなかった宇野がどうして中京出身と分かったのか、理由が分からない。

「私の知り合いで何人か名古屋出身の人がいまして。ごく微妙なアクセントが似ていました。単純に全国平均から言うと、あちらの地方はやや味付けが濃いものが好まれるのですよね」

「そうですか、濃い味付けが、好まれる……」

「ですから、生まれ持っての環境やそれによって育まれた舌からくる嗜好差《しこうさ》です。坂内さんのお料理が至らないわけでも、宇野さんの舌がばかなわけでもありません」

そう言ってから、繁子は「おっと失礼」と口をつぐんだ。

「ばかという表現は適切ではありませんね。舌がお粗末《そまつ》なわけではない、がより良いでしょうか」

「あっはは」

みずほは声を上げて笑った。初めて見せた笑顔だった。

そういうことか、と登は納得する。

登はさりげない繁子の気遣いかた、いや、あえて気を遣わない距離感に感心していた。我々が二人を別れさせる要因となったことはひとまず脇に置き、結婚の縁が切れた相手に関する話題を神経質に避けるのではなく、かつ不当におとしめることもなく、ごく自然に会話に組み込む。

こういうのも、人間関係の機微《きび》というものだろうか。それとも、同性同士だからこそ理解し合えるものがあるのだろうか。

少し気持ちがほぐれたらしいみずほが、空のポットを手に取った。

「お茶のおかわり淹れますね。二杯目はすっきりしたローズヒップ系にしましょうか。そうそう、冷凍庫にアイスがあるんですが、お二人とも、召し上がりますか」

「頂きます」

「あ、い、頂きます」

繁子につられて登も前のめりに返事をした。

酸味のある二杯目のハーブティーも、アイスまでもごちそうになって、登は多少くつろいだ気持ちになった。繁子は相変わらず背筋をピッと伸ばしているが、宇野らと対峙《たいじ》していた時のようなピリピリとした緊張感は消えている。

登は失礼にならない程度に部屋を見回した。前回同様、壁一面を占めている巨大な本棚がとにかく目立つ。以前は気にする余裕がなかったが、並んだ本のタイトルを眺めていると、日本文学、海外文学、純文学、エンターテインメント、ノンフィクションと、幅広いジャンルであることに気づく。根っからの本好きの棚だな、と感じ、ふと口を開いた。

「俺も中学ぐらいの頃に、三島由紀夫《みしまゆきお》が好きでね」

「えっ」

何気ない呟きに、みずほは顔を上げて驚いていた。繁子も両目を真ん丸にしている。いや、みずほはともかく、繁子にこんなに驚愕《きょうがく》されるほどおかしなことだろうか、と登は頭をかいた。

「昔、図書室から何冊か借りて読んでたら、親父に叱《しか》られたんだ。本読んでる暇なんかあったら勉強しろって。確かにそうだな、って先延ばし先延ばしにしてたら、ゆっくり本読む暇もないままこの年になってしまって」

言い訳がましく語っていると、どうにも恥ずかしくなって登はカップを傾けた。本好きとして思うところがあるのだろうか、みずほは胸の前で手を重ねて、何か言葉を探している様子だった。

「そう、だったんですか……。あ、あの、でも、晴耕雨読《せいこううどく》って言いますでしょ。農家さんって、雨の日は、さすがに外でのお仕事はないんじゃ……」

「雨の日は重機や道具の整備とかがあってね。そうでなきゃ日頃の疲れからグッタリ寝てるとか、冬は出稼ぎとか。実際のとこ、農家はよっぽどのことがない限り、本をゆっくり読んでる暇がないんだ。サラリーマンだった時は忙しくて読めなくて、脱サラして農家の婿《むこ》さんになったら読めるかと思ったら、やっぱり結局読めなかった」

情けねえな、と登は語りながら思う。畑作農家の婿になったことに後悔はない。こんな形で、得られなかった小さな趣味の話をすることに意味もない。でも、家族でも農家仲間でもない他人を前に、ほんの少しだけ普段言えないことをこぼしたくなってしまった。

「農家さんって、あの、失礼に聞こえたらすみませんが、もう少し、スローライフというか、のんびりした生活だと思ってました」

遠慮がちにそう言うみずほに、登は「うん」と穏やかに頷いた。

繁子は二人の会話に口を挟まず、上品なしぐさでカップを傾けていた。

「世間一般的にはそう思われてるだろうし、実現できている農家もいるだろうな。スローライフってね、俺もうらやましいとは思う」

正直、芳子の家に婿に入って農家となる決意をした時、ゆっくりした、ゆとりのある人生を送れると思っていた。

「ただ、自分がスローライフやれるかっていうと、なかなか難しくてね。やることは多いし、なにより生活がかかってる。自給自足で自然に親しんで、ってのに憧れがない訳じゃあないけど、実際は食うだけならともかく子ども食わせて育てて学校行かせて、なおかつ税金やらなにやら支払わなきゃいけないし。そうなると、やっぱり、忙しいもんだよ」

登は説明をしながら、気持ちが落ち着いていくのを感じた。本をゆっくり読む暇などなかった。でも、家族を食わせて、世間さまに恥じない生き方をしてきた。これだけは、絶対に胸を張れる。

みずほは登の話に耳を傾け、少し身を縮めてうつむいた。

「私、ここに来る時、憧れというか、目標があったんです。育てた野菜とかで自給自足して、環境負荷の少ない暮らしを営んで、子どもを育ててっていう。だから龍ちゃんと一緒になって、今の仕事やめて、ゆっくり暮らしていこうって思っていたんですけど……甘かったたん、ですね」

「いや、いいと思うよ」

考えるより先に、登は沈んでいくみずほの憧れを肯定した。

「俺もそういう生活、いいと思う。でも、今の日本ではたとえ生活費や固定費をほぼゼロにしても、税金だ医療だ、あるいは子ども育てるなら学費だって、どうしても現金収入が必要になっちまう。ここの山の固定資産税だって、高いもんじゃないっていってもゼロではないよな？　なら、今の仕事でもなんでも、やれる仕事やりながら、理想を一個一個、無理なく実現すればいいんじゃないのかな」

登は自分でも意外なほどに、みずほの応援をしてやりたい気持ちになっていた。みずほが送りたいというスローライフを、自分が得られなかったからといって邪魔したいという考えはみじんも起こらない。むしろ、積極的に実現してほしかった。実現できることを証明してほしいという思いさえある。

「もし坂内さんがそういう生活に憧れておられるなら、よろしいと思います。そこで、私からご提案があるのですけれど」

ふいに繁子が口を開き、テーブルの上にタブレットを置いた。幾度か操作すると、画面にこの周辺の地図が開かれた。

「原点に戻りまして、坂内さんのこの山林に鹿追いに入る話ですが」

「あ」

「あ」

みずほと登、二人の口から妙な声が出て、繁子が眉根を寄せる。

「まさかお二人とも、お忘れでしたか。私がここに呼ばれた問題について、話を戻させていただきますよ」

宇野のうさんくさいキャンプ計画だの、スローライフ願望だのの話に気をとられて、当初の問題は二人の頭からすっかり抜け落ちていた。

「要するに、坂内さんの土地に鹿が入り込まなければよろしい訳ですよね。そこで、プランAです。山林と畑の接点を中心にぐるりと鹿柵《しかさく》で囲ってしまえばよろしいのではないかと」

繁子はみずほが所有している土地をぐるりと指でなぞった。みずほはなるほど、と表情を明るくしたが、登はうーんとうなる。

「鹿柵はなあ、俺らも考えたんだよ。しかし、行政に問い合わせたところ位置的に補助があんまり出ないとこで、そうなると言っちゃなんだが、俺も害獣駆除仲間も、あんまり予算が」

登は口にこそ出さなかったが、たとえ土地所有者と折半しても、結構な金額になるのだ。みずほの質素な暮らしぶりを知り、さっきのスローライフ志向の経済感覚の話を聞いた後だと、なおさら呑んでもらえる提案とは思えない。

「では双方が百パーセント満足なさるであろうプランAは却下、と。ではプランBの方をご説明します」

繁子はブランドバッグから電子ペンを取り出すと、地図に赤線を引いていく。頭を突き合わせてタブレットをのぞき込んでいた登とみずほは、その線の流れにあっと声を上げた。

「これは……私の、この小屋を、鹿柵で囲むんですか？」

「ええ。ただし、小屋から見えない範囲ギリギリのところです。幸い、ここは山林の頂上近くですし、実際にこちらに伺って周囲を拝見して、いけるなと確信しまして」

「見えない範囲を鹿柵で囲み、それ以外のところは四谷さんら猟師さんが鹿追いに入っても良いことにしていただければ助かるのですが、いかがでしょう」

「確かにこれなら鹿も追い出せるし、坂内さんも俺らの姿を気にしなくてよくなるな」

登は感心して頷き、地図と窓から見える風景を見比べた。一般的な家庭の庭サイズを囲うよりは何倍も距離があるが、山林周辺にぐるっと鹿柵を設置するよりは、かなり短くて済む。

「シンプルな話ではあるのですが、人間、視界に入らない、知覚しないものは案外気にならないものですよ。坂内さんのご要望は邪魔されることなく静かに生活したい、でしたので、これがベターかと思います」

「ええ確かに……これなら、鹿撃ちの人が入っても気にならないかも……」

「道にかかる柵の部分は門のようにして、車で出入りされる際に鍵で開け閉めすることになるので、お手数が増えますが」

「うん、むしろ、あった方が安全でいいかもしれないな。女性の一人暮らしだし」

登はそれ以上口に出さなかったが、万が一、宇野が戻って来た場合の心構えとしても、繁子の提案は有効だった。

「もちろん、坂内さんの安全のため、小屋から見えなくとも、法で許される範囲であっても、敷地内では絶対に発砲なさらないことが絶対条件になるかと思います。四谷さん、お仲間にはご協力いただけそうですか？」

「ああ、絶対に守るし、守らせる」

登は力強く頷いた。繁子も頷き返す。みずほもほっと安心したように息を吐いた。

鹿柵の設置と敷地への立ち入り同意が得られ、ひとまずは先行きが見えた。

みずほが三杯目のハーブティーを用意しに席を立ったところで、登は繁子に向けて声を潜めた。

「あの、森田さん。その。柵の設置費用のことなんだけど。我々猟師と坂内さんで折半するとして、柵が短くなったとしても。そこそこにお値段するかと思うんだが」

「ええまあ。ですが、その辺はゼロとはいかないまでも、かなり少なく抑えるよう、こちらで工夫させていただきます」

声を抑えながらも、繁子の言葉は自信に満ち満ちていた。赤い口紅を塗った唇の端が、何かを確信したかのようにきゅっと上を向いていた。


一週間後。繁子はみずほの小屋近くで、ヘルメットに上下の作業着というういで立ちでパワーショベルに乗っていた。するするとスムーズに木々の間を移動し、柵を打つ場所の地面を平らにならしていく。

少し離れたところで狩猟仲間五人と鹿柵設置場所の確認をしていた登は、繁子が危なげなく重機を動かしていく様子に目を丸くした。

重機と資材の手配は、全て繁子がやってくれた。事前に送られてきた見積もりを確認した登は驚いて紙を三度見直し、慌てて繁子に電話した。安すぎなのだ。登の感覚でいえば、必要な費用の半分程度だ。

それに対する繁子の答えは、「知り合いのつてやら何やら使わせてもらいました。それに、設置には四谷さんたちのお手をお借りします」とのことだった。

なんだ、業者ではなく自分たちでやることで人件費を抑えるつもりなのか。確かに害獣駆除仲間には重機の免許を持ち、扱いに慣れている者もいる。そうでない仲間も、農作業の合間に力を合わせれば確かに安く済ませられるな、と登はそこで納得した。

しかしまさか、繁子が自ら運搬トラックで重機と資材を運び込み、しかも自分で操縦するとは思わなかったのだ。しかも、その操作技術は巧みなものだった。

作業の休憩時間、仲間たちは小屋のウッドデッキに集まり、短く切った丸太を椅子代わりにして座った。みずほが茶や軽くつまめる軽食をさっと出してくれた。

「すみません、皆さん柵作りに汗流してくださってるのに、私、こんなことしかできず……」

おどおどしながら料理を出すみずほに、狩猟仲間たちは一様に首を横に振った。

「なんも、気にすんなって！　それよりこの、パイみたいの、うまいな」

「あ、それ、ほうれん草とベーコンのキッシュです。直売所で、とてもいいほうれん草と厚切りベーコンがあったので……」

「あー、もしかしたらその野菜、うちで出したやつかもしれん。んで、ベーコン出してるのは、加工もやってる養豚場よ。こっから近くよ」

「えっ、そうなんですか」

山林立ち入りの交渉の時はぎこちなかったみずほと狩猟仲間の雰囲気が、今ではもうだいぶほぐれていた。

自分の皿のキッシュやサンドイッチに真剣な顔で向かい合っている繁子に、登は声をかけた。

「森田さんあんた、重機使えたんだな」

「素人《しろうと》が金と時間かければとれるようなのは一通り。別にそのことで追加料金とったりしませんので、ご心配なく」

繁子は恐縮するでもなく、自慢するでもなく、ただ淡々と答えてサンドイッチを口にする。

隣ではみずほを中心に仲間たちの会話が盛り上がっていた。

「鹿肉なあ。あれは個体差と撃つ場所で味変わるから、結局処理場に持って行くのが一番楽なんだよなあ。季節によっても味が違うし。夏なんか脂っけなくて」

「あ、あの。脂肪がないなら、むしろ、ジャーキーとか作るには向いてるかもしれません……。人間用だけじゃなくて、味付けしないで保存性よくできれば、犬用とかも……」

「それいいかもしれんな。最近は内地からキャンピングカーに犬乗っけて来る人もいるし、道の駅に置いたら売れるかも」

「観光客だけじゃなくて……その、札幌で犬を飼ってる友人を見てると、ペットにお金かける人が多いから、ネットをうまく使えば、欲しがる人がいるかも……しれません……」

どうやら話題は鹿肉の有効活用についてらしく、都会育ちのみずほだからこそ出せる意見もあるだろう。登は彼女が少しずつ打ち解けていく様子にほっとしながら、繁子に向かって声を潜める。

「それにしても、結果オーライだったからといって、坂内さんは婚約者を失うことになって、ちょっと悪いことしてしまったな……」

「ご意見もっともです。ですが、こうなってしまった以上、できる限り彼女のサポートをして差し上げるのが我々の唯一できることだと思います」

「そうだな」

登ははにかみながら話をしているみずほを眺めて頷いた。

「私も、反省はしていますので、ご協力は惜《お》しみません」

繁子はそう言って、作業着をまとった豊満な腹をパーンとたたいた。

「反省、してたのか。森田さん、いつも自信満々に見えたからちょっと意外というか」

「私も反省ぐらいしますよ。少々、感情を入れて対処してしまいました。自分の娘や孫娘があんな男に引っ掛かったら、と想像するとさすがに、見逃せず」

「ああ、そういや娘さんやお孫さんいるって言ってたっけ」

こくり、と繁子は頷いた。年齢的にはいてもおかしくないのだろうが、いつものド派手な服と堂々とし過ぎる態度を思うと、繁子が孫娘をあやしている様子が登にはどうも想像つかない。

「家族がいることこそが、私の仕事の原点でもあります」

繁子はそう言うと、大きめのサンドイッチをばくりと口に入れ、飲み下した。

「自分のことなら多少痩せ我慢できても、大事に思う家族や友人が困ってたら、どうにかしてやりたいと思うものでしょう。たとえ一人孤独に生きていたとしても、たどれば誰もが誰かと縁があり、それぞれ腹八分に満足する権利はあるはずです。農家だろうが都会の人だろうが、違いのあろうはずがない」

繁子は登を見ず、目の前の山林を真っすぐ眺めてそう言っていた。誰に対する言葉であっても、それは繁子の信念に違いなかった。

「こじれた問題が発生しているなら、何かのしくみがおかしいか、誰かが極端に我慢してしまっていることが原因である場合が多い。私の仕事は、少しでもそれを解消するお手伝いをすることです」

背筋を伸ばし、真っすぐ前を向いてそう言い切る繁子に登は深く頷いた。

そこに、冷えたハーブティーのポットを手にしたみずほが近づいてきた。

「四谷さん、森田さん、お茶のおかわり、どうぞ」

「お、ありがとう」

「いただきます」

みずほはこれまであまり話したことがなかった地元の住人との会話にまだ少し緊張が残っている様子だったが、表情はだいぶ明るかった。

「あの、四谷さん」

「ん？」

「以前、お昼ご一緒した時にお話ししてくださったことについてなんですけど」

何だっけ、あの今まで食ったことのない何かおいしい料理をごちそうになった時……と登が思い返していると、繁子が先に「あれですね」と頷いていた。

「お忙しくてスローライフではない、っていう。あの、でも、しっかり働いている四谷さんみたいな農家さん、とてもカッコいいと思います」

「そ、そうか？」

「私も坂内さんと同意見です」

繁子が真顔で頷く。この場合、どう答えるのが正解なんだろう。分からないままで登が頭をかいていると、山林の道から黒い軽自動車が姿を見せた。

「あれ？　うちの車だ」

見慣れた車が止まると、これまた見慣れた妻・芳子が片手鍋と大皿が載ったトレーを手にして降りてきた。

「あら、ちょうど休憩中だった？　よかった！　カボチャ団子ね、作って持ってきたのよ」

芳子の元気な声が響き、仲間たちやみずほとあいさつが交わされる。カボチャ団子は早速ウッドデッキに運ばれた。芳子は皿を手に、真っ先に繁子に声をかける。

「森田さん、砂糖醤油とぜんざい、どっち食べる？」

「まずぜんざいを頂きます」

繁子の目が鍋の中に注がれている。まず、ということは後で砂糖醤油も食べる気だろう。全員分に足りるだろうか、と思いながら、登もぜんざいを所望した。

「坂内さんは？　カボチャ団子なんて、召し上がるかしら。食べたことある？」

「あ、はい……子どもの頃、おばあちゃんがよく作ってくれました。あの、砂糖醤油、頂いていいですか」

「もちろん！」

みずほや仲間が楽しそうにカボチャ団子を食べ、芳子はすすめられたキッシュをつまんでおいしそうに食べている。宇野との件も含め、みずほが越してきた時には想像もできなかった風景だな、と登は目を細めた。

「あ、あの、四谷さんの奥さま。ハーブティーとか、飲まれますか？」

「あらすてき。私、ハーブはプランターで育ててるんだけど、お茶にはしたことなくって」

「えっ育てていらっしゃるんですか。……あのう、もしよろしければ、お時間ある時に、育て方を、その……教えていただけますか」

「うんいいわよぉ。プランター大きめの買っておけば、自家製野菜も作れるし結構いいよね」

芳子とみずほは楽しそうに会話をしている。そういえば、みずほとの話し合いは今まで狩猟仲間、つまり農家の男性陣が行っており、芳子とみずほは初顔合わせのあいさつの時ぐらいしか話をしていなかった。興味のツボが合う様子の二人が登には少し意外だったが、よかったな、とも思う。

「その、恥ずかしいんですけど、野菜の作り方とかネットの動画で調べても、うまくいかなくて」

「ああ、なんも、私に聞いてくれればいいでない。ていうか、街に買い出しに出た時とか、どうせ途中なんだからうちにお茶でも飲みにくればいいのよ。雨の日なら私も旦那も家にいるから」

「いいんですか？　じゃ、お言葉に甘えて」

「私も、今ごちそうになったパイみたいなやつ、作り方教えてもらいたいわぁ。遊びに来た孫たちに食べさせたら喜びそう」

「はい、私でよければ！」

二人の会話を聞いていた農家仲間が、「この味なら店出せる」「坂内さん、ここで喫茶店やればいいべや」などと、無責任かつ明るい茶々を入れている。

「坂内さん、パソコンの仕事してるって言ってたっけ。悪いんだけど、今度うちのタブレット？　ちょっと見にきてくんねえかなあ。盆に娘夫婦が置いてったんだけど、ズームとかいうやつの設定、俺も母ちゃんも分かんなくてさあ」

「パソコンじゃなくて、IT関連の仕事なので、ハードのことは限界ありますけど……ズームの設定ぐらいでしたら……」

「うちも、なんか昨日、登録した覚えのないサイトから請求のメールが来て、振り込めっていうんだけど、これ急いで払った方がいい？」

「それ詐欺！　だめなやつです！　すぐ警察に相談してください！」

みずほの仕事やスキルを知って、周囲はがぜん盛り上がっていた。それを見ていた繁子が、ぜんざい二杯目のカボチャ団子を飲み下して大きくうなずいた。

「良かったですね、坂内さんも地元の方となじめたようですし」

「一人静かに暮らしたいって言ってたから、こういうの迷惑かなとは思ったんだけど、案外まんざらでもなさそうだ」

「ええ。お互いどうしても苦手に思う方がいるようなら、四谷さんが気を配ってあげてください」

「そうだな」

人と人の関係だ。どちらかだけが善人でどちらかだけが悪人ということはめったにない。それでも、相性というものはあるから、お節介を焼いた方がいい時は迷わず焼こう。登はそう腹をくくった。

繁子は砂糖醤油をからめたカボチャ団子の皿に手を伸ばしながら、「まあ、それに」と呟いた。

「坂内さん、今後もし冬もこちらに滞在なさるのなら、四谷さんたちの助けがないと難しかったでしょうし」

何気なさそうなその言葉に、登は思わず「あーっ！」と声が出た。

「除雪か！」

そうだ、農地の一番端である四谷農場の前までは町道なので例年除雪車が入るが、そこからこの小屋までの道は私道扱いなのだ。

居住者がいると町に言えばなんとかなるかもしれないが、おそらく除雪の優先度は下がるだろう。自分たち近隣農家がトラクターなどで自宅敷地のついでに除雪してやるのが一番現実的だ。

「忘れてた……もちろん坂内さんも、冬のことまで考えてなかっただろうな」

「仕方ないですよ。移住してから初めて分かることもありますから。ただ、事前に回避できる苦労は対策を講じておいて損はないかと」

「うん、まったくもってその通りだ……」

登はふーっと息を吐いてみずほが用意してくれていた冷たいハーブティーを口に含んだ。草の香りが鼻から抜ける。柵作りの作業に来る度に出されているので、最近少し飲み慣れてきた。

周りを見渡すと、みずほのミニログハウスの周りは広葉樹が茂り、時折、ナラの葉がはらはらと落ちてくる。心地よい秋の日だ。設置した鹿柵は見えない。まあ、見えない場所を計算したのだから当たり前ではあるのだが。

「確かにここでゆっくり本でも読んで暮らしたら最高だろうな」

登がこぼした言葉に、繁子が若干目を丸くした。

「四谷さんもたまにこちらに伺って、ゆっくり本を読ませていただけばよろしいのでは？」

「うーん、とはいえ、晴れた日に農家がボーッと読書ってのもなあ」

実際、今日の合同での鹿柵設置も、それなりに苦労して時間を捻出してきた。農家である仲間たちもきっと同じだ。

「お気持ちは分かりますが、なにも一日中という訳ではありませんよ。一時間とか二時間とか、坂内さんのお茶をごちそうになりがてら、少しお休みをとってもいいかと」

「うんまあ、それぐらいなら……」

「逆にたとえ繁忙期でも一、二時間程度のリフレッシュ時間は積極的にとった方がトータルの能率は上がると思いますよ。私見ですが、農家の方というのは休憩の取り方がお下手な方が多いと思います」

「うっ、手厳しい」

思い当たるところはある。厳しい物言いだが、繁子の言う通りだった。

コンサルタントとして農家を語る以上、これまで多くの農業の現場を見て来たことだろう。

登は純粋に疑問を持った。どういう人生送ればこういう人物になるのだろう。いや、言葉が悪い。この人は、どういう経歴を積んできたのだろうか。

「なあ、今回森田さんに世話になりっぱなしだったけど、いつからこの仕事してるんだい」

「さあ、いつからでしたか」

眉一つ動かさず、真面目な声で答えるので、どうもはぐらかした感じに聞こえない。

「出身はどこ？」

「どこ、と言えるようなところはありませんね、小さい頃から親の転居が多くて」

ああ、親御さんが転勤族だったわけか。登はそう思ったが、さすがに生まれがどことも答えないのは意図的なのか。少し角度を変えた質問を試みる。

「農業コンサルタントということは、農業関係の学校出たのかい？」

「ええ、そうです」

「大学の農学部？　それとも農業大学校とか？」

「校名申しあげてもいいですが、きっとご存じないですよ。アルゼンチンなので」

「……アルゼンチン？」

外国、しかも南米。農業国ではあるのかもしれないが、登の知識では何語が話されているのかも思い出せない。スペイン語だっけ。ポルトガル語だっけ。

「語学習得には苦労しましたが、慣れればスペイン語は美しい言語です」

登の疑問を読んだかのように、繁子は淡々と語った。

「は、はあ。アルゼンチン……」

「食べ物がとてもおいしくて。特に牛肉は素晴らしい。個人の年間消費量も世界トップクラスです。とてもいい国でした」

「な、なるほど……?」

アルゼンチンの料理ってどんなのだ。牛肉をどう食べるんだ。

登には皆目見当がつかないが、繁子は当地の料理を思い出しているのか、どこか遠いところを眺めて唇を引き結んでいる。どうやらあふれる唾《つば》を堪えているようだ。軽食とカボチャ団子三皿片付けてなお食物を欲する健康な胃がうらやましくなる。

登はそれ以上の質問を諦《あきら》めた。繁子の経歴は結局よく分からなかったが、これ見よがしに「この大学出てこういう実績があって」とゴリゴリ押してくることのない姿勢はかえって好感を持てる、気がする。

それに、問題を抱えていた自分たち農家と坂内みずほの間に入って最善策を提案し、宇野の怪しい計画も退ける手伝いをしてくれたのだ。目の前の実績に勝る信頼はない。

「さて、おなかもいっぱいになったのでそろそろ、午後の最後の仕事へと参りましょうか」

繁子はそう言って立ち上がり、ヘルメットをかぶった。登や他の面々も立ち上がり、体を伸ばしたり、肩や腰を伸ばしたりしている。

「お二人とも、ごちそうさまでした。おいしゅうございました」

繁子が頭を下げたので、皆も「ごっそさん」「うまかったよ！」とみずほと芳子に声をかける。二人は笑顔で手を振った。

鹿柵設置の作業自体は今日明日ぐらいで終了する予定だ。柵が完成し、自分たち狩猟仲間が遠慮なく山林の鹿を追い出し、みずほが柵の中で心置きなく仕事と読書に励んで、それで終わり、という話ではおそらくない。交流や除雪、あるいはまた何らかの形でトラブルが発生することだってあるのかもしれない。

それでも、今回のようにお互いの立場を考えて言葉を交わし、うまいものでも一緒に食えば、どちらかだけが損をして、どちらかだけが得をする、そんな事態はきっと避けられるだろう。そう登には思えた。

キュッとヘルメットを直し、背筋を伸ばして重機の方へと向かった登の背後で、「あらやだ！」と芳子のすっとんきょうな声が響いた。

「大変大変、鍋の底にお団子一個残ってた！　誰か食べない？」

見ると、芳子が鍋を抱えて困り顔をしている。登は仕方ないな、と駆け寄り、指でひょいとつまんで最後のカボチャ団子を口の中に放り込む。煮詰まったあんこと、鍋の底にひっついて少し焦《こ》げた風味が絶妙だった。

「うん、うまい」

思わずこぼれた一言に、芳子が「でしょう！」と自慢気な笑顔で応え、それを見ていたみずほと仲間たちと繁子が笑う。秋の日の、何ということはないひととき。けれどこの場にいる全員にとって、楽しい記憶として残る時間となった。

幕間　森田繁子の向こう脛《ずね》（一）

苫小牧《とまこまい》の港が夕暮れの気配と共に橙《だいだい》色に染まっていく。繁子はフェリーターミナルの出発デッキに佇《たたず》んでいた。縦にも横にも大きな体を紫色のパンツスーツで包み、真っ赤なハイヒールとティアドロップ型の大きなサングラスが特徴的ないでたちだ。

ターミナルの職員や他の客がさっきからチラチラと繁子の姿を気にしている。大学生らしき二人組が、「芸能人?」「いやわからん」と小さな声で話していた。それは繁子の耳にも届いていたが、何ら気にする様子もなく、堂々としている。

愛車の真っ赤なBMWは既《すで》に船内に移動済みだ。出発時間まではまだかなり余裕がある。繁子はカツカツとハイヒールを鳴らし、まだまばらな他の乗客の間を通って、出発ロビーの端にあるショップに入った。

店内の土産物を、棚の左右、上下までじっくりと眺めまわす。そうして何も手にすることのないまま店内を一周し、入り口のカゴを持って二周目へ。

今度は置物やキーホルダーなどの雑貨を除き、食品をメインで商品をチェックしていく。

ご当地の菓子。ジャム。フレーバーソルト。海産物の干物類。レトルト食品。

それらを一つ一つ手に取って、あるものはカゴに入れ、あるものは陳列に戻していく。選ぶ基準が繁子の中には厳然として存在しているようだ。傍《はた》からみて間違いないのは、カゴの中に入れられたのは『人気』『売れ筋』などのＰＯＰに惑わされず、美味しそうなものであること。ただ、例外として、繁子は要冷蔵・要冷凍のものは手に取って確認しても全て元のケースに戻し、カゴに入れることはなかった。

そして、最後に酒類が並んでいる棚の前に立つと、他の食品の倍の時間をかけてクラフトジンの瓶を選び、カゴに入れた。そして後は悩むことなく店舗の片隅にあるレジコーナーへと向かう。

「はい、いらっしゃいませえ」

「こちらをお願いします。あと紙袋を二枚ください」

暇そうにしていた七十代ぐらいの女性店員は、カゴ半分ほどまで積まれた商品を一つ一つスキャンしていく。値段を読み上げながら袋に入れていく手が、シマエナガのシールが張られたパッケージを持って止まった。

「あらこのバタースコッチねえ、こっちのメーカーさんが作ってるもので、人気なのよ。うちの孫も気に入っていてね」

嬉しそうに女性店員が話しかけてきて、繁子も「そうなんですか」と答える。サングラスをかけているので分かりづらいが、唇の端が持ち上がっているのと、声がごく僅《わず》かに弾んでいることで、笑っているのだと傍から知れた。

「あらこの限定味のポテトチップスも美味しいのよ。お姉さん見る目あるねえ。ご家族にお土産？」

「ええ、職場と。……家族にも、送ってあげようかと」

「そうなの。いいですねえ」

やや過ぎたお喋りを経て、女性店員は会計を終えた。繁子はずっしりと中身の入った紙袋を持って、空いているベンチに座る。それから買った商品を紙袋二つに分け始めた。この、ややジャンクなスナック菓子は職場に。パッケージのかわいい菓子は、一旦東京に戻ってから他のものとまとめて発送しなければ。

繁子は最後にさんざん迷った末に手にしたクラフトジンの瓶を手にした。瓶のラベルもお洒落で、このジンを試飲したことはないが、同じメーカーが以前作ったスピリッツは美味しかったと記憶している。きっと大きく外れることはないだろう。

「……口に合うと良いのだけれど。せめて、これだけでも」

ごく小さく、瓶に祈りを込めるように呟いてから、繁子はジンを発送分のお菓子の間に突っ込んだ。

第二章　山羊とアザミ

コツコツコツ、と真っ赤なハイヒールがコンクリートの階段を上っていく。暗くて狭い階段スペースは恰幅《かっぷく》のいい繁子《しげこ》の体ぎりぎりで、今日はさらに大きな紙袋を手にしているため、もし降りてくる人がいたならば踊《おど》り場で待たなければならない。

幸い、人気《ひとけ》の少ないこの小さな雑居ビルでは他に階段を使う者はなく、繁子はすんなりと三階の事務所ドアの前へと至った。すりガラスの部分には「森田《もりた》アグリプランニング」と書かれたプレートが貼られている。

「ただいま戻りました」

「あ、おかえりなさい！　北海道から東京まで、遠路お疲れさまっした！」

直立不動の姿勢で繁子を出迎えたのは、トレーナーにジーンズ姿、二十歳ほどの青年だった。体格に恵まれた繁子よりも頭一つ背が高く、全身にがっしりと筋肉がついているため、短く刈り込んだ頭髪と相まっていかにもスポーツマンらしい。日に焼けた人懐《ひとなつ》っこい笑みが親しみやすさを感じさせる。

山田亨《やまだとおる》。森田アグリプランニングの学生アルバイトで、唯一のスタッフである。

繁子は事務所内を見回した。窓際の社長の席と、入り口側にコピー機と山田のデスク。そしてパーティションで仕切られた応接セット。見慣れた、典型的な古い事務所といった雰囲気だが、床にほこりはなく、壁際の資料棚もファイルはそろっている。応接セットの脇にあるポトスの鉢《はち》もみずみずしい。山田がきちんと留守役を果たしていたことを示していた。

「山田君、長い間の留守番、ありがとうございました。何か変わったことはありませんでしたか？」

「転送した問い合わせと見積もり依頼のメール以外、特には」

「そうですか、これ、大したものではありませんが、お土産です」

繁子は紙袋を山田のデスクに置いた。山田は「あざーっす！」と礼を言うと、人気の銘菓《めいか》、高そうな瓶詰と缶詰、「北海道限定」と印刷されたカップ焼きそばなどを次々取り出していく。

「お、やったー！　北海道の名物詰め合わせじゃないっすか！　ありがとうございます、社長！」

上着を脱いで自分のデスクに落ち着いた繁子は、濃く描かれた眉《まゆ》を少しだけひそめた。

「何度も言いましたが、社長はやめてください」

「いいじゃないすか。ボスのことはボスらしく呼ばせてもらった方が自分は気が引き締まります。お、瓶のマヨネーズなんて、初めてです。うまそー」

繁子は小さくため息をついたが、学生らしく、食い物につられてはしゃいでいる山田はそれに気がつかない。

「山田君がそう言うなら仕方ありませんが……。それにしても、結局、半月近くも留守を任せてしまってすみませんでしたね」

「いいえー、全然っすよ」

山田は普段、週に三日ほど事務所に来て、雑務や資料整理などをしている。今回のような繁子の不在時には、講義のない時間帯にできるだけ事務所に詰めて電話番やメールの管理、あとは雑誌や農業記事の切り抜き、整頓《せいとん》などを任されていた。

……というと立派な留守番のようだが、実際には電話がかかってくれば社長の携帯番号を伝え、メールは社長のアドレスに転送し、新聞やネットの農業関係情報をまとめるだけだ。事務所に詰めていた時間のうち、三分の二はＷｉ－Ｆｉでスマホゲームをしていたし、それでいいと繁子から言われている。給料こそ安くとも、山田にとって非常においしいバイトといえる。繁子が不在時の郵便物を確認している間、山田はドリップコーヒーを淹《い》れて社長の席に置いた。

「忙しくもなかったし、こうしてお土産までもらっちゃって、申し訳ないくらいっす」

「まあ、時間を拘束《こうそく》している訳ですし。こちらとしては事務所がカラではないというだけで心強いものです。大学の方はお忙しくなかったんですか？」

「まーったく。平和なもんです」

サークルもないし、と口にしようとして、山田は口をつぐんだ。職場で愚痴《ぐち》は言いたくない。山田はもともとアメリカンフットボールの選手だった。高校から競技を始め、大学入学後、真っ先にアメフト部に入部した。強豪という訳ではないが、マイナースポーツということもあり、アメフトを続けられるというだけで山田には喜びだったのだ。大学の四年間ぐらいはアメフトに浸っていたい。そう思っていた。

厳しい下積みの一年生期間を終え、二年生に上がっていざレギュラーが見えてきた、という時に、アメフト部を激震が襲《おそ》った。引退した四年生複数人がヤクザの片棒を担ぐ闇《やみ》バイトをした容疑で起訴され、サークル自体が無期限休部となってしまったのだ。

山田としても、腹が立ったし、憤《いきどお》ったし、今もまったく納得できていない。持て余した時間を偶然見つけたこのバイトでつぶしても、腹の底の思いは資料のようには整頓できていなかった。

まあ、楽な留守番と、土産買ってきてくれる雇い主に恵まれてよかったな、と山田は終業前の片付けを始めた。

「おや」

紙の束を確認していた繁子が、小さな声を上げて顎に手をやっていた。依頼されたメールの本文を印刷したものだ。繁子はそれを読みながら「ほう」「なるほど」とうなずいたのち、妙にゆっくりと顔を上げた。

「山田君、アメフトでのポジションはどこを担当されていましたか」

「ラインです。オフェンスとディフェンスで少し変わることはありますけど、基本的に壁役というやつっすね」

繁子の唐突な質問に、山田は少し驚きながら答えた。この太った中年の社長は謎だらけだが、今までアメフトのポジションなど問われたことはない。しかも、メールと何の関係があるというのか。

疑問に思う山田をよそに、繁子はスケジュール帳を開いてふんふんと何かを書き込み始めた。

「私の記憶が確かなら、山田君、来週末の三連休はお暇だと言っていましたね」

「ええ、友だちもそれぞれバイトだし、空いた時間はゲーム三昧《ざんまい》しようかなと」

繁子は過剰《かじょう》なほどにっこりと微笑み、壁のカレンダーを見ながらカツカツとかかとを鳴らした。

そのまま連休日程全てに赤マルの印をつける。

「ここから、ここまでの連休。特別手当を出しますので、千葉への出張についてきてくれませんか。荷物持ちと、多少、農作業のお手伝いなんかもしてもらうかもしれません」

「メシはどうなりますか」

「全て私にお任せください」

よっしゃ！　と山田は大げさにガッツポーズを決めた。普段からクールな姿勢を崩さないこの社長は、かなり舌が肥えている。たまにバイト後の夕飯をおごってくれる時は必ずうまいものをチョイスしてくれるのだ。

仕事の内容は分からないが、この社長のいうことならばそんなにひどいことはあるまい。その上、退屈な予定だった連休の間、三食うまいメシが確約されたのだ。

喜ぶ山田に、繁子はにんまりと唇の端を持ち上げた。

翌週、連休初日の朝に、繁子と山田が乗り込んだBMWは千葉県の内陸部へとひた走っていた。運転は繁子だ。古めかしいデザインのサングラスをかけ、スムーズな運転で目的地に向かっている。

「あの。やっぱり、自分も去年免許取ったんで、運転いつでも代わりますよ」

さすがに社長に運転させてしまうのは心苦しく、山田はこの日三回目の申し出をした。

「お気遣いありがとうございます。でもこの車の保険、運転者が私限定なものですから」

繁子の三度目の断りを、山田は「はい」と受け入れる。こんな外車を運転する機会などまずないから、断られて少し残念ではあった。

運転席も助手席もなぜか高そうなスポーツ仕様にカスタマイズされているせいで、山田は大きな体を縮める。都心の事務所からここまで約二時間、さすがに尻が痛かった。

「あと三十分ほどで到着するので、もう少し我慢してください」

山田がごそごそと体を動かしていたことから察したのか、繁子が口を開いた。

「ひとつ守ってもらうことが。訪問先では私のことは社長ではなく、森田、でお願いします」

「はい森田」

「さんはつけましょう」

「はい森田さん」

素直な返事に繁子は「よろしい」とうなずいた。

本日向かっている先は、房総半島内陸部にある松嶋《まつしま》牧場という農家だ。山田は詳細を聞かされていないが、今まで繁子が携わってきた仕事から考えると、農家の営農診断やアドバイス、経営改革に伴う実作業だろう。実作業が必要な時には社長自らが手伝って経費を抑える傾向があるから、自分はその手伝いか。そう思っていた。

実際、山田はアメフトで鍛《きた》えた体と体力には相応の自信がある。千葉で牧場というなら酪農《らくのう》で間違いないだろう。実際、車が走っている道の両脇には、畑作農家に混ざって時折酪農の施設が見えた。

農作業を手伝って搾《しぼ》りたての牛乳をごちそうになったり、もしかしたらアイスやチーズ、ヨーグルトなんてことも……。

山田の頭の中がすっかり乳製品で染まった頃、ＢＭＷはゆっくりと減速した。はっと顔を上げると、道路脇に「松嶋牧場」という看板が見えた。

「松嶋、牧場？　……さん」

ありふれた、手作りの素朴な看板だが、牧場名の下に描かれていたのはホルスタインではない。真っ白で、二本の角《つの》とヒゲが生えた、四つ足の動物が描かれていた。

「……ヤギ、っすか？」

「ええ、ヤギです。松嶋牧場さんは、ヤギの牧場、正確には日本ザーネン種の牧場で、ヤギの乳を生産しています」

「残念種？　ヤギにも残念なのとそうでないのがあるんですか？」

「カタカナでザーネンです。由来までは私も知りませんが」

繁子は答えながら、看板の手前で車を止めた。

「ここで着替えてから行きましょう」

「はい」

座席後部から引っ張り出されたのは赤いツナギが二着と黒い長靴が二組。山田はジーンズにTシャツ姿なので問題はないが、繁子は明るいターコイズブルーのパンツスーツの上にツナギを着るとあって、少し窮屈《きゅうくつ》そうにも見えた。それでも、実際に着てみるとツナギは縦にも横にも大きい繁子と筋肉の塊《かたまり》のような体形の山田、それぞれの体にぴったりだった。

「俺のサイズに合うの、よく見つかりましたね」

「探しましたので。私に合うサイズをそろえている店なら、山田君に合うものも大抵あります。お似合いですよ」

ツナギを着ると、体格の良い山田はいかにも牧場従業員に見える。繁子も似合ってはいるのだが、濃いメークと作業着の組み合わせは、女性と接し慣れていない山田の目にも不釣り合いに見えた。

「社長はコンサルの仕事で、ここに来てるんですよね。こういうの別に着なくてもいいんじゃないですか？」

「その通りですが、伺《うかが》う先が農家さんの場合、なるべくＴＰＯ（時と場所と場合）に合わせるようにしています」

「じゃ、最初からスーツじゃなくて動きやすい格好《かっこう》と、あと、メークとかも無しでよかったんじゃないすかね」

山田の感覚だと、どうせツナギを着るなら短パンTシャツにすっぴんでも良いではないか。そう思って首をかしげていると、繁子が形よく描かれた眉を若干つり上げた。

「これは私の戦闘着《せんとうぎ》なので、譲れません」

「そ、そうっすか。余計なこと言いました。すんません」

なぜ怒っているかは分からないまでも、山田はとりあえず頭を下げた。再び車に乗り込み、松嶋牧場の敷地内へと入っていく。

公道から敷地内私道に入る際、タイヤがガッシャンという音と共に、金属のすのこ状のものを踏んでいった。

「今の、なんすか？」

「家畜の脱走防止用の踏み柵《さく》ですね。人間が歩いたり、車が通る分には問題ありませんが、蹄《ひづめ》のある家畜は隙間《すきま》を恐れて踏みたがりませんので、あらかじめ敷地を柵で囲ったうえ、踏み柵をこういった道路との境《さかい》に埋設《まいせつ》しておけば、敷地から外に逃げません」

「へえー、便利なもんがあるんですね」

山田は素直に感心した。都内のサラリーマン家庭で育った身としては、飼っていた犬の他に動物との縁は特になく、牧場という未知の場所では知らないことだらけだ。

どんな依頼主が待っているのか、少し楽しみにさえなってきた。

「これが、ちゃんと機能してくれてればいいんですけどね……」

繁子の小さな呟《つぶや》きを、浮かれた山田は聞き逃していた。

徐行して牧場の敷地内を走っていると、畜舎や古い住宅、刈りそろえられた広い芝生が見えてきた。ところどころに置いてあるプランターには盛りの花が植えられて、景観の隅々まで気を配られているのが分かる。繁子は住宅隣に置かれている乗用車の隣に停車した。

二人そろって車を降りると、ぷうんと鼻の内側にへばりつくような臭《にお》いを感じ、山田は鼻をひくつかせた。

「なんか、臭います。クセーっていうよりは、なんか、嗅《か》いだことがないっていうか」

「ヤギ特有の臭いですね。牛とも鶏とも豚ともヒツジとも違う、日本ではある意味レアな香りと言えるでしょう」

「レア」

珍しいと言われると嗅いでおいた方がいい気がして、山田は鼻から大きく息を吸い込んだ。

「足元、気を付けてくださいね」

「足元？」

繁子からの注意で下を見ると、砂利の上にコロコロとしたチョコボールが落ちている。

「拾って食べてはいけませんよ。フンなので」

「へえ、これがヤギのフンですか」

試しに長靴の爪先《つまさき》で突《つつ》いてみると、コロコロとしてはいるが、少し柔らかさも感じる。

新しいフンなのだろうか。というか、なぜここにフンが、と山田が顔を上げると、三メートルほど離れたところに真っ白なヤギが五頭たたずみ、こちらを見ていた。

一番大きなもので頭の高さは繁子の股下ぐらい、小さいものは膝元《ひざもと》にも満たなかった。大人が二頭、子どもが三頭に見える。五頭とも、小首をかしげるようにして来客の様子をうかがっていた。顔が斜《なな》めになると、顎《あご》ヒゲと、顎の両側から垂《た》れた耳たぶのようなものも斜めに傾く。

「か……かわいい……」

山田は思わず両手で口元を覆《おお》って呟いた。特別動物好きという自覚はなかったが、初めて間近に見るヤギは非常にかわいらしく好ましく思う。

「かっわいいなお前ら～、ほら、こっち来い来い」

思わず犬を呼ぶ要領でしゃがむと、ヤギは「ンメエ！」と口々に鳴いて駆け寄ってきた。

「なんだ人懐っこいなおい、よしよし、アッこら膝に乗っちゃダメだぞ。痛っ、誰だ背中蹴《け》ったの。こらおい、の、登るな！　人の体に登るな！　髪食うな！　助けて社長！」

初めはデレデレとしていた山田の声が徐々に悲鳴交じりへと変わっていく。山田は五頭のヤギにたかられ、登られ、かまれ、完全におもちゃと化していた。

「山田君。落ち着いて立ち上がればいいんです」

冷静な繁子の声に従《したが》い、ゆっくりと立ち上がると、登っていたヤギは地面に降りていった。

それでもヤギたちは、後ろ脚で立ち上がって両前脚を山田にたてかけたり、ツナギの生地をかんだりと、初対面の人間に興味を示し続けている。

「ンメーェ」

「モテモテですね、山田君。良いことです」

「あんまりうれしくないっすけどね。ヤギがこんなに俺ラブだとは知りませんでした」

山田は記憶の中のヤギ像を引っ張り出す。子どもの頃に見たスイスが舞台のアニメでは、ヤギたちは主人公の少女と楽しく踊っていたような気がする。決して少女をジャングルジム代わりに登ったりはしなかったはずだ。

ヤギに体重をかけられた腰のあたりをさすりながら山田はため息を吐《つ》いた。本物のヤギがこんなに荒々しい生き物だったとは。いや、でも、アニメの中でもヤギ同士で頭突きをしあっている描写もあったような気が……。

そこまで思い出したところで、突然、「山田君！」と鋭《するど》い声が飛んだ。

「後ろです！」

普段冷静な社長の声が上ずっている。そのことだけで、山田の全身の筋肉にスイッチが入った。頭で考えるよりも先に体が動き、やや上体を傾け、足を肩幅より少し開いた状態で振り返る。

そこに、一頭の大きなヤギがいた。先ほどまでの五頭と同じく真っ白で、大きな角が生《は》えている。他と比べて明らかに骨格が大きいうえ、顔つきが違う。鼻筋の横に通った皺《しわ》は、このヤギの怒りの表れのようにも見えた。オスだ。さっきの小さいのは子ヤギとメスヤギであり、こいつは女子どもを統《す》べるオスで、ボスだ。山田はそう確信していた。

「……でけえ……」

山田は思わず呟いた。何がか。オスヤギの体が、だけでなく、体の一部のナニかが。具体的には、陰嚢《いんのう》だ。

後ろ脚の間からぶら下がった白い袋の大きさは、山田の両拳二つぶんほど。袋の表面には他の体毛よりも短い毛が密生している。重力に従ってなのかやや縦長で、オスヤギが荒い息を吐くたび、左右にプルプルと小さく揺れていた。

山田はかつて実家で飼っていたオスの小型犬・チビを思い出していた。小学生の頃、「わーいチビのタマタマちっせー！」とはやし立てては母から怒られたものだ。チビの陰嚢は体に比してとても小さかったのに、ヤギのこの陰嚢の大きさは何だ。草食動物のくせにどうして俺の何倍もの陰嚢を持っているんだ。山田は身構えながら完全に混乱していた。

「なんでお前……そんなにでかいんだ……タマが」

「ヤギの陰嚢は大きいんです。あれは標準サイズですね」

「標準……」

山田と繁子のやりとりをよそに、オスヤギはこちらを睨《にら》んでいる。

「ンメヘェ……」

さっきのヤギたちよりも一オクターブほど低い声で彼は鳴いた。頭をぐっと下げ、闘牛よろしく前脚で地面を蹴っている。山田に攻撃を図《はか》っているのは明らかだった。あの立派な角でどつかれたら怪我《けが》を負うのは間違いない。

「山田君、気を付けて！」

「はい！」

山田が両腕を前に出し、ぐっと腰を落としたタイミングを見計らったように、オスヤギは山田目がけて突進してきた。近づいてくるヤギの頭は、まっすぐに角をこちらに向けている。なるほど、角つきの頭突きがこいつの最大の武器か、と判断した山田は、オスヤギの角がこちらの胴体に接触する瞬間、重心をずらして片足を大きく前に出した。

「通すかコラぁ！」

つい癖《くせ》で、怒号に似た気合が出た。首に腕をまわす形で、右肩でもってオスヤギの胸骨を受け止め、勢いをそぐ。アメフトで繰り返し練習した動きを体が覚えていた。

オスヤギは攻撃を受け止められてもがくが、山田ががっしりと抱えた姿勢で首を固めているので、次の手を繰り出すことができないようだ。体を肘《ひじ》で押さえつつ、片方の角をがっしり摑《つか》むと、ホールドはより強固になった。

山田はこのままオスヤギを押さえ続けられるだけの体力はある。ただ、問題があった。

「くっさ！」

あまりの臭さに山田は悲鳴を上げた。オスヤギの体から、強烈な獣臭《けものしゅう》がする。嗅いだことこそないが、これがヤギのフェロモン臭なのだろうと思われるオスの臭いだ。

「洗ってないアメフトの防具よりくっさい……」

「ヤギのオスは特有の臭いがありますからね。今は発情期でしょうし、より臭いは強いと思います」

繁子はオスヤギから距離をとりながら冷静に解説した。

「山田君。申し訳ないですが、責任者の方を探しに行ってくるので、ちょっとそのままでお願いできますか？」

「ううう、俺の鼻が曲がらないうちによろしくっす」

弱った声を出しながらもヤギを押さえる腕を緩《ゆる》めない山田に背を向け、繁子は体形に似合わぬ素早《すばや》さで畜舎の並ぶ方へと駆けだしていった。周囲にいたメスと子どものヤギが楽しそうにその後を追う。

「ンンン」

山田に押さえ込まれたオスヤギは喉《のど》の奥から低い声で鳴いて抗議するが、そう簡単に解放する訳にもいかない。

「お前も俺なんかより社長にホールドされた方がまだうれしかったかもしんねえけど、我慢してくれ」

「ンメッ」

「おっそうか、耐えてくれるか」

山田がオスヤギの鳴き声を勝手に解釈して会話していると、遠くから「ジョニー！」と、か細い男の声が聞こえてきた。

「メッ」

名を呼ばれたヤギは頭を上げた。その方向から、くたびれた作業用ツナギとキャップが似合う小柄《こがら》な男性と繁子、そしてヤギたちがこちらに走りよってきた。繁子が牧場の人を見つけて連れてきてくれたらしい。

「ダメじゃないか、ジョニー……またお前は柵壊《こわ》して……」

四十代ぐらいに見える男性は、ぶつぶつ小さな声で呟きながら、手にしていたロープをヤギの首にかけた。手慣れた手つきでもやい結びにして、ロープを引く。山田が手を離すと、ヤギは進んで男性に寄り添った。

「ああ、どうも、逃げちゃって迷惑をかけました。すみませんね。どうも……ほら、行くぞ」

特にあいさつもせず、それどころか来客の顔をまともに見ないまま、男性はジョニーを連れて畜舎へと歩き始めた。

「あの、松嶋さんでいらっしゃいますよね？　ご依頼頂いた森田ですけれども」

繁子が声をかけると、振り向いた男性は申し訳程度にキャップを持ち上げる。

「ああ、家内が頼んだ人ですか……もうすぐ帰ってくると思うので、そのへんで待っててください」

それだけ言うと、男性はジョニーと共に去って行った。残された繁子と山田は、ヤギたちと呆然と立ちすくんだ。

「あの人、ここの牧場の人っすよね。なーんか他人事《ひとごと》っていうか」

「事前にご依頼のメールを下さったのはこちらの専務さんで、女性のお名前でしたから、今の方が旦那様で社長、ということかもしれませんね。……なるほど」

繁子は顎に手を当て、「なるほど、なるほど……」と繰り返しては何かを考えこんでいた。

こうなると、放っておくより他はない。幸い依頼人ももうすぐ帰ってくるというし、と判断して、山田は自分のそばにいるヤギを構い始めた。大きさの違いの他はほぼ同じ、と思っていたが、よく見ると顔にも若干の個性がある。歯を剥《む》き出しにしてひょうきんな顔をしたもの、口角を上げて顔を少し傾《かたむ》けるしぐさをするもの、など、なかなかかわいらしい。

「お前らかわいいなあ。なんだ、うん、人の服をかむなって……」

「すっかりヤギに好かれていますね」

「この牧場ってヤギのお乳を出荷してるんでしたっけ。何カ月ぐらいしたら乳出すんですか？もう出るかな？」

山田は近くにいた子ヤギをひょいと抱え上げ、お腹のあたりを観察した。しかし、腹はぺったりとしていて乳が出そうには見えない。繁子が無表情のままでふーっと息を吐いた。

「山田君。まだそのヤギは小さすぎます。もっと大きくなって、繁殖期《はんしょくき》を迎えてから交配《こうはい》させないといけません。哺乳類というのは基本的に、子どもを産まないと乳を出せませんから。牛乳なども同じです」

「あー！　そうなんですか！　って、そりゃそうか、当たり前ですよね！」

大袈裟に声を上げて、山田は両手を叩いた。考えてみれば分かりそうなことだが、今まで農業のことを深く考えてこなかったせいか、牛乳などはメスならそのうち出て来るようなイメージを抱いていた。

「俺、バカっすね。子ども産まなきゃ乳出ないなんて、そんな当たり前のこと大学生にもなって」

「いいえ。身近ではない分野や産業のことは、案外知らないものです。知識を持たなかったことをバカとは言いません」

大きな体を縮めてしゃがみこみ、頭を抱えて真面目に落ち込んだ山田に、繁子は存外優しい声をかけた。

「知ろうとしないことに罪がある訳でもありません。人は皆全知全能たれと押し付けることの方がよほど傲慢《ごうまん》で罪深い。ただ、せっかく知ったことなら、忘れては勿体《もったい》ないじゃないですか。たとえそれが自分の人生に役に立つかどうかは分からなくても」

ぽん、と繁子は山田の肩に手を置いた。山田の周囲にいたヤギたちも、これ幸いと姿勢の低くなった体に登ろうと試みる。

「分かりました。覚えました。俺、忘れないようにします」

山田は立ち上がってヤギを振り払うと、ツナギの前を開け、ジーンズの尻ポケットからスマホを出してポチポチとメモを打ち始めた。

「牛もヤギも、哺乳類は子どもを産まないと乳が出ない……っと」

「山田君のそういう素直で行動が早いところ、とても良いと思います」

「本当っすか！　ありがとうございます！」

素直に喜んでスマホをいじっている山田を眺めながら、繁子はごく小さく肩を揺らして笑った。そしてふいに真面目な顔になる。

「みんなが山田君のように素直なら楽なのですが……ああ、ちょうどいいところに、依頼人がお戻りのようです」

重低音のエンジン音が響き、音がどんどん大きくなってくる。繁子のＢＭＷが通ってきた私道を、今度は真っ黄色のスポーツカーが走ってきた。

「ディーノですか……いいご趣味です」

繁子が感心したようにうなずいている間に、黄色のスポーツカーはＢＭＷの隣に停車した。

「何ていうんでしたっけ、あの馬のマーク」

「カヴァリーノ・ランパンテ。フェラーリです」

「フェラーリ!?　すげえ高いやつじゃないっすか」

山田が驚き、繁子も目を瞠《みは》る前で、車のドアが開き、エナメルのピンヒールが降り立った。

「あら、すみません。商談が長引いてお待たせしちゃいました！」

そこには、四十代ほどの細身の女性が立っていた。オレンジ色を帯びたショートカットに、ラメ入りピンクのシャネルスーツがよく似合っている。濃い化粧に彩《いろど》られた顔をこちらに向け、自信満々に微笑んでいた。

若くて痩せたバージョンの社長だ、と呟きそうになって、山田は慌《あわ》てて自分の口を押さえた。

「どうも、お邪魔しております。ご連絡頂いた森田アグリプランニングの森田繁子です」

繁子は作業用ツナギの懐に手を入れて名刺を取り出すと、派手な女性に手渡した。

「これはどうも。遅れてすみません。松嶋牧場専務の松嶋由美《ゆみ》と申します」

「こちらは学生アルバイトの山田亨です。今日は助手として同行してもらいました」

「あ、どうも、山田です。よろしくお願いします」

アルバイトには名刺が与えられていないので女性二人による名刺交換には入れず、山田はその場でぺこりと頭を下げた。

「山田さんもよろしく……」

由美は山田に声をかけ、ふいに眉をつり上げた。声を出さないまま「くさっ」と口元が動いたのが分かる。

確かに、山田はさっきムンムンと臭う発情中のジョニーと取っ組み合い、臭いがついているのも分かる。しかし、もとはといえばここの牧場のヤギであり、しかも逃げていたのと格闘したのだ。その臭いを役員に臭いと思われ、ましてや顔に出される筋合いはない。山田はわずかに口をへの字に曲げた。

「ン、ンッ。ここでは何なので、事務所に移動しましょう」

由美は小さく咳払いをすると、にこやかに来客二人を誘導して歩きだした。少し古い住宅の裏に回ると、新しい鉄筋コンクリートの平屋が見えた。

壁には道路の看板をミニサイズにしたような、ヤギの絵入りプレートが掛かっている。いかにもオフィスの玄関という佇まいだ。

「あ、作業着、お脱ぎになるんでしたら、こちらでお願い致します」

玄関で由美は一度止まった。にこやかな口調だが、明らかに「ここで脱いでから入れ」という威圧《いあつ》が感じられた。

繁子と山田はツナギを脱いで畳《たた》み、入り口前の芝生の上に並べた。由美はそれを見届けてうなずくと、一足先に建物の中に入り、小走りで戻ってきた。その手には消臭スプレーが握《にぎ》られている。

「これ、お使いください。どうぞ」

またもや笑顔での命令だった。繁子が無表情で「どうも」と受け取り、自分と山田に二、三度だけ吹きかけた。

「社ちょ……森田さん、俺にもうちょいかけた方がいいんじゃないですかね。ジョニーと触れ合ったし」

「別にこれくらいでいいですよ。名誉の芳香なんですから」

名誉の芳香？　と山田は首をかしげたが、繁子は潔《いさぎよ》いまでの無表情で由美にスプレーを返し、由美が口を開く隙もなく「それではお邪魔します」と大股で玄関に入っていった。

建物の中は壁がむき出しのコンクリート、家具や置物、壁の絵などはすっきりとおしゃれなもので、牧場の事務所というよりもＩＴ企業の社屋内という雰囲気だった。

「こちらで少々お待ちくださいね」

通された応接室で繁子と山田は並んで座った。

北欧風というのか、少し変わった曲線で構成された椅子《いす》で、繁子と山田の大柄な体には少し窮屈だが、なんとか尻をねじ込む。

窓からは緑の放牧地にいる白いヤギの姿が点々と見えていた。

「いい眺めっすねー。のどかっていうか、のんびりっていうか、まさにアニメの世界！　って感じで」

「そうですね」

「社長も見てました？　ほらあの、山小屋でヤギのチーズをトローッととかすやつ」

「見ていました。ただ、当時のスイスであのような長期熟成のハードチーズが製造されていたかは、疑念が残るところです」

繁子は手を上品に膝に置き、無表情で正面の壁を見つめている。もともと喜怒哀楽《きどあいらく》が分かりやすい人ではないが、どうも機嫌《きげん》が悪そうだ、と山田は感じた。

「あの、社長。すみません。分かんないけど、俺、はしゃいで何かやっちゃいましたよね、多分。すんません」

「いいえ！」

繁子は強い口調で遮《さえぎ》り、ぐりんと頭だけを回して山田を見た。

「私の態度が悪くて誤解をさせてしまいましたね。謝るのは私の方です。すみません。山田君は、一切、何も、悪くありません」

「よかった、俺やらかしてないんですね！」

「むしろジョニー君の暴走を止めたことも含め、グッジョブです。今夜お連れする予定の焼き肉屋で、骨付き特上カルビコースにグレードアップして差し上げようかと考えていたぐらいです」

「本当ですか、特上カルビに！」

山田は両手を上げて喜んだが、ふと、では社長は何に態度を悪くしていたのか。考えていると、応接室のドアが開いた。

「お待たせしました。せっかくなので、弊社の製品をいろいろ召し上がっていただこうと思いまして」

由美が銀色のトレーを手にし、優雅なポーズとともにあらわれた。そして手際よく皿をテーブルに並べていく。山田はその皿にくぎ付けになった。

出されたのは、小さなココット皿に盛られたヨーグルト状のペースト、デザート皿にはレアチーズケーキとプリンの盛り合わせ、そしてグラスに注がれた白い液体だった。

「どうぞ、お召し上がりください。全てうちのヤギの乳を使っています。グラスの中はヤギ乳です。お口に合うといいんですけど」

言葉は謙虚だが、由美の声は自信に満ちていた。

「いただきます」

「い、いただきまっす！」

繁子と山田は並んで手を合わせ、ともにレアチーズケーキから手をつける。

「ふむ、これは……」

「おいひいっす！」

不機嫌だった繁子の目が軽く見開かれ、山田は素直かつ最上級の賛辞《さんじ》を口にする。その後は二人とも早かった。デザート皿を片付け、ヨーグルトを平らげ、グラスの中身を飲み干した。

「ごちそうさまでした。全て、大変おいしゅうございました」

「ごちそうさんでした！　いやー、初めて食べた味ですけど、どれもおいしかったっす！」

レアチーズケーキとプリンは口当たりがどこまでも滑《なめ》らか。ヨーグルトには適度な酸味があり、無糖にもかかわらず食べやすい。ヤギ乳は独特の風味がありながら、飲み口がさっぱりしている。山田としてはもっと食べたいくらいだった。繁子もレアチーズケーキのかけらひとつ残すことなく完食し、ハンカチで口を拭きながらも視線は空になった皿に向けられていた。

「お粗末《そまつ》さまでした。どれも、納得いくまで試作を繰り返したものですし、ヤギ乳も夫が丁寧に搾ったものなので、喜んでもらえてよかったです」

来客の勢いある食欲と賛辞を見届けた由美の目は細められていた。あいさつの時以降の、作り物めいたにこやかさとは違う。うちの実家の母ちゃんみたいな笑い方をするなあ、と山田は思ったが、もちろん口には出さない。

「仕事柄、各地や各国でヤギ乳製品を口にする機会はありましたが、正直、こちらの製品はトップクラスかと思います」

繁子は淡々と言い切った。さっきより少し機嫌が持ち直しているのを山田は感じた。うまいモン食べたせいなのか、由美の雰囲気が穏《おだ》やかになったからなのかは分からない。

「ありがとうございます。保健所の許可もとれたので、現在、都内の百貨店や小売業さんに営業をかけている最中でして」

「へえー、すごいですね」

山田は感嘆《かんたん》の声を上げた。牧場が自分の生産したものを販売、というと直売所や道の駅でのんびり売るイメージを勝手に抱いていたが、百貨店相手に営業するなど、しっかりしたビジネスの世界だ。

「これらの商品、購買層は都心を中心にお考えですか？　この味でしたら、特産品としてまず地元に浸透させることも可能かと思いますが」

冷静な繁子の意見に、由美は「ええ」とうなずいた。

「もちろん、将来的には地元への卸《おろ》しやインターネット通販による地方発送なども考えています。が、まずはあくまで消費人口が多い場所に。母数が多ければ、乳アレルギー患者の数も多くなりますので」

アレルギー、という言葉で繁子の眉がわずかに動いた。

「ヤギの牛乳とアレルギーって、なんか関係あるんすか？」

「牛乳は牛の乳であって、ヤギの乳はヤギ乳です、山田君」

思わず山田が疑問を口にすると、繁子が静かにツッコミを入れる。二人のやりとりに由美がふふっと笑って、棚のファイルから数枚の紙を取り出しテーブルに並べた。

先ほどのヨーグルトやスイーツ、瓶詰になったヤギ乳のパンフレットのようだ。見やすく洗練された商品写真と情報の他に、「牛乳アレルギーの方にも」という文言が躍っている。

「私は、うちのヤギ乳製品で、アレルギーに困っている方にも乳製品を安心して楽しんでいただきたいんです」

静かに、しかしきっぱりと由美は言い切った。

「実は私の妹が幼少の頃から重度の牛乳アレルギーで。私自身は問題ないどころか乳製品は大好物だったのですが、食卓に並ぶことはありませんでした」

そこで由美はいったん下を向く。繁子は黙ってその様子を見つめ、山田は前のめりになって話の続きを待った。

「その後、大人になった私は食品関係の商社に勤め、ヤギ乳製品の存在を知ったのです。そして、私は確信しました。これなら牛乳アレルギーがある人もない人も、同じ食卓で楽しく乳製品を口にできる、と……」

由美の身ぶり手ぶりまじりの語りに、山田は思わず、おお、と小さく拍手した。

「その折、お付き合いをしていた夫の実家が酪農をやめることになりまして。結婚して地元に帰り、施設を活用して共に新しいチャレンジとしてヤギの飼育とヤギ乳製品の販売を始めた、という次第です」

「なるほど、すごいっすね」

山田は感心しながらうなずいた。さっき見えた畜舎は、もともとあった酪農用の古い牛舎で、ピカピカなこの施設は最近建てられたものなのだろう、と推測する。

それまで黙って由美の演説を聞いていた繁子が、ゆっくりと室内のしつらえを眺めた。

「立ち入ったことを伺いますが、旦那様のご実家の土地と建物を活用、新規就農ではなく経営移譲とはいっても、実質ほぼ新規事業ですよね。初期投資の資金はどのように確保されたんですか?」

「自己資金です。独身時代からの投資が実を結びまして。借り入れはありません」

胸を張って由美は答えた。繁子がやや目を瞠る。

「もちろん、今後事業を拡大するにあたっては銀行に投資をお願いすることになります。そのためには、ヤギ乳製品販売で良いスタートダッシュを切らないと。憂いは早めにクリアにする必要があります。森田さんにお越しいただいたのはそのためで」

「ええ、はい」

山田は相談の詳細を聞かされていない。社長が言わないということは知らなくていいのだろう、と思っていたので、ただ姿勢正しく傍観《ぼうかん》役を決め込んだ。

「メールにも書いた通り、オスヤギの活用法について、雑草駆除《くじょ》のレンタル事業を立ち上げたいと思っているのですが、需要とレンタル代の価格帯について、私や夫では確かなことが分からず……」

オスヤギ。雑草駆除。レンタル。山田は頭の中で由美の口から飛び出した単語をまとめる。なるほど、レンタルヤギで地域の雑草駆除、というニュースは自分も見たことがある。その相談というわけか。

山田の納得と同調するように、繁子はゆっくりうなずくと口を開く。

「確認ですが、松嶋さんはヤギ乳生産をメインでお考えで、サブとして生まれたオスヤギの有効利用を模索していらっしゃる、ということですよね」

「ええ、そうです。私どもの事業の主軸はあくまでヤギ乳です」

「分かりました。ではまず、参考資料として他地域でヤギレンタルを行っている事業者の事例をまとめて参りました。ネット上で公開されているものだけではなく、私個人のコネクションを活用して調べたものが主ですので、確認をお願いします」

繁子はそう言うと、ジャケットの胸元に手を突っ込み、クリアファイルに収められた書類を取り出した。山田としては社長の体の線にピッチリ沿ったジャケットの内側の一体どこに収まっていたのか不思議なのだが、何か聞いてはいけないような気がして口を出したことはない。

由美は至極当然のようにファイルを受け取って中身を見た。

「ふむ……なるほど……うん……」

形よく引かれた由美の眉が寄せられている。あまりいい印象ではなかったようだ。

「ご覧の通り、ビジネスとしてはそれほどうまみのある事業とはいえませんね。むしろボランティア、地域の話題づくり、児童のふれあい体験的な要素が大きいものと割り切った方がいいかもしれません」

「うーん……うまみが少ないのは分かりますが、事業の一環としてボランティアではあまりにも……」

「そこを考えるのが私どもの仕事ですね。そこで、参考までに加工施設と、あと、ヤギ飼育の畜舎を見学させていただくことはできますか？　参考になることがあるかもしれませんので」

「畜舎見学もですか？　……そう、それもそうですね。では、夫に案内をさせますね」

そう言うと、由美はスマホを取り出した。

「ああ、お疲れさま……うん、その話は今はいいから。……それより……いや、だからね？ちょっとこっちの話を聞いてよ……」

ただの連絡のはずが、由美の声音がどんどん荒いものに変わっていく。ついにスマホを持ったまま立ち上がり、廊下《ろうか》に出て行ってしまった。

ドア越しにわずかに声が聞こえた。内容までは分からないが、何か言い争っているようにも思える。残された繁子と山田は気まずい思いでドアを眺めていた。

「あの、森田さん」

「なんでしょう」

「よく分かんないですけど、大丈夫なんすかね？」

「さあ、どうでしょうね」

繁子が無表情のまま、どこか芝居がかったようなしぐさで肩をすくめる。クライアントの前では絶対にしないであろう動作だった。

「お待たせしました。ではまずは加工施設をご案内します。こちらにどうぞ」

やっと応接室に戻ってきた由美に促され、二人は建物の奥へと案内される。

ほこりひとつない真っ白な廊下を進むと、壁の一部がガラス張りになった部屋があった。廊下から内部が見える。十五畳ほどの清潔《せいけつ》そうな部屋の中に、ピカピカのステンレスでできた大きな機械や、業務用の流し台が並んでいた。

「こちらが加工室です。お二人にお出ししたものも私がここで作りました」

「ええっ！　ここで、あのおいしいやつ全部、自分で作ったんですか！　すごいっすね！」

山田は感嘆した。由美はリアクションに驚いたのか、少し当惑したように頭をかく。

「こほん。……あの、外部とつながった玄関があるのが分かりますか。ここからは見えませんが、あの一部が生乳冷蔵庫とつながっていて、搾ったヤギ乳を外から持ち込み、そこで保管します」

「搾ったヤギ乳輸送の手段は何をお使いですか？」

「ステンレスの集乳缶《しゅうにゅうかん》です。搾乳場《さくにゅうじょう》からパイプラインを引くことも考えたのですが、生産量を考えると現状では人力が一番現実的で……」

繁子と由美が専門的な話をしている間も、山田はガラスに張り付くようにして加工室の施設に見入っていた。

「ずいぶんと気に入ったようですね」

繁子が真面目に、だが少しだけ苦笑いしながら言うと、山田は勢いよくうなずいた。

「俺、昔から社会見学で工場とか見るの好きで。農家さんもだけど、自分が食うだけじゃなく人にうまい食い物作ってやれるって、すごくないですか？　さっき食べたうまいチーズケーキとかもここで作ったんでしょ？　何をどうしたらあんなの作れるのか全然分かんないすけど、すげえなって」

繁子と由美はふっと似たような微笑みを山田に投げかけていた。山田としては率直な感想を述べたのだが、なぜ笑われたのか釈然としない。

「え、何か俺、また変なこと言いましたかね」

「いえ、何も変ではないです。もっともです」

繁子の言葉に由美までもが深くうなずいていた。

「ごほん。では、さっき入ってきた玄関の外で夫の勇人《ゆうと》が待っているはずですので、そちらに向かってください」

由美に促されるまま、繁子と山田は事務所兼加工場棟の玄関から外に出た。そこには、夏の強い日差しに溶け込むように線の細い男性が立っていた。さっき暴れヤギ・ジョニーを確保し連れて行った男性、松嶋勇人だ。

「先ほどはお手数をおかけしました。改めまして、森田アグリプランニングの森田繁子と申します」

「アシスタントの山田です」

繁子は勇人に向かって丁寧に頭を下げ、名刺を差し出した。山田も慌てて頭を下げるが、内心は少し腑《ふ》に落ちない。さっきこの人が「柵を壊して」と言っていたのが正しいなら、自分は施設の不具合で逃げ出したヤギを捕まえてあげたことになる。

お手数をおかけされたの、俺の方なんすけど。そう思ったが、ぐっと堪えた。学生とはいえ会社のスタッフとして今自分はここにいるのだ。好き勝手なことは言えない。

勇人はキャップをとって「あ、どうも……」とぶつぶつ言っただけだ。

「ヤギの管理施設をご案内いただけるとのことで、ありがとうございます。よろしくお願い致します」

「よろしくお願いしまっす」

「……じゃ、こちらにどうぞ」

勇人はキャップをかぶり直し、畜舎の方へと歩き出した。

「あ、すみません、用意してきた作業着を着てから伺いたいので、少々お時間いただけますか」

繁子と山田は畳んで芝生の上に置いておいたツナギを慌てて着込み始めた。

勇人は少し離れたところからこちらを見ている。腰に置かれた右手の人さし指が、じれたようにとんとんと動いている。

「なんか、歓迎されてないんすかね」

山田はツナギに腕をねじ込みつつ、繁子に小声で言った。

「飼育の現場はあの方が管理されてるそうですからね、お忙しいのでしょう」

繁子は冷静に返事をしつつ、ジッパーを一気に上まで上げる。

「あちらもお仕事でしょうが、こちらも依頼いただいた以上はお仕事です。臆《おく》することなくご案内いただきましょう」

二人が着替え終えると、勇人は先を歩き始める。繁子は彼の斜め後ろから話しかけた。

「今日は暑いですね。ヤギは暑さには強いのでしょうか」

「さあ……とりあえずは元気ですが……」

「奥さまから頂いた手紙には、もともとこちらでは勇人さんのご両親が酪農をなさっていたとのことでしたね」

「ええ……まあ……」

勇人は曖昧《あいまい》な返事しか返してこない。そうこうしているうちに、畜舎の中に入った。

夏の日差しが遮られ、暗い屋内に入ったことで繁子と山田は思わず目をつむる。目が慣れる前に、鼻がさっきのジョニーの体臭を薄くしたような匂い、そして乾いた草の香りを嗅ぎ取った。

「お、おおっ」

ようやく内部の詳細が分かるようになった山田が感嘆の声を上げる。中にはざっと見て五十頭ほどのヤギがいた。真ん中が通路で、その両脇を鉄の柵で仕切ってある。仕切りは合計四つ。それぞれに水おけと木製の餌台《えさだい》があり、中ではヤギたちが寝そべったり、もぐもぐ口を動かしたりしている。

「広っ、この仕切り一つで俺の部屋の倍はある」

「山田君のお部屋は何畳ですか」

「六畳です。いいなあ、ヤギの方がゆったり暮らせてるかもしれません。下はワラでふかふかだし、食っちゃ寝生活だし」

いいなあ、とうらやましそうにヤギたちを眺める山田を、繁子はふっと笑った。勇人も少しあきれたような目でこちらを見ている。

「もともとフリーストール、広いところに複数を入れておく牛舎だったんですか？」

「いえ、つなぎ飼いでした……」

勇人の言葉に繁子は少し目をみはった。

「では、改修がけっこう大変だったのでは。業者さんにお願いして？」

「いえ……自分がやりました。ヤギの爪は牛より湿気に弱いって聞いたんで、あそこの壁を抜いて」

その言葉通り、本来四面あったであろう畜舎の壁のうち、東の一面がぽっかり空いて、外の運動場がよく見える。

「つまりどういうことです？」

山田は素直に聞いた。繁子と勇人の会話は分からない単語だらけだ。すかさず繁子が小声で説明する。

「フリーストールというのは、現在のこのヤギ舎のように、牛がある程度好きに歩き回れる形式の牛舎です。対してつなぎというのは、一頭一頭決まったスペースにつながれて過ごす形式で、それぞれメリットデメリットがあります」

「へー、奥が深いっすね……」

「つなぎだと尿溝《にょうこう》があったり牛を固定するスタンチョンや鎖《くさり》の基部《きぶ》があったりするので……要するに、この松嶋さん、改修や壁を抜くなど、面倒臭い仕事をお一人でなされたということです」

説明の後半がなんとなく雑ではあったが、山田は理解した。体は小さいし、陰気そうだし、おまけに愛想もないけれど、仕事に関してはすごい人なのかもしれない、と尊敬の念をこめて勇人を見た。

「なんとなく分かりました。壁がないと風通しがよくて、扇風機もないのに涼しいですね」

建物自体は古いものだが、掃除が行き届いているのと壁のうち一面を取り払って柵にしているせいか、風通しがいい。ヤギたちも夏の昼下がりを穏やかに過ごしていた。

「中央の通路は、人間の作業用通路というだけではなくて、ヤギの通り道なんですね？」

「ええ……それぞれのスペースにヤギを入れて、それを一つのグループとして、朝夕一日二回の搾乳の時、中央の通路を通って搾乳場まで行かせます」

「なるほど、効率的ですね」

勇人の説明に繁子はうなずいた。

「……ヤギたちの搾乳場、こっちです」

勇人のあとについて、通路の先にある部屋に入っていく。ひんやりとした室内には、コンクリートの大きな台、そして、その上にパイプの囲いや機械が設置されていた。

「ヤギはここのスロープを使って、餌を求めて台に上ります。用意しておいた餌を求めて頭をこの隙間に入れるとガシャンと閉まって出られなくなります」

「ズラッと並んでますね。一度に何頭入るんですか？」

「うちの場合は十頭です。ヤギが餌を食べている間に、この台の下から背後に回り、真空パイプと集乳缶につないだミルカーという搾乳機で乳を搾ります。今は洗浄してあそこに置いてあります」

勇人が指した先には大きな流しがあり、金属の筒とゴムチューブで構成された機械がいくつもぶら下がっていた。

「あ、俺、ニュースで見たことあります。牛の乳にスポッてくっつける、あれですよね！」

「牛の乳頭《にゅうとう》は四本、ヤギやヒツジは二本なので、形状は少し違いますが、ミルカーのシステム自体はほぼ同じです」

「ヤギ・ヒツジ用ミルカーは輸入品ですか？」

「ええ、ミルカーも、ヤギの固定機械も全て北欧製です。妻が日本の代理店を探してきまして」

山田にとっては牛どころかヤギの搾乳施設を見るなど初めてのことだ。今後の人生でもう一度見る機会があるかどうかも分からない。何もかも物珍しくて、ついきょろきょろと周囲を見回した。

「ここまでちゃんと自分でお乳搾られに来るなんて、賢《かしこ》いっすねえ、ヤギって」

「搾られないままだと痛いですし、搾乳台のところに餌があるのを理解すれば自発的に来るようになります。餌を食べ終え、搾乳も終わったら、このレバーを動かすと首を挟《はさ》んでいたパイプが緩むので、あとは自分たちのホームに帰っていきます」

とうとうとした勇人の説明に、なるほど、と山田も繁子もうなずいた。聞く限り、効率的な仕組みだ。

「では、さっきいたヤギは全て搾乳用のメスということになりますか」

「ええ。子ヤギとオスヤギ、あと離乳していない親子ヤギは別の畜舎で飼育しています」

つまり、さっき庭先にいたのはメスのヤギと子ヤギ、オスヤギの組み合わせだったことから、オスヤギのジョニーが柵を壊し、その畜舎からみんな逃げて来たということだった。

山田は「あの、質問いいですか」と控えめに手を上げた。

「気になってたんですけど、そもそもヤギって、牛とどう違うんすか？　あ、その、見た目というよりも、餌とか、飼い方とか……その……」

勇人は無表情のまま山田を見ていた。ヤギについて基本的なことさえ知らないと、叱られてしまうだろうか。そう思った時、勇人はごほんと咳払いをした。

「ヤギもヒツジも牛も、草食動物で反芻《はんすう》動物、偶蹄目《ぐうていもく》という点は変わりません。胃は四つです。

共通する餌も多いので、粗飼料は自家牧草、配合飼料はヤギ用のものがここでは手に入らないので、素材を各種購入して自家配合して与えています」

この人なんか急に早口になった。

山田は勇人の説明に面食らったが、勢いに押されてうんうんとうなずくことしかできない。

「交配は人工授精主体の乳牛と異なり本交なので多少面食らいましたが、受胎率は良いし、なにより産子が双子、時に三つ子のこともあるので、増頭が楽という側面もありますね。妊娠期間も牛が九カ月以上あるのと比べて五カ月程度ですし」

「え、あ、はい、そうなんですか」

山田は隣をちらりと見た。急に怒濤《どとう》の勢いで説明を始めた勇人に繁子も目を少し見開いていたが、時折、なるほどというふうにうなずいている。助け舟は期待できそうになかった。

「乳量こそ牛ほどは期待できませんが、海外の乳用品種だと一頭一日三十キロも乳を出すものもいるらしいので、機会があれば導入してもいいかもしれません」

「あ、あの、すごいっすね。松嶋さん、ほんとにヤギ好きなんすね」

山田はなかば無理矢理に言葉をねじ込んだ。勢いを抑えてもらうためとはいえ、ヤギ飼ってる人にヤギ好きなんですね、はないだろう、と反省する。

しかし勇人は、無表情からほんの少し口の端を持ち上げて、「はい、好きです」と素直にうなずいた。

「牛とどちらがお好きです？」

繁子が唐突に質問した。勇人は気を悪くしたふうでも、迷う時間もなく「ヤギですね」と答えた。

「牛も、嫌いではなかったです。親が飼って、それで自分を大学まで出させてくれたんだし。そう考えると今の自分があるのは確かに牛のおかげです。でも、自分で育てて搾った乳を消費者に直接売るとなると、牛乳はいろいろ難しいところがあって……」

「お察しします」

言葉がやや尻すぼみになった勇人に、繁子がうなずいた。山田も、あれか、と頭の中で記憶がきらめいた。

繁子に言われて新聞の切り抜きをしている時、牛乳の生産者団体についてや牛乳の個人販売の競争激化についての記事を読んだことがある。

山田は細かいところはよく覚えていないが、「酪農家さんって大変なんだな」と雑な感想を抱いたことを覚えている。

「ヤギなら珍しさから販路《はんろ》も作りやすいですから……。飼い方が独特で手探りの部分も含め、ヤギを飼うのは、楽しいですね」

勇人は搾乳場の窓から外を眺めて言った。放牧中のヤギが草を食べているのがよく見える。

繁子はふむ、とうなずきながら勇人の様子を見ていた。

「ヤギと牛にそれだけ違いがあって、飼い方も独特なのですね。飼養技術について、どこで学ばれたんですか？」

「本とか、あとは、もともとこのヤギを飼ってた担当者さんですね」

「もともと？　担当者さん？　農家さんではなくて？」

「ああ、ここのヤギは、もともと隣町の第三セクターで飼われていたものを引き取ったんですよ。自分が地元出身で、知り合いだったこともあって」

「そうなんですか。では、次の施設を見せていただけますか？」

繁子の求めに勇人は「はい」と応じて、先を歩く。

「ヤギを放牧してる畑に案内します。この窓から見えるところなので、近くです」

案内に従って畜舎を出ると、そこには広い牧草地が広がっていた。畜舎とは別に五十頭ほどのヤギが散らばって草を食べたり、草地の一角に生えている大木の下で寝そべったりしている。

青い空。濃い緑。そこでくつろぐ白いヤギ。実に絵になる情景だった。

そよ風の中でふわふわ綿毛《わたげ》が舞い、幻想的な雰囲気さえある。

「ん？」

ふいに繁子が素早く手を伸ばして飛んでいる綿毛をつかんだ。

「森田さん？」

「いえ何でも。松嶋さん、このヤギたちはどういう立場なんですか？」

「先ほど説明したオスヤギや若いヤギ、あと乾乳《かんにゅう》、つまり搾乳を休み中のヤギです。搾乳中のヤギは乳質を一定に保つために青草は食べさせていませんが、他は自由に青草を食べさせるようにしています」

「なるほど」

繁子は勇人の話にうなずくと、顎に手を当ててじっとヤギを見ていた。

「あっ角のあるヤギがいる。かっこいいっすね。あれがボスですか？」

「いえあれは年をとったメスです。角のあるなしは遺伝で決まり、あれは角はありますが、おとなしい個体ですよ」

山田が無邪気に勇人と話していると、繁子が「松嶋さん」と真面目な顔で向き直った。

「ヤギ肉の販売は考えていらっしゃらないんですか？」

今までいきいきとヤギの話をしていた勇人の表情が急に曇った。

「奥さまに相談されたのは、オスヤギを除草のためにレンタルする事業についてでした。ヤギ乳製品には関係のないオスヤギの有効利用のためですが、それ以前にオスヤギを食肉にするお考えは？」

「それ、は……」

勇人は気まずそうに足元に視線を落とす。

「正直、経営の効率を考慮すると、乳製品と食肉をセットでお考えになった方がよろしいかと思うのですが」

「あの、ヤギ肉って食えるんすか？」

しまった、と山田は口元を押さえた。つい驚きと好奇心で二人の会話に割り込んでしまった。

山田の驚き方が新鮮だったのか、繁子と勇人は目を丸くしている。繁子がふっと顔の表情を緩めて説明した。

「日本ではあまり食べられていないですが、沖縄地方などでは大事な郷土食ですし、世界的にはごく普通の食材です。テーブルミートとしての浸透度に違いはあれど、牛肉や豚肉より宗教的なタブーは少ないですしね」

「で、うまいんですか？」

つい山田は畑にいるヤギたちを見る。そのうち一頭が、何かを感じ取ったのか木の陰に隠れた。勇人がその様子を見てうなずく。

「ええ、案外おいしいですよ。肉付きや脂肪は少なめですが、味はさっぱりとしつつうま味があります。一般的には去勢《きょせい》して育てたオスを食べますが、地方によっては去勢をしないオスが珍重されますね。俺は、去勢した方がうまいと思いますが……」

「松嶋さん、食べるんすね」

山田は言ってから「おっとまた」と口を押さえる。勇人はふふっと苦笑いをした。初めて笑ったなこの人、と思うが、山田は引き続き口を閉じる。

「ヤギたちをかわいいとは思うし、大事にはしてますが、……それは家畜としてです。ペットじゃないんで。だから、肉として売ることも、食べることも、抵抗は別にないです」

勇人はそう言うと、放牧地のヤギに目を向けた。

その横顔は、ペットを見る表情でも、商品を見る表情でもなかった。

「俺が育ったような普通の酪農の家だと、ホルスタインのオス子牛は売って肉になるし、メスも乳が搾れなくなったら廃用《はいよう》としていずれは肉ですから……俺は、別にそれが普通と思いますが……」

「奥さまが、食肉として販売することに反対していらっしゃる？」

「……はい」

繁子の言葉に、勇人は力なくうなずく。

「ヤギ乳の加工品を製造販売するのであれば、食肉も手掛けるのはイメージが悪くなるって……」

なるほど、と二人のやり取りを聞いていた山田は納得した。乳と肉、両方やれば効率はいい。ただ、食いしん坊の自分は「ヤギの肉っておいしいのかな」と考えても、一般には「ヤギの肉を食べるなんて」と拒絶する人もいるかもしれない。

いや、いることを想定して商売を考えるのがこの場合は正しいし、誠実なのだろう。

ふむ、と繁子は少し考えてから、少し穏やかな声で続けた。

「では、乳牛のように食肉を扱っている外部業者に生体で販売するのはどうでしょう？」

「それも言ってみたんですが……妻は、うちで生まれたかわいいヤギを肉にするなんてそもそも考えられないって……」

それきり、勇人は口ごもって下を向いてしまった。

繁子は「なるほど」と小さく言い、それ以上は追及しなかった。山田も余計なことは口にせず、二人の様子を見守る。

「……今日はいろいろ見せていただき、ありがとうございました。奥さまのご相談の件と併せ、今後ともよろしくお願いします」

見学は終わり、とばかりに繁子は深く頭を下げた。慌てて山田も「よろしくお願いしまっす」と頭を下げる。

「ああどうも……何もお構いできませんで。じゃ……」

勇人も軽く頭を下げ、畜舎の方へと去って行った。ヤギのことを話している時はいきいきとしていたのに、戻って行く後ろ姿はくたびれているように見えた。

その夜。松嶋牧場から車で十五分ほどの街中にある焼き肉屋の個室で、繁子と山田は向かい合っていた。

すでに近隣のホテルでチェックインを済ませ、それぞれの部屋でシャワーを浴びてヤギ臭を洗い流してある。山田は部活で着ていたジャージの上下、繁子もメークこそいつものように濃いが、チノパンにTシャツというラフな格好だった。

焼き肉用に洗いやすい戦闘服なのかな、と山田は思ったが、口には出さないでおいた。

「んんっ、さっき食べたハラミに負けず劣らず、こっちもうまいっ」

山田は特上厚切りタンをどんぶり飯に載せてかき込んでいた。繁子はジュウジュウ音を立てている石焼きビビンバを、熱さをものともせず口に運んでいる。

「今日は山田君にジョニーと格闘してもらいましたからね。お疲れでしょう、たくさん食べてください」

「ありがとうございます！　冷麺と焼き野菜追加していいですか！」

「つぼ漬けカルビ二人前も追加よろしく」

肉とビールと米の幾度かの追加注文を経て一時間後、店員も驚く量の肉と料理を平らげた繁子と山田は、満足げにデザートのアイス盛り合わせを口にしていた。

「さて、おなかも落ち着いたところで、作戦会議といきましょう」

「はいっ」

繁子は自分のバッグからクリアファイルを取り出し、一枚の書類を山田に渡した。

「松嶋牧場ご依頼の件について」と印字された書類は、今日見てきた牧場やヤギの話が簡単にまとめられている。

ホテルで身支度《みじたく》を整えた短時間のうちに作って印刷してきたのか、と山田はひそかに驚いた。

「よくまとめられててすごいっすね。……ていうか、こういうの作るのって、バイトの俺の仕事でした？」

「いいんですよ。私はこういうの得手《えて》なので、適材適所《てきざいてきしょ》です。山田君には明日以降、頑張ってもらいますから」

「はい、頑張ります！」

山田は元気に返事をした。またジョニーと戦うとかそんな感じかな、と気楽に予想する。

「改めて、松嶋牧場さんのご依頼内容と、こちらが把握《はあく》している情報について共有しておきましょう。この内容については松嶋ご夫妻の前はもちろん、他でも口外しないように」

「はいっ」

山田は背筋を伸ばした。酒を飲んだ時に友達にウッカリ話した、なんてことのないよう気をつけなければ。バイトでも立派な仕事なのだ。

「先方の直接の依頼内容は〝余っているヤギの有効利用法としてヤギレンタルの道筋をつけてほしい〟ということです。余っているヤギ、というのは、種《たね》オス以外のオス、年をとって搾乳できなくなったメスヤギ、という意味だそうです」

「オスのヤギは育てても乳が出ないとはいえ、育てれば繁殖に使えるんじゃないすか？」

山田は首をかしげて聞いた。頭の中には人間と同じ、一夫一婦のつがいが子ヤギを育てるイメージがある。

「繁殖には使えますが、非効率的です。ヤギは野生のものを含め、ハーレムを形成するようなものと思ってください。優秀な種ヤギが一頭いれば数十頭分の繁殖が可能なので、全て種ヤギにする意味はないのですよ。ジョニー君みたいなのがたくさんいたら、大変でしょう」

「そ、それは確かに」

角がないとはいえ、ちゅうちょなく客に頭突きをかまそうとするようなのがメーメー群れで襲ってきたら、山田でさえ止めきれない。

「だからセオリーとしては優秀な個体を厳選して種オスとして残し、近親交配が起こらないように同業者で貸し借りし合う、というのがベストな運用でしょうね」

「なるほど、優秀なやつを残し……」

そこで山田はふと引っかかった。

「残されなかったやつはどうなるんですか？」

「攻撃的にならないよう去勢してから育てて肉にするか、今回のようにヤギレンタル事業に活用するかですね」

「去勢……厳選されなければ……肉……」

山田は思わず言葉を失った。対して、繁子はあくまで淡々と説明を続ける。

「鶏卵《けいらん》用の鶏なんかはオスはヒヨコのうちにほぼ処分されるのが普通ですし、牛もオスは乳牛肉牛ともにほぼ肉になります」

「えぇ……そういえばどっかでそんなこと聞いた覚えありますけど、改めて考えると……牛も……」

いろいろと考えを巡らせて、山田はいつの間にか自分の腹を両手で押さえていた。さっき散々食べたカルビも、元は生きた牛だったのだ。今まで当たり前だと思っていた現実がやけに重くて、急に胃もたれしそうだ。

「思うところがあるのは分かります。ですが、畜産とはそういうものです。乳牛も、肉牛も、その他の分野も、時間をかけてベストを模索し、人間の生活に沿った形ができあがるのです」

「はい……」

「ただ、個人で意見や受け止め方がいろいろあるのは悪いことではありません。むしろいいことです。ただし、畜産の道理を安易《あんい》に人にあてはめたり、自分の価値観を人に押し付けたりすると問題が発生します。それは山田君にも分かりますね？」

「はいっ、気を付けます」

いい返事に、繁子は満足そうに目を伏《ふ》せた。山田は自分がそんなに頭がいい方ではないと思っている。もの知らずで、失礼なもの言いをして他人を不快にさせてしまうこともある。そうならないように気を付け、また、やらかした時にはせめて素直に謝れるよう心得よう、と決意した。

「山田君は素直でよろしい。問題は、松嶋さんご夫妻です……」

両拳を握り込んで決意を新たにしている山田を見て、繁子は小さなため息交じりに言った。

「あのお二人、素直じゃないんですか？」

「ええ。よそさまのご家庭のことに足を踏み入れるのは私の仕事の範囲外ですが、それが依頼のネックとなると、踏み込まざるを得なくなってしまいます」

繁子はいつの間にか大盛りのアイスを平らげ、書類の下の方に羅列《られつ》された文字を読み上げはじめた。

「問題点その一。経営上、無駄なヤギが多すぎる」

「無駄って。そんな言い方、かわいそうじゃないっすか」

ぴしりとした繁子の断定に、山田は思わず反対の声を上げた。

「ええ、聞こえは悪いです。どんな生き物も無駄ではありません。ただ、『経営上』、乳を出せないオスの去勢済みヤギなどは、『経営上』は無駄メシ食らいです」

「無駄メシ……」

山田は思わずアイスを掬《すく》おうとしたスプーンを置こうとした。

「山田君は食べて元気に働いてくれないと困ります、『経営上』」

「そ、そうっすよね！」

そう言うと、またスプーンに山盛りのアイスをほお張った。

「だからこそヤギレンタルの活用を検討している訳ですが、並行してヤギ肉にする可能性も模索しておくべきだと思います。経営の柱は太い一本よりも普通の太さの二本を想定しておいた方がいい」

「なるほど」

山田は感心した。社長のこういうところはやはりコンサルタントらしい点だ。

「問題点その二。前の問題と重なりますが、社長と専務、夫婦間の仕事の分担は完璧。だが経営ビジョンがそろっていない」

「経営ビジョン、というと」

「由美さんが根本的にヤギ肉の販売を考えていないことです。意見はいろいろあっていい、とさっき言いましたが、経営の上で価値観のすり合わせは必要です」

「なるほど」

山田はとけかけたアイスを急いで口に運びながら、元気にヤギの話をしていた勇人が、ヤギ肉の話になるとしおれていたのを思い出した。

繁子は手にした紙をテーブルの上に置いた。珍しく頬づえをついてため息までついている。いつもパワフルなこの社長が、山盛りの焼き肉を平らげた直後でもまだ悩んでいる。山田は意識して「で、でもっ」と声を上げた。

「問題があるのは分かりましたけど、依頼はあくまでヤギレンタルの件ですよね。仕事として、あくまでそこだけ取り扱うんじゃだめなんですか？」

視線を上げた繁子が鋭い目をしている。余計なこと言っちゃったかな、と内心焦《あせ》る山田をよそに、口をうーんとへの字に曲げた。

「ヤギレンタルのみでも課題は山積しているのです。経営形態とか、収益の上げ方とか、由美さんのイメージを有効に形にするお手伝いをせねばなりません。ただ、それにはまず、先の二つの問題をクリアしなければ話が始まらない。見える問題を無視したまま不完全に依頼を達成するのは私の流儀《りゅうぎ》に反します」

ビシリと放たれた社長の言葉に、山田の背筋も思わず伸びる。そうだ、こういう、自分にも他人にもメチャクチャ厳しい人なのだった、と思い知らされた。

緊張する山田に繁子はふっと目元を緩めると、バッグに手を入れて何か白いものを取り出した。

「あとは、確定事項ではありませんが大きな懸念が一つ」

テーブルに載せられたのは折りたたまれたティッシュで、中にはぽわぽわとした塊が入っていた。

「綿毛？」

山田はそれをつまみ上げて首をかしげた。タンポポよりも綿の塊が大きく、小さな種の形にも見覚えがない。

繁子は塗られた爪の先で綿毛をつつき、眉間に軽く皺を寄せた。

「さっき牧場の敷地内で浮遊《ふゆう》していたものです」

「ああ、草っ原でフワフワ飛んでいた、アレですか」

そういえば、社長が手を伸ばして何かを取っていたあれか。何の綿毛かは分からないが、メルヘンチックな風景を彩っていたフワフワをなぜ社長が睨みつけているのか。

「タンポポの綿毛、よりも大きいですね」

「私の見立てでは、これはアザミのものかと」

「アザミってタンポポみたいに綿毛で増えるんすねー」

へー、と呑気《のんき》に感心する山田をよそに、綿毛を見る繁子の表情は硬い。

「普通のアザミならまだ良いのですが……。明日、確かめねばなりません」

「俺はよく分かりませんが、できることがあったら何でも言ってください。ジョニーのホールドでも何でもしますんで！」

山田は明るく声をかけた。どうせ社長の悩みや思惑は分からないし、自分はやれることをやるしかないのだ。

「頼りにしてますよ」

繁子はふっと笑うと、綿毛をつまんでティッシュに包み直した。まるで危険物を扱っているような慎重《しんちょう》さがある。その動作を見ていた山田がふと「そういえば」と声を上げた。

「社長、いつも爪、キレーっすよね」

「ええ、まあ」

唐突な話題に、繁子はほんの少しだけ目を丸くした。

「俺、女の人の服とかよく分かんないっすけど。社長みたいにいつもオシャレしてる人って、みんな頭のてっぺんから爪の先まで全部キレーにしてると思ってたんすよ。今日会った松嶋牧場の奥さんもキレーだけど、爪、塗らないんだな、ってちょっと意外でした」

山田は繁子のように気合の入った服装や化粧をしている女性は、当然のように爪の先まで飾るものと思いこんでいたのだ。だが、由美の爪は短く切りそろえられていた。

「ああ、それは」

山田の言いたいことが分かったのか、繁子はいつもの無表情へと戻る。

「確かにそうでしたね。あの方、とてもオシャレさんですが、食品加工をなさるから、爪は短くされているんでしょう。施設内の洗面台にはハンドソープのみならずクレンジングオイルも置いてあったことを考えると、おそらく、あれらの乳製品を製造される際はお化粧も落としていらっしゃるはずですよ」

「へえ、お化粧も」

山田は繁子の観察眼に感心した。見学した場所の洗面所に何が置かれているかなど全く覚えていない。

「香水も柔軟剤《じゅうなんざい》もなし、洗髪料の匂いもほぼありませんでした。髪、香料、爪、化粧など、食品加工の現場での基準はそれぞれですけど、松嶋さんはかなり気を遣われている方だと思います」

「なるほど……」

そう言われてみると、事務所にはごちそうになったヤギ乳製品以外、香りというものが全く印象に残っていない。

あの牧場で香りについて……と思い返していて、山田はふと気がついた。

「そっか、だから、俺たちに作業着脱ぐように言ったり、ジョニーの臭いにイヤそうな顔したんですかね」

「……そうかもしれませんね」

繁子は少し驚いたように眉を上げ、ゆっくりとうなずいた。

あの時は、逃げたヤギを捕まえた客にヤギ臭さを感じて「くさっ」という反応に納得がいかなかったが、繁子が指摘した食品加工への気の遣いようを思えばまた違った印象が出てくる。

満腹だった山田の腹に、違うものがストンと収まった。

「明日も牧場行くんすよね。俺、事務所棟入る時用に、着替えのジャージとTシャツ持っていきます」

「いい考えです。私も山田君を見習うことにしましょう。……さて、明日に備えて、そろそろ宿に戻りますか」

繁子は目を伏せるようにして小さく笑うと、両手を合わせて「ごちそうさまでした」と言った。山田も慌てて手を合わせ、「ごちそうさまでしたっ！」と大きく声を上げる。

まずはおいしい焼き肉をおごってくれた社長に、あとはおいしい肉を用意してくれた店への感謝を。そしてもう一つ、もとはどこかで元気に生きていたけど、今は自分の腹に収まってくれた牛に。

「おいしい肉たくさん食べたんで、俺、頑張ります」

「その意気です。頑張りましょう」

二人はともに膨《ふく》らんだ腹を揺らし、明日以降の松嶋牧場案件への気合を入れた。

翌日、よく寝て宿の朝食ビュッフェを堪能《たんのう》した繁子と山田は、予定通り松嶋牧場へ向けて出発した。しかし、車は昨日と同じ道路を通らず、松嶋牧場の少し手前の農家で止まった。看板には「鈴木《すずき》牧場」とある。

「あれ？　社長、ここどこですか？」

「少々、聞き込みを。山田君は少し待っていてください」

そう言うと、繁子は民家の中に入っていく。五分ほどすると戻ってきて、「さて次です」と車を出した。

今度こそ松嶋牧場に向かうかと思えば、また「水沢《みずさわ》ファーム」という古そうな農家で車を止め、中に入っては五分か十分ほどで戻ってきた。

「すみませんね、お待たせして。もう終わりましたので、松嶋さんのところに向かいます」

「何しに行ってたんすか？」

「ちょっと、聞き込みを」

唇の端を少し持ち上げて繁子は言った。なんだそれ、聞き込みって。山田はそう思ったが、それ以上聞くことは諦めた。今教えてくれないということは、今教えられなくてもいいことのはずだ。

何もかもオープンにしてくれない雇い主ではあるが、アルバイトの自分に不利なことも不当な扱いも、今までされたことがない。そうして事がうまくいけば、うまいものも食わせてくれる。だから、繁子を信用して今は口をつぐむのだった。


昨日と同じように松嶋牧場の金属製の柵を踏み、車を降りたのは午前十時頃となった。繁子と山田の二人は昨日の作業着に着替える。

今日もよく晴れ、夏の日差しが照り付ける。とはいえ意外と湿気は低くて行楽日和《こうらくびより》だ。山田は暑いのでツナギの袖を腰に縛りつけた。

狭いシートで縮こまった全身を伸ばすと、肩のあたりの関節がコキリと鳴った。

完全に気を抜いていたところに、突如、「山田君っ！」と繁子の鋭い声が飛ぶ。山田は反射的に腰を落として視線を巡らせ、自分に向かって一直線に走ってくる塊を認識した。

ジョニーだった。昨日のリベンジのつもりだったのか、勢いのある助走ではあったが、早い段階で繁子に発見されたのと、山田の反応の速さが勝負を分けた。

「二度も食らうか！」

膝を軽く曲げ、ゆるりと両腕を広げた山田はタックルを完璧に受けられる態勢で、ジョニーの脚が勢いを失う。三メートルほどの距離で一度止まり、ぐっと頭を下げて前脚で地面をかいた。

「よしこい！」

山田が体幹に力を入れ、激突を受け止める覚悟をした時、「まてええええええ！」と間の抜けた声がした。

「ジョ〜ニ〜！　ダメじゃないか、お前また逃げて！」

昨日ヤギ舎を案内してくれた勇人が、ロープを片手に情けない声を上げてこちらに走ってくる。

ジョニーはその声を耳にすると、仕方がない、という風情で飼い主の方へと向き直る。一度だけ、ちらりと山田の方を振り返った。

「お預けだな、分かってるって」

グッ、と親指を突き立てた山田に背を向け、ジョニーはおとなしく勇人に捕まった。

「ダメじゃないか、せっかく直した柵も壊しちゃって……」

そのまま去ってしまいそうな勇人に、繁子は大きな声をかけた。

「あの松嶋さん、おはようございます！　昨日に引き続き、お邪魔しております」

「おはようございまっす！　ジョニー、また逃げたんすか？」

「ああ、昨日の……おはようございます。いやね、昨日壊した柵は直したんですけど。その車の、エンジン音、特徴的でしょう。それが聞こえてきた瞬間、いきなり暴れて、直したところをまた壊して……」

勇人は繁子の赤い愛車を指すと、すっかり弱り切った様子でジョニーの首にロープをかけた。暗に、あんたの車のエンジン音のせいだ、と言われているようなものだが、繁子はしれっとしている。

「車の音で山田君が来たと気づいて、再戦を期したのでしょうか。すっかりライバル認定されていますね」

「へへっ、光栄だけど柵は壊すなよ、ジョニー。そんなことしなくても相手してやるからさ……」

「メヘェ……」

「いえ、別にうちはジョニーと戦ってもらいたいわけじゃ……ジョニーもやる気出すんじゃない」

三人と一頭で間の抜けたやり取りをしていると、ふいに「ちょっと！」と、怒号にも似た鋭い女の声が響き渡った。

振り返ると、ちょうど母屋から人影が飛び出てきたところだった。

「なんでまたジョニー逃がしてんの！　柵直したんじゃなかったの!?」

金切り声の主は由美だった。ただ、繁子と山田が昨日会った彼女の姿とは随分異なる。ぼさぼさの頭にノーメーク、年代物の緑ジャージ上下。おまけに足元はビーチサンダルといういでたちだ。

「えっ誰」

「シッ山田君」

たしなめた繁子の目も、若干驚きに見開かれている。目の前にいる女性は、松嶋夫妻のみの家族構成からすると由美に間違いない。しかし昨日の、ゴージャスなビジネスウーマンという印象とはかけ離れていた。

いや、別に彼女の自宅なのだからどんな格好をしていようが勝手ではあるのだが、あまりにもギャップが大きすぎる。

「えっ何もう来てんの!?　やだちょっと、あなた、事務所で待っててもらってて！」

繁子と山田が完全オフ状態の由美に面食らっていると、来訪者の姿を認めた彼女は、慌てて住宅の中へと引っ込んでいってしまった。来ることを忘れていたか、時間を間違えていたらしい。昨日も来訪時に遅れて帰宅してきたことから、少し時間にルーズであるようだ。

ま、分かるけどな。俺も講義開始ギリギリに駆け込むし、だからって不真面目ってつもりもないし、と山田はひそかに親近感を覚えた。

「……すんません。そういうわけなんで、事務所行って待っててもらえますかね、じゃ、俺はこれで……」

勇人はぼそりと言って、ジョニーと共に畜舎の方へと足を向けた。

「待ってください」

繁子がやや大きな声で言った。その鋭さに、勇人よりもジョニーが「メッ？」いち早く反応してこちらを振り向く。

「お待ちするのは全く構いません。が、その前に伺いたいことがあります」

「……なんでしょうか」

勇人は小さくため息を吐いてから、面倒臭そうにこちらを見る。その態度はあんまりじゃないだろうか。確かに依頼をしたのは奥さんの方かもしれないが、旦那さんはここの社長なんだろうに。山田は、自分はまだ学生、という負い目がある分、年長者に相応ではない態度をとられるとカチンときてしまう。何の話をするかは分からないけど、社長、やっちまえ、と心の中でエールを送った。

「オスヤギ管理のお話です。昨日お話を伺った限り、奥さまはヤギ乳製品を強く売り出したいと思っていらっしゃるそうですが、ヤギを食肉にするお気持ちはあまり、とのことですね」

「ああ、ええ……。まあ、仕方ないです。農家で育ったとか、食べる習慣のある地方出身じゃない限り、気持ち的に抵抗はあるでしょうから」

どこか諦めたような口調で勇人は言った。

「農家育ちの俺であっても、ヤギは可愛いと思いますしね」

「メヘッ」

飼い主と視線が合って、ジョニーが小さく鳴く。勇人のジョニーを見るまなざしが優しい。

山田はへえ、と目を丸くした。

家畜とペットを同じように見るとまた社長に怒られるかな、とも思うけれど、勇人とヤギたちの間には確かな絆《きずな》があるように見える。

「お節介を承知で申し上げますが、ならばなおさら、奥さまとよくお話し合いになって食肉化をご納得いただいた方がよろしいかと思いますよ。少なくとも、そのご努力はなされましたか」

繁子のズバッとした切り込みに山田は驚いた。そして当の勇人は眉間に少しだけ皺を寄せ、冷たい目で繁子を見ていた。

「……なんです、いきなり。あなた妻に経営の件で雇われたんでしょう。我々夫婦の関係にまで口を出されるいわれはないはずだ」

「ですから、お節介を承知でと言っています。オスヤギを肉にしたくない。だからヤギレンタルで活用することを考えている。それは自然な流れに見えますが、ヤギレンタルだけで経営を圧迫するすべてのオスヤギを活用できるとは限らない以上、食肉にすることも経営上考えていった方がいいかと思います。ましてや、夫婦の間柄で議論が尽くされないままでは、他の問題も既《すで》に出てきているのではないですか」

繁子は堂々とした体格で胸を張り、よどみなく言い切った。勇人はジョニーのロープを手にしたまま、苦々しい表情で繁子から目をそらしている。痛いところを突かれたといわんばかりの表情だ。

「ん、他の問題って？」

緊張した空気が流れる中、山田はふと口を挟んだ。

「……私の友人に、長野の果樹園農家がいます。その人、下草の駆除のためにヤギを飼おうと思い立って、公的機関のヤギ飼育講習に参加したそうです」

繁子が落ち着いた口調で話し始めた。いきなり友達の話って何、と山田は戸惑ったが、黙って聞く。講習、という単語を聞いた勇人の肩がびくりと震えた。

「二泊三日の実地含む講義の中、残念ながらとあるご夫婦が途中離脱なさったそうで……。ヤギの食肉活用のカリキュラムに差し掛かったあたりだったとか。友人はお名前までは覚えていませんでしたが、千葉でヤギ農家を新規で始めたいというご夫婦だったと……松嶋さん、あなた方お二人ですね」

勇人は黙ってうなずいた。「え」と山田はつい声を上げる。

「……社長、顔広いっすね」

驚きのあまり論点がずれてしまった発言に、繁子はとがめることなくうなずく。

「今回、ヤギ農家さんのご依頼ということで心当たりのある知人から話を聞いたら、偶然つながりまして。特用家畜の業界はタテヨコナナメが非常に狭い世界ですから、こういったこともあります」

「トクヨウカチク、って？」

耳慣れない言葉が出てきて山田はつい尋ねた。

「牛、豚、鶏などのメジャーな家畜以外のものです」

繁子は「そんなことも知らないのか」という気配はまるでなしに、穏やかに答える。

「ヒツジ、ヤギ、アルパカ、ダチョウなども特用家畜に入りますね。珍しく、日本での飼育頭数が少ないものばかりですが、決しておろそかにされていいものではありません」

「へえー、勉強になります」

繁子と山田が少しずれた会話をしている間も、勇人は地面を見つめて下唇をかみしめていた。反論がないのを確認して、繁子が勇人に向き直る。少しだけ声が柔らかくなった。

「研修に参加した友人は、離脱されたご夫婦のことをとても勉強熱心な様子だったのに残念だ、と言っていました。ヤギ飼い志望同士、仲良くやりたかったのに、とも。仲良くやれていれば、飼育希望者同士、情報や生体を交換し、オスヤギを引き取ってもらう道もあったはずだった。違いますか？」

「うちのが……」

勇人は繁子の問いかけに答えないまま、ぽつりと呟いた。

「ヤギを食肉にするのに、すごく抵抗を抱いてるんです。こう、理屈じゃなくて、生理的に」

「ですね。何を育て何を食べ物にするのか、食べるのが人間である以上、どこで線を引くかはその人の心それぞれです」

繁子の同意に、しかし勇人は強く首を横に振った。

「それはそうなんです。夫婦だからって価値観を押し付けていいことじゃない。だけど、あいつは、いつもそうなんです。あれは、一度受け入れられないことがあると、ひどく頑固で、人の意見を耳に入れなくて、攻撃的で」

ジョニーのロープを握る拳に、ギリリと力が入っているようだった。だいぶ感情的になっているな、と山田は自然と身構える。

同時に、不満をためてるなあ、と少し同情もした。会って二日目の、特に信用している様子もない農業コンサルタントとそのバイトにここまで愚痴るとは。

結婚って、夫婦って、気の合う男女が末永く楽しく暮らせるもんじゃないんだな、とまだ学生の山田は少し落胆した。自分はまだ彼女もいないが、結婚というものに憧《あこが》れはある。それを目の前で否定されている気分だった。

とはいえ、雇われた立場ではただ聞いて「気の毒っすね。元気出して。頑張ればきっといいことありますよ」とでも言うほかない。

「それは言い訳ではないかと思います」

山田がぬるい傍観者を決め込んだところで、繁子の鋭い言葉が勇人の愚痴を断ち切った。

「言い訳、って」

うなだれていた顔を上げて、勇人がキッと睨んだ。それにひるむことなく繁子は堂々と主張を続ける。

「失礼、松嶋さんご夫妻の個人的なご事情に私ごときが口を挟むべきではない、ということを前提にしても、どうしても申し上げたいのです。お二人のヤギに対する価値観に違いがあっても、それをすり合わせることが難しかったとしても、ヤギには関係のないことです」

「な……」

ジョニーのロープを握りつつ勇人はわなわな震えていた。山田は何かあれば制止できるように心掛けつつ、二人の様子を見守ることしかできない。

なぜなら、言葉のキツさとは裏腹に、繁子がどこか悲しそうな表情をしていたのだ。いつもは表情が薄めな雇い主が、こんな顔をしているのを初めて見る。

「これは別に松嶋さんのことだけを言っているのではなく、今まで見てきた農家さん全般に言えることですが、管理者同士の行き違いによって飼養管理に悪影響が出るのはいけません。まして情報共有ができないまま、本来は早期に対処すべきオスヤギを肉にもしない、譲渡《じょうと》もしないまま増やしてムダメシ食らいにさせてしまったのは、ヤギ農家として失格だと思います。失礼ながら、ヤギレンタルのご希望も行き当たりばったりの苦肉の策のようにお見受けします」

失格。農業コンサルタントが雇い主に言うには、余りに重い言葉だった。本来の繁子ならば絶対に言いそうにない言葉に、勇人のみならず山田までもが呆気《あっけ》にとられる。

「な、にを、偉そうに……！　あんたに何が分かるって言うんだ！」

はっきりと繁子に怒りを向け、大声を上げた勇人に、ジョニーが少し驚いて後ろ脚で立ち上がる。

「ンンッ、メエッ」

「わっ、ちょ、ジョニー、落ち着けっ」

山田も加わって、慌てて二人がかりでジョニーを押さえる。幸い、勇人がジョニーの下あごから首にかけてをゆっくりさすると、彼は落ち着いて目を細めた。

「……いや、その、あなたの言う通りかもしれない。情けないことに」

ジョニーの興奮で怒りの腰を折られたのか、勇人は一つ大きなため息を吐いた。

「あいつは、とにかく元気で昔からよく喋って、一緒にいると盛り上がって、でもちょっと気が強くて結婚したら少しは俺の言い分も聞いてくれるかと思ったけど、あれは全然変わらないどころかますます気が強いというか、俺への当たりが強くなって……」

「違いますよ」

すぐに繁子の否定の言葉が飛んだ。今度は腕を組み、悲しみではなく明らかに怒りをにじませている。山田とジョニーは繁子から一歩距離をとった。

「これはコンサルタントではなく個人的意見として申し上げるのですが、松嶋さん、先ほど奥さまのことをあれ、とか、あいつ、と表現なさいましたね。言った方は慣習やへりくだり程度に思っているかもしれませんが、言われた方は良い心地がしないものです。もちろん、男女問わず」

「え、あ、はい」

突然向けられた説教の意図が分からず、勇人は困惑している。

「奥さまが苛立たれる理由がご自分にまったくないと思うのは、いささか傲慢かと」

「は、はあ。すみません……？」

勇人はひとまず謝っているが、なぜいきなり叱られたのか分かっていないようだった。繁子が腕組みを解き、再び穏やかに話をはじめる。

「失礼を重ねて申し訳ないですが、松嶋さんの離農されたご両親も、そうだったのではないですか？」

「というと？」

「ご夫婦間の力関係が偏《かたよ》っていらしたのでは？」

うわっ、社長ズバッと言っちゃった、と山田は内心焦った。勇人がまた怒りはしないかと心配したが、本人ははっとした後、顎に手を当てて何かを考えている。

「……言われてみると。うちは父がワンマンでね。母親は言いなりで、いつも怒鳴られながら縮こまっていた。離農して今は都市部に移り住んでますが、関係は今も変わりません。俺は、気の強い由美と結婚して、両親のようにはなるまいと冷静に意見を交わそうと思ってたけど……由美はどんどん俺の話を聞いてくれなくなって、そのまま、立て直せなくて……」

そのまま地面にめり込みそうな勢いで、勇人はうなだれた。ジョニーが勇人の正面に回って全身を押し付け甘える。よしよし、とジョニーをなでる姿を見ていると、山田には取っつきづらいけど根はいい人なんだろうな、という気がしてきた。

「なんていうか、松嶋さん、奥さん大事に思ってるんですねえ」

ぽろりと、のんきな感想が出てしまって慌てて口を押さえる。勇人どころか、繁子までもが「今までの流れをちゃんと聞いていたか？」と言わんばかりの目でこちらを見ていた。

「あ、えーと。俺、なんか変なこと言ってますね。いや、別に嘘言ってないですけど」

あたふたと説明を試みる。口下手という意味ではとても勇人のことを言えない。それでも、この二人なら遮らずに聞いてくれるだろう、という信頼があったので、頑張って言葉を考える。

「あの。結婚とか俺分かんないですけど、考えとか性格が違っても、なんとかしよう、なんとかしたいって思ううちは、結婚したままで頑張ってるってことですよね」

「まあ、それは、まあ……」

勇人が少し恥ずかしそうに目をそらす。良かった、ここで否定されたら話が進まない、と山田は適切な例を考えた。

「ほら、合わないのに付き合い続けるって、コスパ悪いじゃないですか。俺だって、別にプロになれる訳でも、思うように練習できなくてもアメフト続けるのって、すっげえコスパ悪いんですよ。でも、大変でも、コスパ悪くても続けられるって、やりたいからやってるってことでしょ？」

「コスパ？」

首をかしげる勇人に繁子が耳打ちする。

「コストパフォーマンス。この場合、労力にみあう実績や利益、という意味ですね」

「だからなんていうか。大変でも奥さんと一緒にい続けるって、きっとすげえ大事なんだろうなって思ったんです。まだ人生経験少ない俺が言うのも何ですけど」

「いえ」

なんかいろいろ余計なこと言ったな、と後悔して頭をかく山田に、繁子は首を横に振った。

「人生経験の少ない山田君だからこそ、言えることです。何も間違ってません」

勇人も、少し下を向きながらも、小さくうなずいた。

「うん。……間違っては、いない。君の言う通りだ」

自分で肯定して照れたのか、勇人はジョニーの顎を高速でなで始めた。ジョニーは短い尾をぷるぷる振って喜んでいる。

「松嶋さん。まだ頑張れますよ。多少の行き違いはあっても、伴侶《はんりょ》で、仕事のパートナーでもあるのですよね？」

繁子の声は優しい。押しつけがましくもなく、同情的でもなく、勇人にそっと寄り添う声音だった。

「……そうですね。俺は、ちゃんとあいつと、いえ、由美と、諦めないで話し合った方がいいのかもしれません……」

勇人の話し声は相変わらずか細く、そこから自信は感じられない。

「これからも、一緒にいるわけですし」

決意の声は小さかった。それでも勇人のジョニーをなでる手つきは穏やかで、ジョニーはもっとなでてくれと言わんばかりに顔を押し付けていた。

「我慢したり、何かを変えようと頑張らなければならないのは、あなただけではありません。夫婦で、家族で、パートナーなのでしょう。由美さんにも頑張ってもらいます。結局は経営のためになることでもあります」

繁子の言葉に、勇人は強くうなずいた。

「これから由美と話し合いするんでしょう。あの……俺も同席しても構いませんか」

「もちろんです」

繁子も即座に肯定した。

「私にご依頼下さったのは由美さんご本人でしたが、その目的は、この松嶋牧場さんの経営のためです。話し合いの場に社長さんがいらっしゃって悪いことなど一つもありません」

「そりゃそうっすよね」

山田も援護射撃のつもりで同調した。

「ヤギ飼育の現場担当者とヤギ乳製品の製造担当者、お二人の役割分担はご立派ですが、コンサルタントとしてはやはり、双方の意見を同じ場で伺いたいです」

繁子の言葉に、勇人は「分かりました」とうなずいた。

「作業後の汗をかいた状態で製造施設に入ると怒られるので、ジョニーを囲いに入れた後、俺は母屋でシャワー浴びて着替えてから行きます」

「分かりました、では建物の前でお待ちしています」

「じゃあな、ジョニー。もう逃げんなよ！」

ジョニーは山田のあいさつに「メッ」と返事すると、勇人に引かれて畜舎の方へ去って行った。

「さて、これで問題のうち一個を解決する道筋が立ちました」

「まだ解決したわけじゃないんすね……」

「それはそうです」

繁子は突然、ぱん、と自分の両頰をたたいた。

「道のりは長いです。ここからが本番ですよ」

繁子と山田は、昨日案内された事務所兼製造用の建物の玄関まで来た。作業着を脱いで芝生の上に置き、勇人が身を整えてくるのを待つ。

風通しがいいのと、建物の陰にいるためそう暑くはない。繁子が書類に目を通している間、山田はうーんと全身を伸ばした。気持ちのいい夏だ。

青空の下になだらかに続く牧草地、その中に白い点々となって散らばっているヤギたち。さらにその向こうでは、白ではなく白黒の塊もあった。さらに、まれに茶色のものもある。

「社長、あの、白黒とか茶色のやつ、何ですか？」

山田の質問に、繁子が顔を上げる。そして、「ああ」と目を細めた。

「山田君は目がいいですね。ここからの方向だと、近隣の酪農家さんの牛でしょう」

「へー、白黒はホルスタイン？　でしたっけ。茶色い牛もいるんすねー」

「千葉の農家で導入されている乳用種となると、おそらくジャージー種かブラウンスイス種でしょうね。ホルスタインよりは珍しいです」

「それってもしかして、ホルスタインの牛乳よりおいしかったりします!?」

山田は牛乳が大好きだ。特に、アメフトの練習後、一リットルパックにプロテインをとかして一気飲みするのなど最高だ。珍しい牛乳ならさぞうまいのだろう、と想像した。

「まあ、それなり、でしょうね」

しかし山田の期待に反して、繁子の声は渋かった。

「品種による牛乳の味の違いは、確かに存在します。乳脂肪、無脂乳固形などに由来するものは特に。だから品種を限ってチーズなどを作ると差異は出やすいですが、飲用乳の場合、一般の人がその味の違いを明確に判断できるほどの差は出づらいと思いますよ」

冷静かつ淡々とした繁子の説明に、山田はすっかりしおれた。

「ここから見る限り、ホルスタイン多数の中に少数の他品種が混ざっているようですから、出荷では混ざってしまって味に大きな特徴は出ないでしょうしね」

「そんな……夢がない……」

追い打ちをかけられて、山田は遠くにいる牛たちを恨めしく眺めた。

「まあ、茶色の牛は独特のかわいさもありますし、少数でも特定の品種の牛がいれば、乳製品を作った時に『○○種牛乳を使用』と銘《めい》打てますから。これも立派なブランディングの一環ですよ」

「さらに夢がない……」

すっかり気持ちが盛り下がった山田の肩を、繁子はぽんとたたいた。

「牛乳は、品種よりも飼育環境や餌によって決まるものです。この環境で暮らしてる牛なら、品種にかかわらずおいしい牛乳のはずですよ。仕事が終わったら、道の駅でチェックしてみましょう」

「やった、楽しみにしてます！」

仕事終わりの一杯、という新たな目標ができて、山田はその場で小躍りした。そうだ、品種にかかわらず、おいしいものをおいしいと思って飲めれば、自分はそれでいいのだ。

繁子は喜ぶ山田の様子を見て、ほんの少しだけ頰を緩める。

「ほぼ同じ環境で育っているここのヤギ乳製品がおいしかったのですから、間違いありません」

「そうですね！　昨日のヨーグルトとかチーズとかあと何でしたっけ……とにかく全部おいしかったですもんね！」

「ええ。……あれらをおいしく完食した山田君には覚えておいて欲しいのですが、たとえ未知の分野の人が、一見非常識に見えたり、自分と相いれない種類の人だったりしても、その仕事ぶりが誠実であったなら、そこはきちんと評価して欲しいのです」

繁子はやけに真剣な表情で山田を見ていた。説教というよりは、むしろお願いに近いような、ゆっくりとかんで含める物言いだった。

「うちの仕事の場合、アルバイト学生であるあなたを駆り出して、私を含めて未熟な大人の姿をたくさん見せてしまうかもしれません。そこは申し訳なく思います。ですが、いかに対人面で当惑したとしても、環境と人の努力が農産物を作り、味を決定すること。その努力を怠らなかった人には、敬意を持つこと。それを忘れないで欲しいと思うのです」

山田は姿勢を正して繁子の言葉に聞き入っていた。おそらく、気楽な感じで連れ出された松嶋牧場案件で、依頼主の松嶋夫妻に予想外のクセの強さがあるからだろうな、とおぼろげに理解した。

「はい、分かりました」

真面目に語った繁子に、山田もできる限り真面目に返事をした。少なくとも、バイト学生に依頼の手伝いをさせる以上のことを自分に期してくれて、しかも気遣ってくれている、と実感した。

「あと、社長心配されてるかも知れないっすけど、俺、松嶋さんの奥さんも旦那さんも、けっこう好きですよ」

ヤギたちは健康でのびのびと暮らしているし、出してくれたヤギ乳製品もとてもおいしかった。初日こそ面食らったが、悪い人たちではないはずだ。

山田の笑顔に、繁子もつられたように苦笑いをした。

「山田君ならそう言ってくれそうな気がしていました」

「大学のサークルとか、けっこうアクが強い先輩後輩多いもんで。でも一緒に練習してメシでも食えば、すぐ慣れるもんですよ」

「……それはそれですごいですね……」

二人でたわいのない話をしていると、背後から「お待たせしました」と声がした。そこには洗ったばかりか新品に見えるTシャツとジーンズに身を包み、うっすら生えていた無精髭《ぶしょうひげ》もきれいにそった勇人がいた。

「妻はもうすぐ製造工程の休憩時間なので、スペースから出てくるそうです。行きましょう」

先を行く勇人は畜舎で見たしょぼくれた姿とは違い、背筋がぴんと伸びている。服装と相まって、なんだか気合が入っていた。

繁子と山田は玄関の消臭スプレーでうっすらついたヤギの臭いを消し、手を消毒して中に入った。勇人に先導されるままに昨日と同じオシャレな応接室で椅子に腰かけた時、廊下からパタパタという音が近づいてきた。

「すみません、お待たせして！　ヤギ乳を加熱する機械の調子が悪くて、いつもより時間がかかっちゃって……」

バタンと慌ただしい音とともに、由美がドアを開けて入室した。

その格好は、昨日見たゴージャスな装《よそお》いでも、さっき見たジャージ姿でもなく、清潔な作業白衣上下と、髪も耳回りもすっぽり覆った白い帽子姿だった。

不織布のマスクの向こうはノーメークで、山田からすると声を聞かなければ由美と分からなかった。

由美は予定していた客人二人以外に、夫の勇人が着替えてまで参加しているのを見て、あからさまに目を見開いた。

「えっ、なんであなたまで」

「あ、えーと、その……」

「私が無理を申し上げてご同席を願いました。経営方針についてのご相談も含みますので、ぜひ勇人さんのご意見も伺いたいと」

歯切れの悪い勇人に代わり、繁子が悪びれることなく説明する。さっきの話だと同席を申し出たのは勇人の方だが、山田は余計なことは言わずに繁子の有無を言わせない表情を見守った。

由美はしぶしぶ「……分かりました」と了承した。

由美の反応を見ていた山田は不思議だった。さっきの勇人の話といい、彼女はなぜ夫を邪険《じゃけん》にする節があるのか。好き合って結婚したんだろうに、と改めて結婚という関係性に幻滅《げんめつ》めいたものを感じてしまう。

いけないいけない。昨日だってあんなにおいしい自家製ヤギ乳製品を食わせてくれたんだし、と繁子に言われたことを脳裏に刻む。一面だけを見て人を判断しちゃいけないのだ。

「あら、あなたお茶も出さないで。ごめんなさいね、ちょうどいいから試作しているクワルク風チーズの木いちごソースがけでも……」

「いいえ、お言葉は嬉しいのですが、本日はこのまますぐに本題に移らせていただきたく」

愛想を取り繕ったような由美の笑顔を、繁子のこれまた鋭い言葉が一刀両断《いっとうりょうだん》した。クワなんたら風チーズとかいうのが山田はとても気になったが、ここで口を挟める雰囲気じゃないな、と涙と唾《つば》を飲みこんだ。

「除草ヤギの件について、いいアイデア出たんですね。さすが森田さん」

勇人の隣の椅子に腰かけながら、由美は努めて愛想よく話題を振った。

「ええ、ご依頼のメイン案件であるヤギレンタルについてももちろんお話ししなければならないのですが、それより先に」

「それより先に？」

由美だけでなく勇人までがけげんな表情をする中、繁子はバッグの中をまさぐると、ティッシュの塊を出した。

「何、ゴミ？」

眉間に明らかな皺を寄せる由美の前で、繁子はもったいつけるようにゆっくりとティッシュを開いていく。その中には昨夜山田が見せられた大きな綿毛が入っていた。山田はそれを目にした時に何の綿毛か見当もつかなかったが、松嶋夫妻は驚いた様子もなく、少し気まずそうに下唇をかんでいる。

「率直にお聞きします。こちらの牧場の敷地内で、アメリカオニアザミが繁茂していますね？」

断定に近い繁子の言葉を耳にした瞬間、松嶋夫妻の顔がこわばった。

「ええと、急に何のお話でしょう。それがうちのヤギと関係あるんですか？」

由美の声は強気だが、あからさまに目をそらしている。勇人に至っては事務所に入る前の勇ましさはどこへやら、すっかり下を向いてしまった。

「別に私はお二人を責める立場にはありません。ただ、アメリカオニアザミとヤギと直接の関係はないかもしれませんが、牧場経営との関係は大ありです」

繁子は綿毛を指先でつまむと、やや大げさに夫婦の前へと突き出した。

「百聞は一見にしかず。昨日見学させていただいたこの建物内の部屋で、カーテンが閉めたままのスペースがありましたよね」

夫婦は気まずそうに顔を見合わせると、しぶしぶといった感じで由美から立ち上がった。

ほぼ無言のままで案内された部屋は、普段は物置として使われているようだった。乳製品の容器や梱包用資材の棚が並ぶ六畳ほどの部屋の奥に、小さな窓がある。北向きで屋内が直射日光に当たる心配もないのに、灰色の厚いカーテンが閉められたままだ。特に不自然という印象もないが、さっき繁子が指摘した可能性を考えると、確かにおかしいな、と山田も感じた。

「……見せたくないってのに」

由美はふてくされたように呟き、乱暴にカーテンを引いた。

ガラス窓の向こうには、遠くに見える牧草畑とは明らかに違う一面の濃い緑の中に、ピンク色の花が咲いているのが見えた。そして、その一株ひと株がびっくりするぐらい茂っている。大きなものは一階の窓よりも高く育ち、体格に恵まれた山田が両腕を広げても抱え切れないほどだ。

「えっ、これが、アメリカオニアザミ？」

葉も茎《くき》も、見るからに硬そうなとげに覆われている。強そうな植物だ、と山田は感じた。そのアザミの周辺で、ふわふわとした綿毛が舞っている。タンポポよりも大きなそれは、間違いなくさっき繁子が取り出したものと同じだ。

「なんか、綿毛はかわいいのに本体は強そうっつうか、怖そうなんすね」

「そうです。あのアザミ特有のピンク色の花がしおれると、大きな綿毛となります。大きな綿に種がくっついているということは、それだけ遠くまで飛ぶということです」

「へえ、繁殖に有利ってことっすか？」

「ええ。ものすごい繁殖力です。綿毛だけでなく本体も強力で、刈り取っても根が残っていればそこからまた新しい株が生えてきますし、刈った茎や葉も土の上に放置したままだと、そのうち根が出てきます。また、刈られた花も、成熟してそこからまた綿毛が飛んでいきます」

「うへえ、しぶとい。アメリカオニアザミ、って名前からすると、アメリカ原産なんすか？」

山田はふと思い立って質問した。

「いえ、アメリカと名前がついていながら原産地は確かヨーロッパです」

なんでだ、と山田は肩透かしを食らったが、繁子は大真面目な表情だ。

「日本での名付けの経緯は謎ですが、あまりに繁殖力が強いため北米でも繁茂し、アメリカからの輸入牧草の中に種がまぎれていて日本に入り、各地で定着した、という説が有力です。アメリカとついているのはそのせいかもしれません」

牧草って、輸入するもんなんだな、と山田は素直に驚いた。家畜が食べる草は全部、国内の牧場に生えているものを食べさせているのだと思っていた。さすがに話の腰を折りそうで言葉には出さなかったが、農業関係のバイトをしているのに不勉強だ、とひそかに反省した。

「まあ、原産地はともかく山田君がアメリカから持ち込まれたと想像したのは正しかったですね」

絶妙なタイミングでフォローを入れられてしまったようで、山田は「あざっす」と頭をかいた。

つい山田が好奇心の赴《おもむ》くままに質問を続けてしまったが、繁子も説明するようでいて、室内で黙って突っ立っている松嶋夫妻に言い聞かせているような雰囲気があった。繁子がくるりと振り返って夫妻を見つめる。

「という訳で、ご存じかとは思いますが、環境省に生態系被害防止外来種に指定されている植物です。綿毛で周囲に繁茂する前に、適切な伐採と処分を行うのが最も望ましいかと思います」

説明、説得というよりもわずかに命令に近い雰囲気を出している繁子の言葉に、山田はこっそり震え上がった。

確かに処分しなければならないのだろうが、窓の外にびっしり茂っているアザミの群生だけでも、何坪分あるのか見当がつかない。アール、下手すればヘクタールという単位になるんではないだろうか。

繁子は無言のままの松嶋夫妻に鋭い視線を送った。

「……そして、このアメリカオニアザミ、すでに松嶋さんだけの問題で済まなくなっていますね」

ぎくり、と勇人と由美は明らかに動揺する。繁子はさらに畳みかけた。

「今朝、ご近所の水沢さんと鈴木さんのところに伺ってお話を聞いて参りました。こちらの農場から飛んでくるアザミの綿毛について、とても困っていらっしゃるようです」

図星をつかれたようで、由美は繁子を睨みつけて口をぱくぱくさせている。

「あと、アザミ以外でも、ジョニーが脱走して庭木を食べていることがあり、これもちょっと困ると」

「ジョニー……あいつめ」

勇人は苛ついたように頭をガリガリと掻《か》いた。そして、きっと繁子を睨みつける。

「綿毛もヤギの脱走も、確かに原因は我々です。でもね、勝手に人の家の近所に話聞きに行くとか、そんな失礼なっ」

「水沢さんも鈴木さんも、お困り、と申し上げました。怒ってはいらっしゃいませんでした」

繁子の静かな返答に、えっ、と勇人の勢いが止まる。

「どちらも勇人さんの御両親をよくご存じの古い農家とお聞きしました。Uターンで新規事業をなされたお二人を見守っていらっしゃるご様子で、アザミの件も、困ってはいらっしゃるようですが、むしろ私の目からはお二人のことをとても心配しておられるように見えましたよ。何かあれば力になってやりたいけど、こちらから押しかけては却って迷惑かもしれないと」

あの時、繁子はこのことを聞きに行ったのだ。そして、周囲の農家がアザミのことをひっくるめても怒らず心配していると聞いて、勇人は特に思うところがあったようだ。勇人は険しい顔をして窓の外のアザミをじっと見ている。

一方で、白衣姿の由美はといえば、下を向いて唇をとがらせている。繁子の言葉はあまり耳に入っていなかったようだ。

「ですからー。近所が困ってるっていっても、こちらも、別に理由なく放置していたという訳ではないんですよ。牛やヒツジよりも嗜好性《しこうせい》が幅広いヤギなら食べるかもしれない、という試行もしたかったわけですし」

「えっ、ヤギあれ食うんすか。確かにジョニーならモリモリ食ってくれそうっすね」

自信満々な由美の話しぶりに、山田はつい前のめりになった。しかし、由美はまだ眉間に皺を寄せている。

「実際には、どうだったのですか」

「……食いませんでした」

繁子の問いに、ため息交じりに勇人が答えた。

「ちょっとあなた、余計なこと言わないでよ！」

由美が抗議の声を上げたが、繁子はじっと勇人を見つめて発言を促した。

「枯れたものでも、若い芽でも、あのとげは強力で。もともと牛も嫌がって近づきさえしなかったんですが、ヤギもダメでした」

「年間通してデータ取ったわけじゃないでしょう!?　勝手に結論出さないでちょうだいよ！」

勇人が何かいえば、由美はことごとくかみ付く。山田はやりとりを黙って眺めながら、違和感を覚えずにはいられなかった。さっきから由美の態度を見ていると、自分の甘さや不備を指摘されて苛立っているところまでは分かる。ただ、その苛立ち方が、どうも四十代という大人のそれには見えなかった。要するに、未熟。いうなれば、ガキくさい。

「でも、ヤギが食べてくれなくても別に問題ありませんよっ。ちょっと待っててください」

形勢が不利になったせいなのか、由美は慌てて廊下を駆け出していった。残された勇人は、あきれた顔で窓の外を見ている。勇人の不満と疲れがありありと見えて、山田はうかつに声をかけられなかった。

こういう時こそ社長がフォロー入れてくれればいいのに、と繁子を見るが、こういう時に限ってスマホを睨みつけるようにしながら文字を入力している。

「お待たせしましたっ。見てください、これ」

由美がクリアファイルを片手に駆け込んできた。よほど急いできたのか、目が血走っている。繁子が受け取り、中にある十枚ほどの紙に目を通した。横書きで、ところどころに白黒の写真が入っている。よほどの速読なのか、繁子は早々に読み終えると、紙を山田に手渡してくれた。

「え、英語?」

書かれているのは全て英語で、しかも見覚えのない単語ばかりで内容の想像すらつかない。頼みの綱である写真も顕微鏡写真ばかりで、二枚だけアメリカオニアザミとおぼしき写真があった。一枚は花、もう一枚は花を切った断面のようだった。

「山田君、分かりますか？」

「全っ然分かりません」

山田の素直な返答に、由美はもったいぶったしぐさで紙の束を奪い取った。そして、学校の先生のように読み上げはじめる。

「アメリカオニアザミのつぼみを好んで食する甲虫幼虫の導入可能性について――これはオーストラリアの科学雑誌に載っていた論文です」

へえ、と山田は感嘆し、繁子は無表情のまま、そして勇人は驚きに目を見開いていた。

ここでも由美の独断でリサーチが進められていたのだろうか、と山田が頭の隅で考えていると、由美は一同の反応など意に介さないように胸を張って論文の説明を始める。

「ここで報告されている甲虫の幼虫は米粒の四分の一ほどで、アメリカオニアザミの未成熟な種を好んで食べるそうです。いかにしぶといアメリカオニアザミといえど、まさに天敵といえるこの虫がいれば、綿毛での繁殖は困難になります」

まるで自分が研究してこの虫を発見したと言わんばかりに得意げな由美だが、もちろんそうでないことはここにいる三人とも理解している。繁子は「まあ、概《おおむ》ね誤訳はありませんね」と冷たく相づちを打ち、勇人は「遅くまで起きてると思ったらそんなことを」とあきれているが、それも耳に入っていないようだ。

「すごいっすね！　そんな天敵みたいな虫がいるんですね！」

「そうなんですよ！」

素直に感動した山田の手を取らんばかりの勢いで、由美は力説を続けた。

「この論文に書かれている幼虫を日本でも導入すれば、全国各地で皆さんが困っているアメリカオニアザミを低コストで駆除できるんですよ！　画期的だとは思いませんか？」

「すげえっすね！　じゃ、もう元気に生えてるやつはどうしたらいいんですか？」

「……はい？」

山田の率直な質問に、由美は気の抜けた声を出した。

「さっき森田さんが言ってたみたいに、切り倒したやつからも根が生えてくるぐらいなら、種が食われて綿毛が飛ばなくても生き残るし、何なら株分けもできちゃいますよね？」

「ええ、まあ、そうですね」

「綿毛が飛ばなくなったら増えるスピードも減るんでしょうけど、それだけじゃなく今生えてるやつもこう、バリバリ根を食っちゃう虫とか、いないんすか？」

「そ、れはちょっと、聞いたことがないですね。残念ながら」

目をキラキラさせて近づいてくる山田から由美は一歩後ずさりした。そこで「ぶっ」とたまらず噴き出す声が室内に響き渡る。

「す、すまん。なんかこう、ちょっと面白くて」

噴き出した主は勇人だった。よほど由美の熱心さと山田の素朴さの落差がツボに入ったのか、必死で口を押さえて肩を震わせている。由美が大人気なく「ちょっと！　こっちは真面目に……」と目をつり上げた時、今度は拍手が鳴り響いた。

パン、パン、パン。賞賛の意図からはほど遠い緩慢な拍手は、繁子の分厚い手のひらから発せられていた。

「丁重なご説明、ありがとうございます。確かにこの論文が本当なのであれば、素晴らしいことです。検討する価値はあると思います」

もともと冷静な繁子の声がさらに一段階低く、ゆっくりと発せられる。本能的に何かを感じたのか、由美も勇人も一瞬身を縮めた。

「しかし外来生物を駆除するために違う外来生物を導入することは、よくよく検討し慎重に実行されなければならないと思います。もちろん複数の有識者から意見を募り、法的な条件をクリアし、地元住人の承認を得なければならない。そうですよね？」

いくらか挑発的な繁子の口調に、由美は顔を真っ赤にして肩をいからせた。社長、本気モードだ、と山田は身を縮める。こうなってしまったらもう、発言を促されない限り自分の出番はない。

「ま、まさか私が独断で勝手に外国からその幼虫を持ってくるとでも思いましたか!?　そんなことするわけないじゃないですか！」

「おや、失礼しました。要らぬ心配をしてしまいました」

「私だって、容易じゃないことはちゃんと分かった上で提案してますよ！　だからこそ、広く周知していろんな人の意見を聞きながら導入すべきという話をしているんじゃないですか」

ん？　と山田は由美の言葉に引っ掛かりを感じた。繁子は今、慎重になるべきだ、という体《てい》で暗に撤回を促しているわけだが、由美は自分と違う意見に耳を傾けて検討するどころか、ますますかたくなになってしまっている。その本人が、人の意見を聞きながら、と言ってもまるで説得力がない。

「もしうまくいけば画期的なことだと思いますよ。まだ計画段階ですが、導入に向けて農業に強いコネクションを持っている議員さんにも連絡を取って、お口添えをお願いする下準備を進めている最中で――」

由美の自信に満ちた声を、繁子が「あのですね」と威厳に満ちた声が遮った。威厳、というと聞こえがいいが、ようはドスのきいた重低音である。これを無視できるものはそうそういない。

さすがに由美もひるみ、繁子から二歩ほど距離をとった。

はあーっ、と、わざととおぼしき深いため息をついて、繁子は腕組みをした。

「誠に失礼ながら、松嶋由美さん、あなたは農業という仕事について根本から学び直した方がよろしいかと存じます」

「はあ!?」

ひときわ大きな、悲鳴にも似た由美の叫びの後、山田も勇人もさすがに驚きで目を見開いた。農業コンサルタントが新規就農者に向かって放つ言葉としては、最悪のものと言っていい。

言われた由美は酸欠の魚のようにマスクの奥で口をぱくぱく開けたり閉めたりしている。繁子はやや威圧的な声で続けた。

「確かにあなたは経営者としてアイデアと意欲に満ち、また、こうして立派な製造所を造るなど、たぐいまれな実行力もお持ちです。自分が手掛ける仕事にきちんとこだわりを持ち、また、楽しんでもいらっしゃる。素晴らしいことだと思います」

山田は横目でちらりと勇人を見た。パートナーが農業者失格と言われたも同然なのに怒る様子はない。それどころか、繁子が述べる彼女の美点一つ一つに、小さくうなずいていた。

「ただ、農業というのはそれだけで完結してはくれないのです。消費者が喜んで金を出したとしても、仕事仲間に極端な負担を強《し》いた上では絶対に長続きはしない」

最後の言葉に心当たりがあるのか、由美は反論をせず、苦々しげに視線をそらした。

「そして何より、対象となる命に誠実でなければいけません。仕事仲間云々《うんぬん》よりもこちらの方が大事なことかもしれません」

勇人が「えっ」と驚いて顔を上げた。繁子はそれを無視して続ける。威圧感はあるが、感情的ではないとうとうとした繁子の説教を、由美はいつしかうつむいたままで聞いていた。

「ご提案の虫とやらを導入して、うまくいったとしましょう。喜ばしいことです。素晴らしいことです。しかし、曲がりなりにも農家を名乗るのであれば、生態系破壊のリスクがある選択で功名心を満たすよりも、ヤギが嫌がるもの、望ましくない条件を除く努力をする、他にも同業者や近隣の人やパートナーの意見に耳を傾ける。そういった努力をなさってはどうですか。ヤギレンタルだの、ヤギ乳製品の販路拡大だの、そういうことは農家としての基本的な心構えが養われてから考えても遅くはないのだと思いますよ」

「はい……」

由美は急所を突かれたのか、すっかりうなだれて、縮こまっていた。さっきまではかなりきつい物言いで繁子と争っていたというのに、今は親に叱られた子どものようになってしまっている。あまりにも様子がガラリと変わってしまった。

まさか、うちの社長は人のエネルギーを吸い取る能力でもあるのだろうか。森田繁子パワーすげえな、と山田が妙なことを考えていると、勇人が「悪い癖だ」と困り顔をしていた。思わず近づいて「何がすか」と尋ねると、勇人は小さく息を吐く。そのままごく小さな声で山田の質問に答えた。

「うちのは、……由美は、気が強くて人の話を聞かないたちなんだけど、いざ自分をガツンと叱ってくれる人にどうも弱くて。そうなると、もう、言うこと聞いて素直になっちゃうんですよ」

目の前で縮こまっている由美を眺めながら、山田はどこか切ない気分になってきた。この人は勇人が言うように目上の人に叱られることに弱いのだろう。でもそれは、何でもこなしていた由美の弱点のようには思えないのだ。

たとえば自分はまだ学生で、先輩や親や社長に叱られることは多い。それに反発を覚える時もあるけれど、仮に由美ほどの年になった時、今のように自分を叱ってくれる人は多くないだろう。農業法人をバリバリ動かしている由美ならばなおさらだ。そして、彼女のパートナーである勇人は、(反論を許されないということを差し引いたとしても)いささか気が弱すぎるように見える。

誰のせいでもないけれど、彼女は怒ってもらえないまま、人並み外れた実行力を暴走させてしまったのではないだろうか。その結果が、活用されるあてのないヤギやアザミとして残ってしまっている。山田は窓の外に広がる濃い緑色の葉を眺めながら、そんなことを考えていた。

その間にも繁子の説教は続いている。

「飼育の現場、製造と販売、得意なことを夫婦で役割分担なさるのは結構なことです。ですが、それぞれの大変さを一度も体験しないままでいることも……」

「あ、あの、ちょっと！」

依頼したコンサルタントから散々な言葉を投げかけられた由美は、それでも若干のプライドは残っているのか、上目遣いで繁子を睨んだ。

「……あ、あなたが言うことにも一理あるかもしれません。が、だからってどうすればいいって言うんですか。具体的な提案をしてみてください」

「簡単です」

腰に手を当て、心持ち背を反らしながら繁子は自信満々に答える。

「まずは、頭より体を先に使えばいいのです」

濃いアイラインに縁どられた繁子の視線は、目の前の繁子でも社長の勇人でもなく、なぜかバイトの山田に向けられていた。

夏の盛りでも、高原の昼下がりの風は涼やかに牧草地の草を揺らし、額の汗を乾かしていく。きちんと紫外線対策のキャップをかぶり、水分補給を欠かさなければ、外で体を動かすには最適な日だと言っていい。

山田もこんな日はアメフト部の外練習をこなし、背脂マシマシみそラーメンをすすり上げて油分と塩分を補給し、泥のように眠るのが好きだ。

だが、今、彼に課せられた労働はまったく種類の違う疲れをもたらしていた。

「痛ったあ！　刺さった！　軍手二重にしてるのに、刺さった！」

指先に走る鋭い痛みに、山田は飛び上がった。山田と松嶋夫妻の三人はそれぞれ鎌《かま》や剪定《せんてい》鋏《ばさみ》を片手に、汗水たらしながら無数のアメリカオニアザミに立ち向かっていた。

繁子の提案は、「本日今から、ここにいる全員で、松嶋牧場の最優先事項としてアメリカオニアザミの駆除にあたること」だった。

当然、松嶋夫妻から反発はあった。勇人は畜舎の修繕《しゅうぜん》を予定しているというし、由美は午後からヤギ乳製品の飛び込み営業に行く予定を立てていたという。

それら全てを、繁子は強い言葉でキャンセルさせた。

「最優先事項と申しあげました。今、われわれの手で、全てを終えなくてはいけません」

「せめて明日からとかでは駄目なんですか」

「もう綿毛が飛んでいますので、可能な限り早くやらなければいけません。でないと、近隣の農家までどんどん広がっていきます」

繁子の断固とした言葉に、勇人は折れた。

「で、でも。私には試作品の大事な売り込みが。それに、雑草駆除なら後で業者に依頼すれば……」

由美も当然ながら反発したが、繁子の堂々とした主張は全く揺らぐ様子はなかった。

「さっき飛び込みっておっしゃっていたということは、アポはないのですよね。ヤギ乳製品が新鮮なうちに、というお気持ちは分かりますが、そもそも外部を経由しての販売をお考えなら、賞味・消費期限が極端に短いということはまずありませんよね。大丈夫です、アザミ駆除が完了した後であれば私も営業のお手伝いをさせていただきます」

賞味期限のことを出され、由美は二の句が継げないようだった。「それに」と繁子が意味深な目で山田を見る。

「外部に委託なされば結構なコストとなりますが、重機免許のある私と現役体育会系学生である山田君の労力二人分は、お見積もり表のコンサル料に含まれています」

「そうですか、ではお力をお借りした方がいいようですね」

由美の返答は早かった。彼女の頭の中のそろばんはなかなか現実的であるようだった。

こうして、繁子の強引ともいえる鶴の一声によって、松嶋牧場アメリカオニアザミ駆除作戦が実行に移されたのだった。

繁子と山田、勇人だけでなく、由美も真新しい作業着に身を包んで、しぶしぶといった表情で作業に参加している。

まず、由美が長い柄の剪定鋏でアザミの茎を切断する。とはいっても、人間の背丈なみに成長したアザミの茎は太くて硬い。加えて、由美は非力なうえに道具の扱いに慣れていないらしく、しばしば勇人や山田が助けに入った。しかしそれも由美は気に食わないらしく、礼を言うどころか唇をへの字に曲げてふてくされている。

アザミの茎が切断されると、山田と勇人が手分けをして空いた肥料袋《ひりょうぶくろ》に詰めていくのだが、茎も葉も花もとげだらけなうえ、それぞれの組織が固くしっかりしているため、袋にスムーズに入れることは難しい。棒や火ばさみを使って慎重に作業を行っていても、山田は腕や手にとげが刺さり、三分に一度ほどの頻度で悲鳴を上げていた。

「痛った！　また刺さった！」

「大丈夫かい、山田君。軍手じゃなくて革手袋を試してごらん。はい」

「ありがとうございます、じゃあ……いや痛った！　ダメですこれ、革も貫通《かんつう》します！」

ひときわ強い痛みに、山田は慌てて革手袋を脱いだ。アメリカオニアザミの鋭いとげが、ちぎれた葉っぱごと革手袋に突き刺さっている。刺された指先には小さく血の玉ができていた。

アメフトで捻挫《ねんざ》や打撲《だぼく》などのけがは日常茶飯事で痛みには慣れっこと思っていたが、こんな小さなとげの痛みにはなかなか慣れそうにもなかった。毒性はない、と繁子は言っていたが、毒はなくともつらい。

「世の中、タチの悪い植物ってあるもんだな……こんなモン、絶滅してくれりゃいいのに」

「それは聞き捨てならない意見ですね」

独り言のつもりで呟いた山田だったが、背後から繁子の迫力ある声がして飛び上がった。驚いた拍子にまた手にとげが刺さる。

「わあびっくりしたっ、てか痛ったあ！　も、森田さん、戻って来てたんスか。おかえりなさい」

いつの間にか傍《かたわ》らにいた繁子に山田は愛想笑いをする。しかし繁子の表情は険しかった。

「山田君。仮定でも、冗談でも、何か一つの生物種が滅びることなど望むものではありませんよ。それが有害な外来植物であっても、です」

「はい、すみませんでした……」

繁子はこういうことに細かく、生き物に対する安直な姿勢について度々注意されてきた山田は、素直に頭を下げて小さくなった。

「まあ、この土地に生えているものに関しては効率よく根絶やしにさせてもらいますが」

山田の反省を認めた繁子は、くいっと自分の後方を親指で示す。牧草畑の出入り口に、黄色いトラクターに横に長いショベルを取り付けたような重機が置いてあった。

前後のタイヤだけでもかなり大きく、山田の肩ぐらいまである。その大きな四つのタイヤに支えられた本体と前方のシャベルも当然深くて横幅も広く、これなら一度にかなりの重量のものを運搬できそうだ。

「すげえ、カッコいい！　なんすかあれ!?」

「ホイールローダーといいます。水沢さんにお願いして、牛の餌運搬用のものを貸していただきました」

山田の興奮に、繁子はこともなげに答える。その一方で、松嶋夫妻はそろって驚きに目を見開いていた。

「え、水沢さんてお隣の水沢さんですよね。貸してくれたのは、旦那さんですか？　おじいちゃんですか？」

「おじいちゃんの方だと思います。アザミの一斉駆除をしたい、と言ったら、快く貸してくださいましたよ」

勇人は軽く頭を抱え、由美はばつが悪そうに地面を見たのち、小さくため息をついた。アザミの綿毛が近所まで飛んでいく問題への対処として、快く重機を貸してもらったはいいものの、その親切さこそが罪悪感をつつくこともあるのだろうな、と山田は理解した。

そのうちに、繁子はホイールローダーに乗ってアザミが群生している場所まで近づいてきた。

「重機とはいえ小型のを借りられたので、草地を荒らすこともないでしょう。もちろん私も注意して運転します。ここのバケットにアザミをどんどん積み込んで運び、敷地の一角で燃やしましょう」

ワイルド。山田は繁子に指示された通りに刈り取ったアザミをホイールローダー前部のショベルのような場所に放り込んでいく。運搬のために肥料袋に入れていた時よりも断然楽だ。

アザミの茎や葉が硬いので、棒などでぎゅうぎゅう押し付けても深さ七十センチほどもあるバケットがすぐにいっぱいになってしまう。

「俺、上から踏みつけて圧縮しましょうか。体重あるし」

「やめておきましょう」

良かれと思った山田の提案に、繁子は首を横に振った。

「これだけ硬いとげだと靴底を貫通しかねません」

「分かりました、やめまっす！」

試してみて、その結果、足の裏が大惨事《だいさんじ》になっては大変だ。山田はおとなしく引き下がった。

繁子がホイールローダーでアザミを運び、既に袋に入れておいたアザミを山田が引きずって運び、松嶋夫妻が共同作業でアザミを刈り取る。一時間も作業をすると、製造施設からも畜舎からも離れた空き地に、アメリカオニアザミの山ができた。緑とピンクのコントラストが美しいと言えなくもないが、この全てが頑固なトゲトゲを持っているかと思うと、山田の眉間に皺が寄った。松嶋夫妻も疲れてきたのか、恨みを込めた目でアザミの山を見ている。特に、由美の目は険しかった。

「さて、まだまだ牧草地のアザミを刈り取らなければいけませんが、刈ったものもたまってきましたし、ここに一人配置して、少しずつ焼却処分していきましょう」

「そうですね。手分けしていきましょう」

勇人が賛同する一方で、由美はまた不満げに腕を組んでアザミを睨んでいた。

「それより、全員でアザミを全て刈ってしまってから、油でもぶっかけて一気に焼いちゃった方が効率的なんじゃないですか？」

「ああ、一気に……」

山田はうなずきかけた。確かに、効率だけを考えればそれが一番かもしれない。作業終わりに盛大なキャンプファイヤーみたいでちょっと楽しそうでもある。

「いいえ。一気に焼けば違法な野焼きと認定される可能性がありますし、危険でもあります。もし無事に終えたとしても、近隣の農家さんに不安と不審を与えるような行動は慎みましょう」

淡々とした繁子の答えに、由美は二の句が継げないようだった。

「じゃあ、ちょっとずつ焼くのはその野焼き？　にはあたらないんですか？」

山田の素直な質問に、繁子はぴっと右手の人差し指を上げた。

「そこです。本来の法律や決まりでは望ましくはありませんが、この地域の慣習として農家さんが刈った雑草などを焼くことは通常のこととして行っていますし、消防署などもある程度まではお目こぼししてくれます」

繁子はそう言うと、すっと一歩横にずれた。その小さくはない体の背後にあった、黒い金属板を組み合わせたような物体があらわになる。

「まきストーブ、っすか？」

「いいえ、ロケットストーブといいます。焼却機と違って一気に大量に燃やすことはできませんが、この長い煙突のおかげで煙があまり出なくて済みます。裏の鈴木さんが普段使っていらっしゃるものを貸してくださったので、使用しても近隣から苦情は出ないはずです」

繁子の説明に、裏の鈴木さん、という単語が出てきたタイミングでまた松嶋夫妻は複雑な顔をした。

「でも、こんなに小さなので燃やしても、時間かかるんじゃ……」

もごもごと文句を言う由美に、繁子はずいと一歩近寄る。風圧が生じたわけでもないのに、由美は「ひっ」とたじろいだ。

「確かに、効率的ではないかもしれません。でもこれなら本来やりづらい焼却作業を進められます。物事、ゼロか一〇〇かではありませんし、思う通りにいかないからってヤケっぱちで油をかけて燃やしたところで、ご近所さんとの溝を深くするだけです」

責める口調ではなくとも、距離をつめて淡々と語られるだけで由美には相当ダメージがあったようだ。「はい……」と下を向くと、山から崩れたアザミの茎を長靴の爪先で悔しそうに蹴った。

そうか、と山田は納得した。繁子の指摘通り、由美はゼロか一〇〇かで損得を考えて行動してしまう人なのかもしれない。

行動力も信念もあるのでうまくいけばヤギ乳製品などの開発もできてしまうが、うまくいかない分野では人の話も聞かないまま投げ出して外来種の虫を持ち込もうとしたり、アザミを一気に焼いてしまおうというとっぴな行動に走ろうとする。

難儀な人だなあ、と山田は妙に感心もしていた。あきれもあるが、凡人の自分では思いつかない発想をする。こういう人がたまにいるから、世の中にリノベーションをもたらしていくのかもしれない。

「リノベーションかあ……」

「何を考えているかは分かりませんが、それはたぶんイノベーションだと思います、山田君」

思わず口からもれていた思考を繁子に正されて、山田は頭をかいてごまかした。

「で、引き続き伐採作業もするとして、誰がこのロケットストーブでアザミ焼くんです？　もしあれなら俺が……」

「いいえ、山田君には伐採の力仕事をお願いしなければ宝の持ち腐れです」

「宝なんて、そんなあ」

「私は重機の運転がありますし、勇人さんも力仕事をお願いしたいです。ですから由美さん、火の番をお願いできますか？」

「わ、私ですか？　ええ、まあ、いいですけど……」

由美は不承不承といった感じだが、トゲトゲのアザミ伐採で汗水垂らす作業がよほどこたえたのか、結局はうなずいた。

「燃やし方はお教えしますので、少しずつ、時間をかけてもいいですから確実に燃やすようにしてください」

「はあ……分かりました。やりますよ」

繁子の言うことには弱いようだが、新たに課された肉体労働に途方に暮れたのか、由美は力なく返事をした。

その後の作業は少しずつ、しかし着々と進んでいった。繁子がいつの間にか調達していた弁当と茶で昼休憩をはさみつつ、山田と勇人が時折悪態を吐きつつアザミを刈り、繁子がホイールローダーで運搬する。それを由美が借りてきたロケットストーブで少しずつ焼く、というあんばいだ。

ロケットストーブの使い方に興味津々の山田と、由美が心配な勇人が様子を見に行くと、彼女は慣れない作業に悪戦苦闘気味だった。焦って大量のアザミを突っ込んで燃焼不良を起こすたびに、繁子が淡々と火ばさみで生焼けの枝を引っ張り出して火力調整を行っていた。

あの消火器使う羽目にならなきゃいいけど、と勇人は不安げに繁子がどこからか持ってきた消火器に目をやっていた。

ところが、二時間後に伐採組二人がもう一度様子を見に行ってみると、由美は要領を得たのか淡々と作業に没頭していた。ロケットストーブの前に折り畳みの椅子を置いて、じっと火の番をしている。

アザミはちょうど良い温度と量で焼かれ、煙突から薄く煙が立ち昇っている。もう繁子も目を配る必要がないのか、運搬作業に専念していた。

火の加減を見ている由美の表情は真剣で、もう何年もアザミ焼きをしている職人のようにも見えた。

「由美、水」

勇人が近寄って肩をたたくと、やっとこちらに気づいたようで、由美ははっと顔を上げた。

渡されたペットボトルの水をおいしそうに飲んでいる。よっぽど作業に没頭していたようだ。

「すごいっすね。あんまり煙臭くもないし、思ったより燃えてる感じします」

「これ全部燃やすにはまだまだかかりそうだけれどね」

なかなか減らない、むしろホイールローダーが往復するたびに大きくなっていくアザミの山を見ながら、由美は苦笑いした。

「しょうがないよ。少しずつやっていこう」

「そうだね。……今まで私たちがサボっちゃってた分だものね」

松嶋夫妻はあはは、とお互いに力なく笑いながら、アザミの山を眺めていた。

その日は日没とともに作業終了ということになった。

山田と繁子は勇人お薦めのラーメン屋で夕食を取ることにした。とんこつ系のこってりベースに、地域の名産である牛乳が加えられたクリーミーなミルクラーメンが評判の店だ。

「いっただきます！」

「いただきます」

チャーシュー増しミルクラーメンとチャーハンとギョーザをそれぞれ前にして、山田と繁子は割り箸を割った。

今日はとにかくくたびれた。涼しい高原性の気候とはいえ真夏に慣れないアザミ伐採である。一日中はさみやスコップをふるいまくって、アメフトで鍛えた上腕筋もハムストリングスも悲鳴を上げている。相当な運動量に加えて大量に汗をかいたため、炭水化物と塩と油を体が欲している。おまけに腹ぺこだ。

「うんまい！」

乳白色のスープから太麺をすすり上げ、山田は歓喜の声を上げた。腹が減っていれば何でもうまい、というだけでなく、気弱そうな勇人が珍しく胸を張ってすすめていただけあって、牛乳入りスープはとてもまろやかだ。サイドメニューのチャーハンとギョーザもレベルが高い。

山田はラーメンどんぶりから直接スープを飲み干し、プハーッと豪快に息を吐いた。

「おいしいラーメンでしたね。私も堪能しました」

山田は夢中で食べていたため気付かなかったが、カウンターの隣でラーメンを食べていた繁子は山田と同じだけの量をすでに完食していた。ハンドバッグからハンカチを取り出して優雅に口元を拭い、グラスの水をオンザロックのように味わって飲んでいる。

「社長、食べるの相当早いですよね。俺も人のこと言えないっすけど、ちゃんと味わってます？」

山田は軽口のつもりで言ったが、繁子は心外だと言わんばかりに首を横に振った。

「心配いただかなくとも、ちゃんと味わって、なおかつ感謝して食べていますよ」

「そうっすね、すいません」

ひとまず腹が満たされ、今日の仕事も終了し、どちらからともなくふーっと肩の力を抜いた。

「改めて、ありがとうございます。山田君がいたからこそ、松嶋夫妻にあの提案ができました」

「いえいえ、バイトの俺に出張手当まで出して、おまけにうまい飯を保証してもらってるんですから、こんぐらいは」

「そう言ってもらえて、助かります」

繁子はそう言って山田に向き直り、頭を下げた。

「いやそんな、頭上げてくださいよ社長。明日も作業あるんですし」

「そうですね。近所からお借りした道具と山田君の奮闘もあって、明日中に作業は終わる見通しです。山田君が参加する日程も元々明日が最終日でしたし、ちょうど間に合った形ですね」

「お力になれてよかったっす。このまま全部うまくいくといいですね！」

このままいけばめでたしめでたし、という雰囲気になって、山田は違和感に気付いた。

「……って、松嶋さんのそもそもの依頼ってヤギレンタルの話でしたよね。あと肉にするかどうかとか。あのごついアザミ刈ったからって終わる話じゃないんでしたっけ」

「まあ、それはそうです。率直に言えば、松嶋案件はアザミをどうにかしてようやくマイナスをゼロに戻しただけってことですね」

ああー、と山田は全身の力が抜けてカウンターに突っ伏《つぷ》した。確かに気持ちよく作業をして、その対価も十分もらえることにはなっているが、クライアントの依頼をクリアできたのではなく、弱点をようやく何とかした程度に過ぎないとなれば、疲れもどっと出てくるというものだ。

「そんなに落胆することはありませんよ。明確な目標をクリアすることも、見えていなかった課題をあぶり出して一個一個つぶしていくことも、どちらも同じぐらい困難かつ大事なことです」

「そういうもんっすか……ああ、言われてみると、そうですよね。アメフトでも、地区リーグ優勝って目標立てて頑張るのも、弱点克服《こくふく》のためにベンチプレス増やすのも、どっちも大切ですね。うん、そうだ」

「何でもアメフトに置き換えるのもそろそろどうかと思いますが、まあ、そういうことです」

繁子の同意を得て、山田は明日も頑張れる力が湧いてくる気がしてきた。

繁子と山田は前日と同じホテルに宿泊した。山田はシングルのベッドに体を横たえた瞬間に眠りに落ち、そのまま朝方に空腹で目覚めるまで、夢一つ見なかった。


「おはようございます、山田君。よく眠れましたか」

朝食会場で顔を合わせた繁子は、今日も濃いメークが隅々まで決まっていた。

「おはようございます、社長。おかげさまでよく眠れました、けど」

「けど？」

「なんと、筋肉痛で体が痛いんですよ！　腕も足も腰も尻も！」

山田は満面の笑みで自分の体のあちこちをさすった。

「それは、大変ですね……大変、なんですか？」

言葉と表情のかみ合わない山田の様子に、繁子は首を傾げていた。

「いえ俺、うれしいんですよ。ここしばらく、練習の強度を上げても筋肉痛になんてなんなかったのに。これって、普段使わない筋肉を鍛えられたってことっすよね？　しかも全身バランスよく！　まだ俺の体に伸び代があったんだと思うと、うれしくって！」

喜びからつい声が大きくなり、他の客がけげんな顔でこちらを見ていた。それに気付いて、山田は慌てて口をつぐんだ。

昨日と同じく赤いＢＭＷで松嶋牧場に乗りつけた二人は、ほぼ同時に「えっ」と小さく声を上げた。

刈り取ってあとは焼却処分をする予定だったアメリカオニアザミの山が、だいぶ小さくなっていたのだ。代わりに、ロケットストーブの横には焼却後の灰がうずたかく積んである。

「あ、おはようございます……」

背後から尻すぼみの声がして、繁子と山田は振り返った。そこには、作業着に身を包んだ由美が立っていた。

「おはようございますっす」

「おはようございます。あの、由美さん、これらはもしかして、夜の間に焼いたのですか？」

やや険しい顔をした繁子の問いに、由美は「いえ、違います」と首を横に振った。

「最初は安全対策をしていればいいかと日没後もやるつもりだったんですけど、様子を見にきた鈴木さんが、夜は燃やしたらダメだと」

そう言って由美は少しふてくされたように地面を睨んだ。まるで、目上の人間から「こうした方がいい」と指摘されて腹を立ててしまう子どものようだ。それでも、わざわざ様子を見にきてくれたご近所さんの言うことを守って実践したらしい。山田は少しほっとした。

「なので、今朝、日の出から燃やしてました」

「日の出から！」

山田は思わず大声を上げてしまった。夏の日の出ならば、四時台とかではないだろうか。昨日は望まない仕事に大人げなくブーたれていた様子を思うと、かなりの変化だな、と感心した。

「それは、早くからお疲れさまでした。おかげで全体の作業もスムーズに進みそうですね」

繁子も由美の努力に感銘《かんめい》を受けたのか、柔らかい微笑みを浮かべてうなずいている。よかったよかった、と山田はうなずいた。

「……ハッ！」

慌てて腰を落として重心を固定し、背後を振り返る。しかし、そこには何もなかった。

「どうしたんですか山田君」

「いえ、あの……油断してたらまたジョニーが来るかなと思って身構えたんです」

「ジョニーなら、柵を直したのでもう逃げないと思います」

「え！」

山田は驚き、思わず大きな声を出してしまった。

「その、私が早朝からアザミ焼きしてるのに、自分が何も作業しないでいるわけにはいかないって……」

由美はそう言ってまた地面を見ていた。しかし今度はふてくされているのではなく、どこか照れているようにも見えた。

「そうでしたか。逃走を阻まれたジョニーには申し訳ないですが、よかったです。それで、勇人さんは今どちらに？」

「建物の裏でアザミ刈り作業に入ってます。私も引き続きアザミ焼いてます」

「はい。この調子なら今日中にアザミ退治は終わることでしょう。山田君も、よろしくお願いしますね」

「はいっ！」

両腕に力こぶを作りつつ、山田は元気よく答えた。

その日も山田と勇人はアザミ刈り、繁子がホイールローダーで運搬、由美がロケットストーブを用いて焼却、という作業が続いた。

ただ、それぞれ作業に慣れて要領が良くなったおかげか、午後の早い時間のうちに生えているアザミの伐採は終了した。あとは刈り取ったアザミを運搬し、焼き尽くしてしまえばいい。

「はあ、何とか終わった。畑にアザミがあるのが普通のように思っていたけど、こうして全部刈ってしまうとほっとするというか、気持ちいいもんだな」

アザミ特有の濃い緑とピンクの花が消えた牧草畑を眺めて、勇人は感慨深げに全身を伸ばした。

「ほんとっすね。最初はあんなトゲトゲチクチクの山、どうなるかと思ったけど、全部刈り取れて良かったです」

「うん、山田君と森田さんのおかげだよ。ありがとう」

勇人はどこかすがすがしい表情で頭を下げてきた。懸案事項で、でもなかなか手をつけられなかったアザミをどうにかできて、よほどすっきりしたらしかった。初対面の時のような陰気な印象はもうない。なんだかんだ、まる二日間一緒に作業をしたことで、山田としては親近感すら覚えていた。

「俺ら、二人でアメリカオニアザミを全部刈り取ったんすね！」

「ああ、俺たちの勝利だ！」

感極まって、汗まみれの手で固い握手を交わす。その背後から、「違いますよ」と冷静な声がした。

「まだ終わってませんよ。ひとまず地面に出ている部分は刈り取りましたが、根っこはまだそのままです」

「え」

「ええっ」

背後から投げかけられた冷静な声に山田と勇人が振り返ると、休憩で水を飲んでいる繁子の姿があった。

「アザミの生命力は尋常ではありません。このまま放っておけばまた芽が出てきますので、お二人には夕方までできる限り根っこを掘り出す作業をお願いします。全ては難しいでしょうが、今、人手があるうちに少しでも減らしておけば、今後は勇人さん一人でこまめに芽を退治していく時に楽ですから」

「はい」と繁子から剣先スコップをそれぞれ手渡され、山田は「はい……」と肩を落とした。スコップが実際の重量以上に重く感じられる。

一方で、勇人は繁子の言葉にそれほど落胆した様子はなかった。

「そうですね。アザミとの闘いはまだ続くんだし、これからは俺がやっていかなきゃなんないんだから、手のあるうちにできるだけ掘り返しておかないと。山田君、悪いけどよろしく頼むね」

スコップを片手にすたすたと作業場所へと向かっていく。山田は慌てて追いかけた。

「勇人さん、やる気っすね。なんか、背筋が伸びたっていうか」

初対面の時の、客と会話するのさえおっくうそうだった様子と一八〇度とは言わないまでも一三五度ぐらい異なっている。

「うーん……なんていうか、せっかく目の前のアザミの山が片付いたんだから、あと出てくるやつの予防ぐらいはきちんとしないと、と思って。なんだかんだ、俺も親が農家やってるのずっと見てたから、毎日体動かして仕事し続けること自体は苦ではないし」

「毎日……って、土日とか関係なくっすか」

「家畜も土日にメシとフンやめてくれたらそりゃ農家も休めるけどねえ」

ははっ、と勇人は目を細めて笑った。皮肉でも自嘲《じちょう》でもない、自然な笑顔だった。

両親が飼っていた乳牛からヤギにという変化はあれど、生きもの相手に土日祝日関係なく仕事するのを当然とするのは、サラリーマン家庭で育った山田にはない視点だ。

すげえなあ、と思っていると、「それに」と勇人が続けた。

「会社員やめて実家に戻ってヤギ牧場始めてさ、ずっと一人での作業だったから、それはそれで疲れてたのかな。人の目があった方が、もしかしたら俺、シャッキリするのかもしれない」

「そうなんすね」

山田はまっすぐ前を見た勇人の横顔を見ながら相づちを打った。バイトの身分から勇人には言いづらいが、松嶋牧場に人を雇うことを繁子に提案してもいいのかもしれない。もっとも、あのやり手社長ならとっくに気付いて準備を進めているかもしれないが。

「何ニヤニヤしてるの、山田君」

「いえ何でも。そうだ、教えてもらったラーメン屋、昨日行きましたよ！　ラーメンに牛乳の組み合わせって初めてだったけど、こってりまったりして、めっちゃおいしかったっす！」

「そりゃ良かった。気に入ったなら、今度メニューにないチャーシューおにぎり頼むといいよ。裏メニューなんだ」

「まじっすか！　絶対頼みます！」

「うん。由美はアッサリ系が好きだから、あの店なかなか行けないのが残念なんだけど」

勇人が声を落とし、山田は「ん？」と首をかしげた。

「ラーメン屋に行く時、いっつも奥さんの好みに合わせてるんですか？」

「ああ、うん。由美はアッサリしょうゆが好きだから」

山田の素直な疑問に、勇人はばつが悪そうに頭をかく。

「さすがに自分に合わせろ！　って言われたわけじゃないけど、向こうの好みに合わせてやるのが思いやりかなって」

「いや、そうじゃなくて」

どこか言い訳めいたように言う勇人を、山田は首をかしげながら遮った。

「どっちかの好みに合わせなくても、それぞれ好きな店行って、それぞれ満足して、後から合流してうまかったよー、じゃ駄目なんですか？」

「んー、令和の子の意見だねえ」

山田の意見に、勇人はあからさまな苦笑いで返した。

「山田君、彼女いる？」

「いないっすけど」

「まーねー、俺も若い頃はアレだったけど、彼女ができればなんとなく分かるよ」

はっはっは、と勇人は上から目線を隠そうともせず、山田の背中をたたいた。

「まあまだ若いしねえ」「これからだよ」などと、一人で分かったような気になってうなずいている勇人に、山田は「そうっすね」とうなずく。

なんだ、アッサリしょうゆに合わせるぐらいにはちゃんと奥さんのこと好きなんじゃん、とは言葉にしなかった。

その日の午後の早い時間には、もはや牧草地に生えていたアメリカオニアザミの株は全て刈り取られ、近所にホイールローダーを返却した繁子も加わって、三人でアザミの根を掘り返した。

繁子は剣先スコップで的確にアザミの根を切断しつつ掘り返し、疲れを見せる様子もなく手を動かし続けている。全体的に、手際が良かった。

山田は繁子が機械も使わずに作業をするところを見るのは初めてで、その体力と根気にひそかに感心した。

日が落ちる頃には、まだ根と焼却されるべきアザミは残っているものの、作業は終了、ということになった。

三人がロケットストーブの場所に戻ると、由美は引き続き黙々とアザミの根っこを焼き続けていた。煙突からは白い煙が控えめにたなびき、右手に置かれた根っこの山が、着実に左手の灰の山へと姿を変えていく。

「お疲れさまです、由美さん。根の掘り返しは全てではありませんが一通り終えました」

「え、あ、はい。びっくりした……」

繁子が声をかけると、ようやく由美は振り返った。人が近づいても気付かないぐらいに没頭していたようだった。

由美の顔は日と炎に照らされたせいか、真っ赤だった。日焼け止めぐらい塗っていただろうが、この真夏に火のそばで作業をしていたのだ。汗で落ちても仕方がない。

ちなみに繁子は朝からメークが一切落ちていない。屋外で力仕事を続けていたにもかかわらず、だ。一体どんな化粧品を塗ったらこうなるんだろう、と山田は不思議に思った。社長七不思議のひとつだ。

「アメリカオニアザミに関して弊社ができることは全てやりきりました。作業は本日で終了いたします」

繁子が居ずまいを正し、松嶋夫妻に頭を下げたので、山田も慌てて隣で頭を下げる。

「あの、本当にありがとうございました。助かりました。あとはこっちで残りのアザミ焼いちゃって、ロケットストーブはうちの方から鈴木さんに返しておきますんで」

「なんていうか、いろいろすみません。ありがとうございました」

作業を通じて距離が近くなったり少しは意識を変えたりと、小さな仲間意識を共有した四人は互いに頭を下げた。

「よかったよかった、これで全部終わったっすね」

一仕事終えた満足もあって山田がニッコリ微笑むと、対照的に繁子が「は？」と顔をしかめた。おお眉がグランドキャニオン、と思っている間に、松嶋夫妻も呆れた顔をして首を横に振った。

「山田君、何言ってるんだい」

「これで終わりなわけないでしょ」

「そうです。山田君、忘れたんですか。わが社が受けた依頼はもともとヤギ牧場のオスヤギ有効活用策、ひいてはヤギレンタルの可能性を模索することです」

「そうでした！　すんません、頭から抜けてましたっ！」

山田は慌てて繁子と、それから松嶋夫妻にも頭を下げた。そうだった、アメリカオニアザミをどうにかすることにしゃかりきになって、もともとの依頼の内容が頭からすっぽ抜けていた。

頭を抱えて自分のうかつさを悔いている山田に、繁子があきれて息を吐く。

「まあ、山田君はもともと連休中だけ現場に付き合ってもらうつもりで同行をお願いしたので、もっかの課題が片付いた、という意味で彼の仕事は確かに終わりです。続きの仕事は私がこちらに通いながら進めていきますので、山田君は引き続き事務所でサポート業務をお願いしますね」

「わかりました！　事務所でやれることはやらせていただきまっす！　それでも、今後、力仕事が必要な時があれば遠慮なく声かけてください。土日とかなら、俺、調整できますから」

山田の言葉に、繁子も、松嶋夫妻もうなずいた。

「では、私の力が足りない時は相談させてもらいます。今回は、山田君に来てもらって本当に助かりました。敷地内にアメリカオニアザミが繁茂していることは分かっていたとはいえ、実際目にしてここまでとは」

繁子が感慨深げに灰の山になったアザミを眺めた。そこで、「ん？」と由美が首をかしげる。

「あれっ、森田さん、うちの牧場に来るの初めてですよね。会社のホームページに使う画像にアザミは映り込んでないし、その……ネットの評判とかでも、別にそんなこと書かれていないし」

由美さん、ネットで自分の商売の評判とか調べてんだな、と山田は思った。いわゆるエゴサーチ、略称エゴサである。体面を気にしそうな由美さんならやりそうかなあ、という印象だ。

繁子は由美の疑問に、黙って作業着のジッパーを開け、胸元からスマホを取り出した。そして何かの操作をすると、画面を松嶋夫妻に見せる。山田も横からのぞき込んだ。

そこには、松嶋牧場の空撮写真、いや、衛星写真とおぼしき画像が映っていた。緑のじゅうたんの上には白い塊が点々と散らばっている。このひと際大きいのはジョニーかな、ぐらいに山田は思ったが、松嶋夫妻はみるみる顔色を変えていた。

「こ、これは……」

「一般に広く使われてる地図アプリじゃありませんよね？　あれよりもっと細かい。あ、放牧地で寝てるヤギが角アリか角ナシかまで分かる……」

驚いている二人をよそに、繁子は涼しい顔でスマホを胸元にしまった。

「一般には公開されていない衛星写真です。ちょっとアメリカ国防総省の職員に、個人的なつてがありまして」

「ねえそれ一歩間違えれば軍事機密の漏えいとか……」

「別に何かの法に触れる行為ではありませんのでご安心ください。ちなみに、松嶋牧場さんに限らず、ご依頼下さった農家さんは全てこのようにして確認しています」

「そ、そういう問題じゃない！」

今度ばかりは山田も内心で由美に味方をした。

社長、一体どういう人生歩んだらペンタゴンにコネ作れるんすか。というツッコミは答えが怖くて口にできそうもない。

しかし、出所はともかく、確かにさっき見た画像では牧草地の他に濃い緑色の塊がはっきり見えた。あれで事前にアメリカオニアザミの存在を確認したうえで、松嶋牧場との仕事に乗り出したのだ。

そこで山田はふと引っかかった。夫妻が外部にはひた隠しにしていた情報を、うちの社長は知っていた。そしてその上で連休前の自分に声をかけた、ということは。

「えっ、じゃあ社長、最初から俺にオニアザミ駆除させるつもりで連れて来たんですか」

「具体的には事後説明になり申し訳ありませんでしたが、その分のお手当も弾ませてもらいましたので。実際、今回の仕事は山田君なしには終えることができませんでした。本当に感謝しています」

想定される作業内容を知らされないまま連れて来られたことに、腑に落ちない部分はある。しかし、雇い主にそこまで褒められれば、山田も悪い気はしない。

「うーん、まあ、いいっすよ。内容知らなくても、体動かす仕事は嫌いじゃないですから。それに、アザミ駆除作業で今まで鍛えられなかった筋肉が鍛えられたので、俺としては結果オーライっす！　見てください、この上腕筋！　普段のジムトレーニングでは得られなかった筋肉痛がビシビシと！」

ほら！　と山田は作業着の上から腕をたたいた。心地の良い痛みがビリビリと響く。ここも、ここも！　と腰や足をたたいていると、「いやもういいです」と繁子からストップがかかった。

「……まあ、山田君が納得してくれたのなら、ありがたいです」

繁子の美しく引かれた口紅の端が心なしかこわばっていた。

「さて。前にも言った通り、アザミの作業が終わり、これでようやくマイナスからゼロポイントに至った状態です」

繁子は松嶋夫妻に向き合うと、もとの調子を取り戻して堂々と宣言した。

「このままご依頼頂く限り、私はこの松嶋牧場さんにとって最良の結果が出るよう骨身を惜《お》しまず協力させていただきます。もともとのご依頼のヤギレンタルの他、経営方針やご夫妻の業務姿勢などもおそらく口出しすることになると思いますが、どうします、このまま依頼を続けますか？」

どこか挑発するように繁子は少し頭を傾けて聞いた。勇人が一瞬だけ黙ってから首を縦に振る。それを見て、由美もうなずいた。

「はい。もともと私たちに至らない点が多かったという自覚はあるので……今後も森田さんの意見に従います」

「違いますよ」

間髪容《い》れずに否定され、今度は由美が首を傾げた。

「私の意見を全部のみ込んでしまう必要はないんです。戦うんです。高さの等しい場所で、お互いがベストだと思う意見をぶつけましょう。頭ごなしに他人の意見を否定するのも、まるごとのみ込んでしまうのも、結局はいい結果にはならない。だから、これからについては由美さんの意見も、勇人さんの意見も、両方必要です」

きっぱりとした、しかし感情的ではない繁子の語りに、夫妻はゆっくりとうなずいた。夫婦で力を合わせてヤギ牧場を営みながらも、飼育現場と製造現場で高い壁を作り、互いに意見を交わすこともなかった松嶋夫妻は、ここから変われるのだろうか。少なくとも、アメリカオニアザミ駆除という突然のミッションを無事克服したことによって、自分たちの問題にまっすぐ向き合うつもりでいるように見えた。もう、勇人の諦めたような表情も、由美のふてくされたように歪《ゆが》められた顔も、そこにはなかった。

繁子は夫妻が自分の言葉を受け止めたのを確認したようにうなずくと、山田の方を振り返った。

「この現場での作業は終わりとはいえ、山田君にも第三者的に意見を聞くことがあるかもしれません。いいですか？」

「もちろんです！　素人《しろうと》なりに、お役に立てればうれしいっす！」

山田の同意に、松嶋夫妻もふっと微笑んでいた。アザミ駆除以外に特に役に立てたわけではないけれど、これから違う形で二人の役に立てればうれしい。自然とそう思えた。

「そうね、山田君、うちのヤギ乳製品おいしそうに食べてくれたから、新製品の試食やリサーチが必要な時にも、お願いしたいかな」

「ぜひぜひやらせてもらいます！」

由美の思わぬ提案に、山田は思わず満面の笑みで快諾した。それを見て夫妻は腹を抱え、しばらく笑い続けていた。

「さて。今日の作業も無事終わったことですし、今後のヤギ事業の具体的な相談もしたいので、もしよろしければ外に食事に出ませんか」

由美の提案に、勇人も「そうだな」と同意した。

「私おすすめの、天ぷらがおいしいおそば屋さんが」

「地元の人が通う、かき揚げが絶品なうどん屋が」

勇人と由美がほぼ同時に、似ているようで似ていない提案をした。

「せっかくお客様をお連れするのにうどん屋ってどうなの」

「どうせ汗まみれで行くんだからざっかけない店の方がいいだろ」

ああ、これから話し合いをきちんとしていこう、という流れの直後にこの意見の相違。繁子と山田は疲れた表情で二人を眺めた。

「大体、あなたはお客をもてなすことを軽く考えてるから。今後困るじゃない」

「そう言われても、今まで黙ってたけどそっちの押し付けも相当だぞ」

繁子が山田に視線をやり、顎でクイッと二人を示したので、山田はうなずいた。

「はい、ストップストップ」

ヒートアップする二人の間に体をねじ込ませるようにして、不毛な流れになる前に話をぶった斬る。

「そばもうどんもどっちも魅力的だし、ぶっちゃけ俺腹ペコなんで、ジャンケンで決めてもらっていいっすかね？」

数時間後、飲食店が集まるエリアからホテルに向かうＢＭＷの助手席で、山田は自分の腹をなでた。

「ふー。うどん食べた後にそばをはしごってのも、なかなかいいもんですね。腹いっぱいです」

結局ジャンケンは勇人が勝利を収め、しかし山田と繁子が由美の提案した天ぷらのおいしいそばにも興味を示したため、麺類の店を二店はしごしたのだ。さすがに松嶋夫妻は最初のうどん屋で腹が満たされてしまったが、天井知らずの食欲を誇る山田と繁子は二店目のそばもおいしくごちそうになった。

「温かいかき揚げうどんの後に天ざるとなると、さすがの山田君の胃袋も満たされたようですね。温かいのと冷たいのでおなか壊したら言ってください。ダッシュボードに腹痛薬ありますので」

「ありがとうございます。今のとこ大丈夫そうっす。今夜もよく眠れそうです」

日中の適度な肉体労働に豪勢な夕食。これでバイト代をもらえるのだから、山田としては、充実した連休だった。うどん屋とそば屋で、ああだこうだ言いながら仲良く並んで麺をすすっていた勇人と由美の姿、そしてどこか満足げな繁子の様子が思い出される。松嶋牧場の経営対策はこれからとは言っても、あの夫婦がいい関係性になるきっかけは見届けられたような気がして、山田はうれしかった。

「そういえば、一つ疑問があるんすけど」

このままでは社長が運転する車で眠ってしまいそうで、山田は忘れていたことを引っ張り出した。

「由美さん、アザミ焼く仕事する前はかなりツンケン……というか、自分と異なる意見に対して結構キツかったり、逆に社長の言うことにしんなりしちゃったり、なんか極端でしたよね。あれ、いつの間にかフツーっていうか、マイルドになってた気がするんすけど、なんででしょうかね」

いかん、眠いせいか同級生に対する言葉のようになってしまって説明が説明になっていない。山田が慌てて言い直そうとすると、繁子は「言いたいことはなんとなく分かります」とフォローしてくれた。

「山田君の言う通り、由美さんはこの三日足らずで随分柔軟になったと思います。結局は、一人でじっとアザミ焼いてたのが良かったんだと思いますよ」

「ええっ、なんでですか。あれって暇じゃないっすか？　動かないで、じーっと座って同じ作業するなんて」

基本的に体を動かすアクティブ派の山田は、疑問に思った。アザミを伐採する役より焼く方が楽だろうとは思うが、どうも自分には退屈そうな仕事だと思っていた。ましてやアザミを焼いているだけでメンタルの弱みが改善するとはどうにも思えない。

「おそらくあの方、良くも悪くもいつも新しいアイデアで頭がいっぱいでいらっしゃるんですよ。それが、今までやったことのない単調な作業を黙々とやることで、どこか心が落ち着いてきたんじゃないですかね。ほら、最近ではキャンプブームでたき火とかあるでしょう。それに似て、火を見ているうちに内省を深められたのではないでしょうか。まあ、他人による臆測ではありますが」

「たき火を見てると、ねえ」

山田は納得しないまま腕を組んだ。自分なら、たき火を見ていてもサツマイモ焼こうとかマシュマロあぶろうとか考えて、ナイセイとやらは深められそうにない。

「それでいいんですよ」

前を向いて運転を続けながら、それでも山田の腑に落ちない表情を読んだかのように繁子は言った。

「自分にとっていい言葉やいい行動がしっくり来るかどうかというのは、タイミングによるものがあると思います。由美さんは、ヤギの活用法など不安要素を抱えたまま、新規ビジネスの勢いを緩める訳にはいかなかった。その不安に、ロケットストーブの火がよく効いたのではないでしょうか」

「なるほど」

そう言われてみると、山田も由美の変わりように納得がいく。今まであまり話を聞いてくれなかった妻が少し軟化してくれれば、勇人の方も話をする余裕が出てくるし、対話ができれば互いを尊重することにもきっとつながる。

「ウィンウィンっすね！」

「そうですね。今回のはあくまできっかけ。由美さんとあの牧場が変わっていくのはこれから、ゆっくりと、です。まだまだ大変ですが、少なくともコンサルタントの立場としては希望を持ってあの二人に伴走していけると思っています」

よかったよかった、と安堵した山田をよそに、繁子はライトに照らされた路面の向こうを見ながらごく小さく息を吐いた。

「そう、どんな金言も、思いやりの言葉も、聴く側の用意ができていないと、何も響かないのですから……」

「それは」

経験則ですか？　と言おうかどうか、山田が迷っているうちに、繁子は「さあ」と気合を入れるように声を上げた。

「明日、事務所に帰ったらまずはヤギレンタルの資料精査と関東での需要調査、あとは、若いオスヤギを購入してくれそうな牧場について、私が個人的に心当たりあるところをご紹介できると思います。まあ、こちらは勇人さんが由美さんときちんと話し合いをして、由美さんが食肉前提での売却を承認することが前提ですが。他諸々《もろもろ》。今後もやることはたくさんありますからね」

「はいっ、うまいヤギ乳製品と焼き肉とラーメンとうどんとそば、ごちそうになったんで、頑張ります！」

山田は出っ張った腹をたたいて宣言した。

怒濤のアメリカオニアザミとの格闘の連休が終了し、山田は再び大学とアパートと森田アグリプランニングの事務所を往復する日々へと戻った。

松嶋牧場の件は一進一退しつつ、良い方に進み始めた。

まず、ヤギレンタルの件は全面的に断念せざるを得なかった。試しに牧場内の放牧地でレンタルの際に使用を考えている移動式電気柵を試してみたところ、ジョニーをはじめとする元気の良い個体が電流もなんのその、という感じで網《あみ》を破損させてしまうことが判明したのだ。山田は事務所で繁子から残念な結末になったと告げられ、天を仰いだ。

「やってくれたぜジョニー……。枠にハマりきらないヤギっているんですね」

「まあ、ジョニーに限らずですけど、人に慣れすぎてしまったヤギっていうのは、人が作ったものも恐れなくなってしまう傾向にあるんですよ。そして、一頭そういう個体がいると、群れの動物なので他のヤギも後に続いて脱走してしまうんです」

そういやジョニーの脱走で近所の農家も庭木を食われて困っていたな、と山田は思い出した。そこでふと思いいたる。

「もしかして社長、かなり最初の段階でヤギレンタルが無理だって分かってました？」

「ええ」

さも当然、という風に繁子は頷く。

「脱走癖のあるヤギにヤギレンタルは難しいだろうと思っていましたが、松嶋さんの御近所の話を聞いた段階で、まず無理とは思っていました」

「ヤギレンタルがとん挫して、勇人さん、悲しんでたんじゃないすか」

初対面の時、ジョニーの脱走に落ち込んでいた勇人の姿を思い出して、山田は本気で心配した。

「まあ、それなりに。でも、それは勇人さんがヤギたちを手塩にかけてかわいがってきた証左でもあるわけなので、次の策を提案しました」

繁子はジャケットの胸元からスマホを取り出すと、机に置いて画像を表示した。全国各地の動物園や飼育施設が表示されている。

「あっ、これ、かなり前に俺が頼まれてリスト化してたやつですか？　作ってた時は何に使うのか分からなかったっすけど」

「ええ。この中から関東中心にヤギ飼育実績のあるものをピックアップし、松嶋牧場のオスヤギを引き取ってくれるところを探しています」

繁子はしれっと言い放つと、さらに画面を操作した。先程のリストに、赤字で2、3、5などと数字を書き加えたものが出てくる。

「勇人さんが人懐っこく健康に育てていたため、思ったよりスムーズに引き取り手が決まっています。並行して、食肉として肥育し販売したい農場や、農村でペットとして飼育したいという個人とマッチングを進めています」

へえー、と山田は感心して画面を眺めた。案件を幾つも抱えて飛び回っている中、いつこれらの交渉を進めていたのか。相変わらず、社長の手腕はすごいを超えて恐ろしいほどだ。

「すごいっすね。言い方悪いっすけど、乳出すわけでもないやつなのに」

「ええ。牛や馬より小さく、ヒツジのように毛刈りの手間がなく、繋牧、つまり、ロープで繋いで飼育可能ですからね。さらに、輸送費負担のみで無償となれば、興味を示してくれるところも多いものです」

「無償!? タダであげちゃうって、あの由美さんがよくOK出しましたね」

山田は思わずギョッとして繁子を見た。やり手で経営にもシビアそうだった由美が、ヤギレンタルの収益をあっさり諦めた上、タダでヤギを手放すところが想像つかない。

「繁殖もできない、肉にするわけにもいかないとなれば、言い方は悪いですが金を食う一方ですからね。譲渡がお金になるわけでなくとも、マイナスをプラスにする意義はあります。飼い続けた際のコストと減収、試算を出したら一発でした」

「ああなるほど、実際に数字見せたんすね……」

具体的な数字の提示と、夫婦関係にまで踏み込んでのガツンとした説教。繁子が松嶋牧場に行った二方向のテコ入れは、結果的に効果的だったわけだ、と山田は納得した。

この場合、アメとムチ、いやムチとムチ、いや待て、見方によってはアメとアメなのか？と首をかしげる山田に構わず、繁子はドーンと胸を張った。

「あとは、今後、千葉県内で種ヤギを飼育している農家からお借りする算段をつけてきました。

あとは今後生まれる、ヤギ乳製品に関係のないオスは小さいうちに去勢し、肥育をしているヤギ農家に販売するルートも作りました」

ぱちぱちぱちぱち、と山田は拍手した。アザミ駆除にオスヤギの処分、繁殖問題の解消と、松嶋牧場にとってのマイナスをゼロにしただけではあっても、これだけ安心感がある。あとは、ヤギ乳製品販売の適切なサポートを続ければ、自然と経営は上向きになるものと思われた。

山田はそこでふと気がついた。

「結局、由美さんがヤギを肉として直接販売するということはしないんすね」

勇人が、由美が肉としての販売をかたくなに拒んでいたことを思い出し、山田は言った。

「そこはまあ、肥育農家に自分のところでは不要なオスヤギを販売するようにしただけでも、あの方にとっては大きな妥協だったと思いますよ」

繁子はふっと目を細めた。それだけで、さっきの自信満々だった様子から少し力が抜けたように見える。

「あれだけのバイタリティーのある方で、勇人さんという有能な現場経験者もいるんですから、自分のところでヤギ肉ブランドを立ち上げることも可能だったと思います。収益的にも魅力はある」

「でもやらない、ってポリシーなら、仕方ないっすよね」

「ええ。そこは由美さんの一線です。収益と効率だけで経営は続きませんから。メスヤギの飼育とヤギ乳製品の生産があくまで松嶋さんの主眼。それでいいと思います」

繁子が少し寂しげなことに山田は気づいた。自分のヤギを肉として売りたくはない、でもいずれ肉になるものとして販売する。それが由美にとって大きな妥協であり、また本来望まない決断だったと思っているのだろう。

普段、依頼人や関係者が腹八分になるような改善をモットーとしている社長だ。確かに今回、山田の目からは松嶋夫妻はおおむね八割ぐらいの満足は手に入れたように見える。しかし、生きものの命に関わることは、本人にしか分からない大きな諦めがあるのかもしれない。やはり十割喜びきれていない繁子の様子から、そんなことを感じとっていた。

とはいえ、湿ったままでいるのは性に合わないらしく、繁子は「そうそう」と顔を上げて山田に向き直った。

「勇人さんから山田君に伝言があるんでした。ジョニーは譲渡せず、敷地の草刈り部長として飼い続けるそうです。山田君も休みの日に良かったら遊びに来て、とのことでした」

「まじっすか！　よかった、ジョニー！」

山田は思わずガッツポーズした。短い間だが全力で組み合った相手だ。あいつなら新天地でも元気でライバルに挑《いど》みかかるかもしれないが、松嶋牧場に遊びに行けば今後も戦えるとなれば、こんなにうれしいことはない。

「あと由美さんからも伝言、というかお願い事がありましたが、勝手ながら私の方でお断りしておきました。事後報告となりすみません」

繁子は重大なことをさらっと語り、すがすがしく頭を下げた。

「お願い事？　断った？　なんすか？」

山田は驚いて声を上げた。依頼人もアルバイトも、関わる人の考えを最大限聞き出してから判断を進める社長が、勝手に断るというのは本来ありえないことだ。

繁子は美しく引かれた眉をややつり上げ、ごほん、と咳払いしてから口を開いた。

「山田君のアザミ刈りの時の体力を見込んで、ぜひうちでヤギ飼育担当として働いてくれないか、というお話でした。できれば大学を休学か中退してでも、とのことでしたので、さすがにそれは、と私の判断でお断りした次第です」

「あ、なるほど、そういうことっすか」

確かに、就職の誘いだけならともかく、せっかく入った大学をやめてまで、となれば話は違ってくる。

ましてやバイトとして山田を雇いつつ、学業優先、と試験などの時期は問答無用で休みをとらせる繁子のことだ。勝手に断ったというのも道理だった。

「ええ、確かに、断ってもらって問題ないっす。大学やめたら親になに言われるか分かんないですしね」

「由美さんだけでなく勇人さんも、今がだめなら卒業後にその気があったらぜひ、とのことでした。卒業後については山田君の完全自由意志でいいと思いますが。どうします？　きっと由美さんのことですから、試食と称してチーズとかヨーグルトをたくさん食べさせてくれるとは思います」

「うーん、乳製品食い放題はスゲー魅力ですし、ジョニーのいるところで働くのは楽しそうなんですが、やめときます」

山田は勝手にあふれそうになる唾をのみこみつつ、首を横に振った。

「社長もいないのにあのご夫婦の間に入って仲裁できる自信がないんすよねえ……」

「賢明《けんめい》な判断です。進路については、ゆっくり考えるといいですよ」

山田の結論に繁子はうなずいた。

「個々の依頼人に伴走して寄り添うのは大事なことですが、自分の人生までかけるのはやりすぎですからね。そこは山田君の直感で良いと思います」

「そうっすね！」

仕事は仕事、バイトはバイト、将来は将来。きちんと分けて、それぞれ頑張らないとなあ、と山田は張り切って書類整理の仕事に手を付けた。

繁子は自分のデスクに向かって超高速でキーボードをたたき続けている。ヤギ牧場での刺激的な仕事は一段落。ようやく日常の業務が戻ってきた感があった。

キーボードの音が響く中、ふと繁子が「そういえば」と画面から顔を上げた。

「今回のことで調べたんですが、アメリカオニアザミの近縁種と思われるヨーロッパのいかついアザミが、スコットランドの国花になっているんですよ」

「ええっ、あのチクチクがですか？」

山田はファイルをしまう手を止めて想像した。国花、ということは国のイメージを代表するのだろう。日本はなんだったっけ、と思っているとと繁子が考えを読んだように続けた。

「日本の場合は桜と菊なのですが、それから見ると随分ハードな植物を選んだものです」

確かに、と山田は刈り取りに苦労したあの硬い茎や容赦《ようしゃ》なく敵を突き刺す鋭いとげを思い出した。

「でも、わざわざ国の花にするってことは、あっちではアレをなんかイイ感じで加工する技術があるとか、餌として食べるローカルな家畜がいるとかですか？」

そうでもなければ重用する意味が分からない。率直な疑問に繁子は首を横に振った。

「私の知る限りそういう話はありませんね。ただひたすらチクチクする植物です。ですが、昔、あの頑固なとげが外敵の侵入を防いでくれた、という説があるそうです」

「あー、なるほど。納得っす。令和のゴム長靴の底も貫通するぐらいだったんだから、昔の兵隊さん苦労したんでしょうね……」

アザミのあの硬いトゲトゲは、ある意味では人間の敵よりも強力で、防ぐ側としては心強い味方であったのかもしれない。歴史には疎《うと》い山田だが、実際に刺されて痛みを体感すると、世界史の授業よりも説得力を感じた。

「松嶋さんの所では完全に排除させてもらいましたが、別にアザミ自体が人に害をなすために存在しているのでも、歴史を助けるために生えていた訳でもありません」

「そうっすね。その通りです」

「利害の合わない存在が自分の敵なわけではない。相手に敵として扱われても諦めてはならない。改めて、そういうことを、きちんと踏まえていかなければいけませんね……」

繁子は再び切れ間なくキーボードをたたきながら言った。それはバイト従業員に対してではなく、自身に言い聞かせていたように思えて、山田は相づちを打つタイミングを失った。

沈黙が事務所内を満たした時、ぐうっ、とおかしな音が響いた。山田の腹の音だった。

「すんません、今日の昼、学食の定食が売り切れで素うどん一杯で済ませたもんですから」

「いえ、いいんですよ。もう少ししたら、夕食に出ましょう。松嶋さんがヤギチーズを卸す相談をしているレストランが一軒ありまして。これもリサーチ、仕事の一環です」

両手を上げて喜ぶ山田の様子に少しだけ目を細め、繁子は自分の豊満な腹周りをなでた。山田ほどではないが小さく空腹の音が鳴る。

「おなかがすいて、食べ物をおいしく食べられるのは、本当にいいことです……」

繁子の小さな呟きは、外メシ外メシ、と浮かれる山田の耳までは届かなかった。

幕間　森田繁子の向こう脛（二）

札幌市内、午後八時。年季の入ったマンションの駐車場に、一台の軽自動車が滑り込んだ。運転席から降りた茶色いロングヘアーの女性は、後部座席に回り込んでチャイルドシートへと声をかける。

「ほら、陽菜《ひな》。ひーなー。おうち着いたよ。起きて」

陽菜と呼ばれた五歳ほどの女の子は、むにゃむにゃと重いまぶたを持ち上げた。

「ねむい……ママだっこぉ」

「いいけど、起きてなきゃダメだよ」

やれやれ、と女性はベルトを外すと左手で陽菜を抱え、右肩に大きなバッグを担いでドアを閉める。ハイヒールにパンツスーツという格好、そしてモデルばりの細い体からは考えられない力強さだ。エントランスでエレベーターを待っていると、陽菜は本格的に寝入ってしまったのか、腕への重みがずしりと増した。

「あーあ、寝ないでって言ったのに……」

文句を言いつつ、我が子がこの重さの分だけ成長したのだという感慨と、延長保育で待たせてしまった罪悪感が心を満たす。ようやく自室の前に着くと、宅配便ボックスに何かが届けられているようだ。

鍵を開けてリビングのソファに陽菜を寝かせ、床に重いバッグを置いてから、玄関に引き返して宅配便を回収する。片手で持てるほどの段ボール箱は、見た目に反してずっしりと重かった。

箱をリビングのテーブルに置くと、送り状には見慣れた整った文字が並んでいる。宛名は森田晴海《はるみ》様・陽菜様。送り主は森田繁子。内容物は『食料品』。いわゆる、母親からの食料支援という訳だ。

晴海は段ボール箱を見下ろしたまま、眉間に小さく皺を寄せた。

「別にこんなのいらないんだけどな……」

晴海は封を切らないまま、ジャケットを脱いでハンガーにかけ、洗面台へと向かった。クレンジングオイルで化粧を全て落とすと、三十歳の疲れた顔が鏡に映っていた。

今日の仕事も疲れた。望んだ会社で望んだ仕事をわれながらバリバリとこなし、シングルマザーということを何のハンディキャップにもせず頑張っている。でもやはり疲れるものは疲れるのだ。

せめて自分の肌へのご褒美にと高めの化粧水をつけていると、リビングの方から「ねーママぁー」と陽菜の声がした。どうやら目を覚ましたらしい。

「おばーちゃんのにもつ！　またおいしいものでしょ！　ねー、あけていい!?」

晴海がリビングに向かうと、陽菜はすっかり目を覚まし、段ボール箱を前に目をキラキラさせていた。

「いいよ。段ボールのガムテープ、きれいにはがせるかな？」

「ひなできるよ！　きょうはなーにかなー、おっやさい、おっにく、おっさかなー」

ふんふんと鼻歌を歌いながら荷物を開封する陽菜をよそに、晴海はさっと部屋着に着替えてキッチンへと向かう。

今日は朝にシチューを仕込んでおいたので、それと冷凍ご飯で夕飯にする。

もっとも、仕込んでおいたといっても自動調理器にマニュアル通り水と野菜と肉とルーを突っ込んでスイッチを入れただけのものだ。忙しい晴海はこの自動調理器を愛用している。おいしい料理ができるからではなく、手間をかけなくても一定水準の味と栄養が保証されているからだ。

温めたご飯とシチューをトレーに用意してリビングに運ぶと、陽菜がご機嫌な様子で荷物一つ一つを手に取っていた。

入っていたのは米の二キロパック、瓶に入った色とりどりの野菜のピクルス、高級そうなデザインのコンビーフ缶、宝石のように鮮やかなオレンジ色のジャムなどなど。珍しいものではヤギのチーズをフリーズドライしたチップスまであった。産地は北海道のものが多い。母・繁子がチョイスしたからには間違いなく美味な加工食品の数々だった。

「ママ、これ陽菜の好きなやつ！　今日、これ食べたい！」

陽菜は真空包装の魚の甘露煮《かんろに》を掲《かか》げて主張する。しかし、さすがにシチューと魚は同時に食べるには相性が悪い。晴海はトレーをテーブルに置くと、陽菜の手からやんわりとパックを取り上げた。

「今日はもうシチュー用意しちゃったから、明日ね。晩ごはんで食べようね」

「ちえーっ」

どこで覚えたのやら。陽菜は思いっきり唇をとがらせると、それでも言われなくても手を洗いに洗面所へと走っていった。

晴海は陽菜が散らかした中身をもとの段ボール箱に突っ込み、はあ、と溜息を吐いた。

晴海は、自分の意思ではなく、生まれつきの性分として、食事にこだわりというものを持てない。味のうまいまずいは分かっても、摂食という行為に楽しみを見いだせず、人生における面倒ごとの一つ程度に考えている。極論すると、必要だから排せつをする、必要だから栄養を取る、ぐらいの位置づけだ。

食べること自体に嫌悪感があるわけではないし、自己管理はしっかりしたい方なので日に三度、必要な分の栄養は取る。おかげで健康とプロポーションは良好だ。

娘の陽菜は自分ではなく祖母に似たのか、食べることが大好きなので、今まで培《つちか》ってきた知識を総動員して食事を用意し、健全な子育ては果たせている。大きな問題はない。

とはいえ、晴海の成長にあたって母・繁子は相当気をもんだようで、晴海が独り立ちするまで、食事に関するもめ事は日々きりがなかった。今では大人同士としてそれなりの落としどころを決め込んでいるものの、いまだに晴海の食生活を心配し、時折こうして食品を送ってくる。

再三頼んだおかげか、かつてのように足の早い生鮮品や冷凍庫を圧迫する冷凍品、処理に困る生の野菜などを送ってくることはなくなった。反省を生かしてくれたのか、日持ちのする食料に忙しい身としては確かに助かっているのだが、送られてくる品の数だけ、あの母が「これ、おいしいよ」と言う時の顔がちらついて落ち着かない。

「手、あらったよ。ママ、いただきますしよう」

「うん、食べよう。食べてお風呂入って早く寝ないと」

母と娘二人の晩ごはん。陽菜はうれしそうにシチューの野菜も肉もご飯も食べる。

食べながら、その目は段ボール箱の中身にまだくぎ付けだ。明日は望み通りに魚の甘露煮を夕飯に食べよう。ただ、魚だけでは栄養が足りないので、野菜も用意しなければならない。帰りにスーパーに寄って、何を買うべきか……。

考えながらスプーンを口に運ぶ晴海は、シチューの味を感じてはいない。食べることを楽しまないまま、ただ、わが子が喜び、かつ栄養を満たす献立だけを考えていた。

食事を終える頃には、陽菜ははしゃいだ反動なのかテーブルに突っ伏すような形でうとうとし始めていた。晴海は慌てて起こして歯を磨《みが》かせ、一緒にさっとシャワーを浴び終えると、陽菜は布団に潜り込むと同時に眠りについた。

晴海はやれやれ、と思いつつ、食器を片付け、朝に読まなかった新聞を広げ、ようやく短い自分の時間を満喫する。ふと思い出して、スマホを手に取った。

電話帳の『森田繁子』は2コール目で通話に出た。

「もしもし。晴海です。今大丈夫？」

『ええ、大丈夫』

了解の声の背後から、ジャズピアノらしきBGMと人々の話し声が聞こえてきた。バーか飲食店か、外食なら連れもいるのかもしれない。

「ごめん、出先？　かけ直すわ」

『いや、にぎやかなお店なだけだから大丈夫。荷物は届いたのね？』

「うん、ありがとう。いろいろ。陽菜寝ちゃったんで出られないけど、すごく喜んでた」

『そう、良かった』

いつも冷静で、上品で、そつのない母の声に、柔らかい安堵が交ざったのが分かる。

本当なら、孫娘だけでなく娘である自分にも喜んでほしかったであろうことを察してしまい、晴海は次の言葉が継げずにいた。その間に、電話の向こうで母が迷ったように口を開く気配がある。

『あなたは、無理に、食べなくてもいいから』

優しい声だった。労《いたわ》りと、気遣いに満ちた声音と言葉。だからこそ、晴海は同じ人からかけられたとは思えない、厳しい言葉の数々を思い返してしまう。

《もっとたくさん食べなさい》

《おいしいのに、どうして食べないの》

《農家の人が一生懸命作ったものなのに》

いつも正しい言動の母が諭《さと》す内容に、自分は悪い子なのかと苦しんだ日々を思い出す。今はもうすっかり母子とも納得し合ったはずなのに、舌がどうにも動かない。

『そうそう、陽菜に、ランドセル、何色がいいか考えておくように言っておいてね』

沈黙を打ち消すかのように、母が落ち着いた声で言った。出された助け舟に晴海の口もようやく動き出す。

「うん。ピンク系と青系で悩んでるみたいだから、今度の休みに下見に行ってくるわ」

『ええ。それじゃ、あなたも陽菜も、風邪ひかないようにね』

「うん、それじゃ、おやすみ」

『おやすみなさい』

無難な言葉で会話を締め、通話終了のボタンを押す。体の力がゆるゆる抜けて、晴海はだらしなく床に突っ伏した。

自分も子の親という立場になり、母との関係も昔と比べて随分と変わってきた、とは思う。

わが子においしくて栄養のあるものを食べさせたいという母親としての気持ちも、仕事として農家と関わる上で培われた食料への信頼も、大人になった晴海には理解できる。特に娘の陽菜は食べることが大好きなのだから、楽しみを助けこそすれ妨げてはいけない。

晴海は上体を起こして母の段ボール箱の中身を改めて確認した。米の二キロパックの奥に、細長く透明な瓶が入っている。

ラベルを見ると、北海道で造られているというクラフトジンだった。陽菜は酒のため興味を持たず、箱から出さずにいたのだろう。

晴海は食事は楽しまずとも、アルコールによる酩酊《めいてい》は少し楽しめる。孫ではなく娘に向けて選ばれた品なのは明らかだった。

晴海は「よいしょ」と体を起こし、キッチンの食器棚へと向かった。普段使いの食器の奥に、以前、内祝いでもらった切子のグラスがある。冷凍庫に残っていたカットライムと氷をグラスに入れ、ジンの中身を少しだけ注ぐ。うっすら黄緑色に色づいた液体が目に鮮やかだ。

氷が少し溶けた頃合いを見計らって少し口に含むと、強いアルコールが晴海の口内を刺激し、飲み下した後に植物の匂いの息が鼻から抜けた。味はよく分からないが、いい香りだ。夏の夕立明けを思い出す。

瓶のラベルに書いてある原材料を確認すると、かんきつ類やスパイス、緑茶が入っているようだ。なるほど、と晴海は納得した。これは、飲み物であり、香りの水だ。

飲食に興味はないが、香水は好きだ。そのまま、グラスが空になるまで、晴海のひとり静かな晩酌は続いた。

第三章　作る人と食べる人

北関東の山間《やまあい》にある小さな農家の敷地内で、三つの影が夕日に照らされていた。それぞれが鎌《かま》を手に黙々と私道の草刈りをする中、夏のねっとり湿った空気を、各種の虫とカエルが絶え間なく震わせている。ジージーチリチリゲコゲコ、大音量の合唱は風情《ふぜい》があるといえばその通りだが、一度それをうるさいと思ってしまえば終わりのない苦痛となる。そこにさらに、気温が下がったことにより蚊《か》が飛び交って不快な羽音《はおと》を響かせていた。

「あーっ、うるさい！　もう、イヤー！」

佐久間千草《さくまちぐさ》は、手にしていた草刈鎌を振り上げてもん絶した。蚊に刺されないようにナイロン製の上着と腕カバー、さらにはネット付きの帽子で完全防備の構えだが、じっとり汗で湿って気持ちが悪い。そして刺されないと分かっていても蚊の羽音は不快だ。ついでに虫やカエルの声もいい加減うるさい。

「ガキじゃあるめえし、二十五にもなって田舎で虫やカエルうっせえって方がばかだ。あと鎌振り回すな。あぶねえ」

五メートルほど離れた草やぶから不機嫌《ふきげん》そうな声がした。千草はほぼ反射のように「はあ？」

と反抗的な声を上げる。

「おじいちゃんはそう言いますけどね！　ちゃんと距離あるの確認してありますぅ！　そもそも、鎌なんかで草刈りなんかしてるから非効率的でイライラするんだし！」

千草はけっして農作業が嫌いなわけではない。むしろ好《す》き好《この》んで農家に嫁いできた身だ。草刈りの重要性も分かる。だが、指定された手段には文句を言いたい。

「なんで！　草刈機使っちゃだめなの！　どうして！　鎌でいちいち刈ってたから、ほら、日が暮れちゃったじゃない！」

「おめえがもっと手際よく作業してたんなら早く終わったんだろうよ。見れ、おれの刈った場所はこんななだのに」

よっこらしょ、と細身の老人が腰を上げると、彼の刈り終えた面積は千草の倍近い。確かに、自分と異なり老人が鎌を振るう音はシャキシャキとテンポが良かった。八十代に負けた事実を見せつけられて、千草はうっ、と言葉を失う。

「名前が千草だってんなら草千本ぐらいさっさと刈っちまえよ。それとも何か、草千本と仲良くするつもりか」

畳みかけるような老人の言葉に、さらに離れた草やぶから「ぷっ」と噴き出す声が聞こえた。

「こりゃ一本取られたねえ、ちーちゃん」

「浩一《こういち》！　あんたもじいさんの言うことに感心してないで妻の味方しなさいよね！」

「ごめんごめん、じいちゃんがあんまりにもうまいこと言うもんだから」

「そうそう。怒るんならこのじいさんより上手に鎌を使ってみせてから怒ってほしいもんだ」

「なんですってー！」

夕方の田園には、千草の甲高《かんだか》い怒りの声が響き、それは隣の農家のもとまで届いていた。

佐久間家の隣、飯田《いいだ》家の老夫婦は、縁側で豆のさやをむきながら微笑んだ。

「おやまあ。佐久間さんとこのじいさんと孫夫婦、今日も元気だねえ」

「ケンカしてるようで、あれでじいさんもうれしいんだろうよ。よかったでねえの、孫夫婦が農家やりてえって来てくれて」

過疎《かそ》化と高齢化が進んだ農村部にあって、若い移住夫婦の元気のいい声を聞いているとそれだけで活気が感じられる。たとえそれがケンカの声であっても、だ。

夫婦は深くうなずき合った。

「あとはいつまでいてくれるか、だねえ」

山間の集落から車で五分ほど走ると、高速道路のインターチェンジがある。そのすぐ近くにあるコンビニエンスストアが千草のバイト先だ。農家を志《こころざ》して夫婦で夫の祖父のところに弟子入りしたはいいのだが、いかんせん現金収入は限られている。そこで、ひとまず千草はコンビニのバイト、夫の浩一は宅配便の配達員の職を得て兼業農家として暮らしているのだった。

首都圏と東北方面を結ぶ高速道路は交通量が多く、このインターチェンジ付近も賑《にぎ》わっている。鉄道もあり、田舎とはいえ交通の便はいいので、この辺りの若い子たちは休日になるとやたら派手な格好《かっこう》で渋谷や新宿に遊びに出かけていく。

土日のコンビニには、逆に都内から日帰りで来た車が多く立ち寄る。お目当ては最近テレビで紹介された山中の温泉で、最近ではそれを当て込んでこじゃれたカフェができ始めていた。かなり前につぶれた町内のゴルフ場も、外資が買い取って整備し直すといううわさもある。産業構造自体は変わらないが、交通や情報の風通しが良くなったおかげで、過疎地とはいえそれなりの賑わいをみせ始めていた。

「チャンスだと思うんですよね」

休憩時間、千草はごく真面目な顔で中年の男性店長に告げた。店長は目を通している売上表から顔を上げると「なにが？」と首をかしげる。

「ビジネスチャンスですよ、ビジネス！　せっかく地域全体が商業的に盛り上がり始めてるんだから、私も何かしたいなって」

ああ、と店長は再び書類に目を通しながら相づちを打った。

「佐久間さん、東京出身だもんね。結婚して旦那さんのおじいさんの農家継ぎにきたんだっけ？　やる気あるねえ」

店長の皮肉交じりの感心には気づかず、千草は両拳を握《にぎ》り締めた。

「ええ、若者、よそ者だからこそやれることってあるって思うんですよね。夫はこっち、私は都会で育って、ふたつの視点があれば、ここの農家のよさをうまく商売につなげられると思うんです！」

「へえ、そうかあ」

店長はやる気なさそうに返事をすると、ふと思い出したように棚の名刺ファイルを手にとった。

「はいこれ。役に立つか分からないけど、あげる」

「ありがとうございます。ええと、『森田《もりた》アグリプランニング？』……？」

千草は手渡された名刺をしげしげと見た。事務所は都内。社長の名は森田繁子《しげこ》。裏面にはシンプルだが品の良いデザインで「農業関連のご相談各種承ります」と印刷されていた。

「なんか千葉にいる俺のいとこでUターンして嫁さんとヤギ牧場始めたのがいて」

「ヤギ牧場？　それ……失礼ですけど、経営ってちゃんと成り立つもんなんですか？」

「うん。親戚一同心配してたんだけど、先週様子見に行ったら案外きちんとやれててさ」

店長はハーやれやれと自分の肩をたたきながら続けた。

「ヤギ牧場なんて聞いたこともないから心配してたんだけど。その名刺のコンサルタントとかいう人に世話になって、牧場の整備やヤギ乳製品の販売もうまくいくようになったんだって。佐久間さんも農業関係で新しく何かやりたいんなら、相談してみれば？」

「コンサルタント、ですか……」

千草は渡された名刺をしげしげと見つめた。何かをやりたい、でも具体的にどうすればいいか分からない状態から、一歩足を踏み出せそうな予感がした。

佐久間家の住宅は木造平屋建て築七十年という、この辺りの農家としてはオーソドックスな住宅だ。水回りや壁など細かなリフォームは重ねていたが、古民家特有のじっとり重い空気が茶の間に漂《ただよ》っている。

その中に、千草から相談を受けて訪れた森田繁子の姿があった。

ぴしりと正座し、出された紅茶を優雅に口に運ぶ繁子は、明らかに部屋から浮いている。濃いピンクのラメ入りシャネルスーツに襟袖《えりそで》もフリルたっぷりのブラウス。隙なく巻かれたゴージャスな髪に、濃い化粧。そして縦にも横にもとにかく大きい。

真っ赤に塗られた形良い唇が、ふいに開いた。

「お紅茶」

「はっはい！」

「とてもおいしいです。丁寧に淹《い》れられていて」

「え、ええ、恐れいります」

繁子は愛想笑いこそしないが、ゆっくり香りを楽しみつつ飲み下す所作から、本当に紅茶を味わっているのだと分かる。見た目の派手さに反したような落ち着き払った物腰が妙にアンバランスで、相対している千草は同じ空間にいるだけで緊張してしまった。

佐久間家は農家を続けて二百年以上と聞いているが、たぶんここまでハデな客は初めてだろうな、と千草は思った。ついでに、庭先に真っ赤なBMWが止められたのも佐久間家初の出来事だろう。本当にこの人に頼んで良かったのか。千草は早くも後悔しはじめた。

「それで、本題です。千草さんからメールでご相談頂いた内容ですと、農家として新しい切り口のビジネスを模索しつつ、地域振興にも役立てられれば、とのお話でしたね。差し支えなければ、ご家族構成などお伺《うかが》いしてもよろしいでしょうか」

繁子は紅茶のカップを置き、ブランドバッグからタブレットと大きなファイルを取り出した。ここからはビジネスの話だ。千草はエプロンの皺を伸ばしつつ、繁子の正面で背筋を伸ばした。

「はい。うち、というかここは夫である浩一の祖父宅で、長年農家をやっていまして。ただ、夫の両親は継がずに東京で会社員になり、孫の浩一が祖父の等《ひとし》の後を継ごうと、私と結婚した後にこちらに来た次第です」

「なるほど」

なるべくシンプルに関係性を話す千草に、繁子はうなずきながらファイルに書き付けていく。

「夫は一応東京育ちですが、長期休みなどはずっとこちらで過ごしていたらしくて。半分こちらで育ったようなもの、と言ってます」

「そうですか」

完全に、千草が語るに任せて繁子は相づちを打つだけだ。焦《あせ》って余計なことまで言わないように心掛けつつ、千草は続けた。

「祖父、いえ、当時は祖母も存命だったそうなので、二人のもとで手伝いをして、そのうち農業を志すようになったそうです」

ふむ、と繁子は顔を上げ、千草を真っすぐ見た。愛想笑いも、若い千草を侮《あなど》る様子もない視線に、千草は思わず口をつぐむ。短い沈黙を破るように、繁子が穏《おだ》やかな声で切り出した。

「踏み込んだことを伺いますが、千草さんは浩一さんと、どちらで……？」

心持ち控えめな物言いに、千草も質問の意図を察する。

「あ、あの。普通に高校の同級生で。その頃から夫はもう農家になりたいって言ってたので、私も自然と」

別に後ろめたいことでもないのだが、聞きようによってはのろけに聞こえてしまいそうで、千草は頰を押さえる。

そんな千草を気にするでもなく、繁子は表情を変えないままでこちらを見ていた。

「おじいさん、お孫さんご夫婦が農業を継ぎたいと聞いて、喜ばれましたか？」

うっ、と千草は返事に窮した。

千草ら若夫婦は、じいちゃんの後を継ぎたい、という浩一の希望に寄り添う形で、籍を入れてすぐに夫婦そろってこの地域に越してきた。

実をいえば、結婚報告と共に夫婦が跡継ぎを宣言した時、祖父の返事は「やりたきゃやればいい」の一言だけだったのだ。

若夫婦としては、何も、涙を流しもろ手を挙げて歓迎してほしいと思っていたわけではない。

とはいえ、祖父は少しも喜ぶ気配もなく、さりとて拒否することもなく、淡々と孫夫婦との同居の準備を整えただけだった。その態度は、千草の目には冷淡にさえ見えてしまった。何せ、せっかく夫婦で農家を継ぐという志を抱いてきたというのに、ただ自分たちが押し掛けるのに近い状況となってしまったのだ。

「あ、あの年代の男の人はあんまり感情表現が派手じゃなくて。でもでも、近所の人はおじいさんお孫さん帰ってきてくれて良かったねえ、と言ってくれます」

言い訳をするように重ねた言葉がどんどん気持ちを重くしていく。千草はだんだん情けなくなってきた。これではただの独りよがりで、祖父孝行どころか祖父が孫夫婦のわがままに付き合っているようなものではないか。

「なるほど。お孫さん孝行なおじいさんですね」

「ウッ」

率直すぎる繁子の一言が直撃して、千草は思わず胸を押さえた。この人、すっかり見透かしている。そして、どうやら自分は反論することができないらしい。

何か新しいことをしたい、という相談のために来てもらったというのに、自分たち夫婦の考えの甘さをまざまざと突きつけられた。自分たちの選択は浅はかだったのか、と静かに打ちひしがれる。体の軸から力が抜けて、千草はとうとう畳の上に突っ伏《つぷ》してしまった。

「ああいえ、どうぞ誤解なさいませんよう」

繁子は表情を変えないままで右手の人差し指を立て、軽く左右に振った。長い爪《つめ》を彩《いろど》るオレンジゴールドのラメが薄暗い茶の間できらめく。

「千草さんや旦那様が望まれた形ではなかったかもしれませんが、今までのお話を聞く限りでは、ご夫婦にとっても等さんにとってもとても有為《ゆうい》なご決断をなさって立派だと思いますよ」

フォローはありがたいが、祖父の顔を思い出すとどうしても表情が曇る。

「何かご不満かご不安でも抱いていらっしゃいますか」

「うーん……不満と不安、両方ですね。じいちゃ……夫の祖父は今年で八十二歳になるんですが、さすがに私たちの世代とは考え方が違うっていうか、率直にいって、考え方に融通がきかないというか」

「じいちゃんがぶっちゃけ頑固で困ってる、と」

「それです」

ごまかさずに千草が肯定すると、繁子も心得たとばかりに小さくうなずいた。それだけで、千草は味方を得たような気持ちで少し心が軽くなる。思えば、今まで祖父への小さな愚痴《ぐち》を夫にこぼしても、「まあ年だから」「戦前生まれだよ？　仕方ないって」と困ったように笑われるだけだったのだ。

「千草さん、もし懸念材料がありましたら、今のうちにブチまけてしまうことをお勧めします。もちろん秘密厳守をお約束しますので」

繁子はファイルをぱたんと閉じると、また優雅に紅茶を飲んだ。ようは愚痴を聞いてくれるというのだが、さすがに千草も戸惑う。

「いえ、でも、お仕事で来てくださった方に個人的な愚痴なんて……」

「家族経営の農家の場合、ご家庭の問題の解決とコンサルティングは地続きのことが多いのです。愚痴ではなく、問題の洗い出しと思っていただけると幸いです。今日は浩一さんと等さんは何時にお戻りのご予定ですか？」

いきなり夫と祖父の予定を聞かれて、千草は慌《あわ》てて壁のカレンダーを見る。

「ええと、夫が配送業の事務所から帰るのは午後六時、祖父は老人会が四時に終わる予定なので、その後ぐだぐだ話とかして、いつもなら帰ってくるのは五時ぐらいですね」

「分かりました」

繁子はそう言うと、スーツのジャケットの胸元からスマホを取り出し、画面を操作した。どうやらタイマーを設定したらしい。

「現在午後二時半ですから、四時半までとして今からミッチリ二時間。ため込んだものを吐き出してください。何をおっしゃろうと、私は反論も説教も致しません」

女神《めがみ》か、と千草は思った。私の愚痴がコンサルティングに必要なのか、とか、初対面の人間に身内の愚痴を言うのはどうなのか、とか、ためらう気持ちは確かにある。

しかし、二時間、どんな愚痴を言ってもいい。それは普段ひそかにため込んでいた千草にとって、ひどく魅力的な誘いだった。

「で、では、遠慮なく……」

足を崩し、少し楽な姿勢になった千草に、「あ、その前に」と繁子はストップをかける。

「これだけは言っておかねばなりません。この時間も初回面会のうちですから、料金は発生しません。ですが、ひとつお願いが」

「お願い？」

「お話の前にこのおいしいお紅茶のおかわりをお願いできますか」

至極真面目な顔で何を言われるかと思えば、繁子の要求は紅茶のおかわりだった。千草は苦笑い交じりで笑いかけ、立ち上がった。

「そんなの二杯でも三杯でも。あ、フルーツパウンドケーキとかお好きです？　お口汚しですけど昨日焼いたのが……」

「ありがたくごちそうになります」

繁子の返答は非常に早かった。

その後、パウンドケーキ一本近くと、とっておきの缶入りクッキーの半分、そして紅茶五杯を繁子にささげる代わりに、千草は二時間、心行くまで愚痴を吐き出し尽くしたのだった。

「ちーちゃん、今日なんかいいことあった？」

千草が繁子に思うさま語った日の夕方。配送業の仕事から帰宅した浩一が、自室でTシャツとズボンに着替えながら言った。

「え、なんで？」

「キゲン良さそうっていうか、足取りが軽いっていうか。なんかそう見えたからさ」

浩一はそう言って笑った。まるで、妻にいいことがあったから自分もうれしい、といったふうに黒縁メガネの奥で両目が細められていた。

こういうところ、この人のいいところだよね。そう思いながら、千草は浩一から手渡された制服を受け取る。

「コンビニの店長さんに紹介されたコンサルの人、今日来てくれたのよ」

「ああ、女性の？」

「うん。それがなんかさ、すごいハデでケバいおばさんでさ。ぶっちゃけどうなの、と思ったけど、話してみたら意外といい人で、いっぱい話しちゃった」

二時間みっちり自分の愚痴を聞いてもらった、とはさすがに言えず、多少ぼかして千草は説明した。そのせいで、喉《のど》が少し嗄《か》れてしまった。考えてみると、ここに越してきて二年、里帰りした時以外でこんなに長いこと人と話をし続けたことはなかった。

「そっか、良かった。じゃあ、今後も相談相手になってもらうの？」

「うん。まだやりたいこと、できることは漠然としてるけど、これからも力になってもらえればと思ってる」

「いいね。こんど来る時、俺も会えるようにシフト調整しておこうかな」

「うん、インパクト強いからきっと会ったらビックリするよ」

「えー楽しみ」

初対面の人とでも仲良くなれる浩一のことだ。ハデさに驚くことはあっても、きっとうまくやれるだろう。

浩一から受け取った半袖シャツの脇と背中が汗でじっとりと湿っていた。子どもの頃によく来ていたとはいえ、故郷でもない田舎で慣れないことも多いだろうに、この人なりに頑張っているのだ。私も頑張らなきゃ。そう千草が明るい展望を抱いていると、玄関の方から「おい、おおい！」と祖父・等の声がした。

まだ下がトランクス姿の浩一にかわり、千草が「はいはーい！」と慌てて声のした方へと向かう。

玄関では等が農作業着姿で長靴を脱いでいるところだった。会合から帰った後すぐ、畑を見に行っていたらしい。

上がり口には、泥だらけのチンゲン菜が三株転がっていた。

「どうしたのおじいちゃん、このチンゲン菜」

「二軒先の佐藤《さとう》のばあさんからもらった。軒先の家庭菜園で作ったんだと。千草、おめえ、これちゃんと食えるようにしろ」

日に焼けた等の皺は深く、野菜をもらってうれしそうなそぶりは全くない。

千草はチンゲン菜を手に持った。株は小さく、全体にしんなりして、おまけに先日の夕立で泥がはねた後に収穫したのか、巻いた葉の奥まで土が入り込んでいる。お世辞にも本職の畑農家にお裾分けする品質ではない。

「うちでは畑でも自家用としても作ってないだろ。ありがたくもらっとけ」

「確かにうちはチンゲン菜作ってないけど。うっわどろどろ。これはさすがに……」

「いいから言われた通りにしろっ」

千草の言葉を、等は怒鳴るようにして遮《さえぎ》った。そのまま、話し合いなど無用、と言わんばかりにどすどすと廊下《ろうか》を歩いていく。廊下に残された千草は一人、チンゲン菜を手に途方に暮れた。

「なに、どうしたの」

等の怒鳴り声が聞こえたのか、着替えを終えた浩一が自室から出てきた。千草が泥だらけのチンゲン菜を睨んでいるのを見て、「あー」と事情を察する。

「また佐藤のおばあちゃんの？」

「うん……いや、頂けるのはありがたいのよ。でも、こういうチンゲン菜とか、うちでも出荷してるキャベツや白菜のダウングレード版みたいなのとか、さすがに……」

浩一から等に、もらうのを遠慮するように言ってもらえないだろうか。千草はそう思って夫を見る。何かを感じ取ったのか、浩一はまたにっこりと笑った。

「仕方ないよ。佐藤さん、農家やめて今はおばあちゃん一人で年金生活らしいし。野菜作って人にあげるのが生きがいなんだから、ありがとうって受け取っておこうよ」

「でも、元農家なんでしょ？　この品質って……」

「商売として作るんじゃないなら、少しは気も抜くようになったんじゃない？」

ね？　と笑うと、浩一は千草が反論する前に、素早くトイレへと歩いていってしまった。

自分の考えを主張して人の話聞かないとこ、祖父と孫でちょっと似てしまっているんじゃないだろうか。ここに引っ越してきてから分かってきたことだ。はあ、とため息を吐いてから、千草は台所へと向かった。

夕食は下準備をしていたので炊飯器のスイッチを入れてみそ汁を作り、あとは煮物を温め直せばいい。千草が作る料理や菓子を浩一はほめてくれるし、幸い、等も文句を言わずに平らげる。作ること自体も千草は好きだ。

しかし、自分で選んだわけでもない食材を、通常以上の手間をかけて可食状態にしなければならないというのは、心身共にそこそこの負荷だ。品質がいまいちとはいえ人に頂いた食材なので、かけらも無駄にしてはならないという意識もある。だから捨てることなど考えられない。今回もらったこのチンゲン菜の泥を洗い流すのは特に手間がかかりそうだ。放置しておけばもっとしなしなになってしまうから、食事の片付けを終えてから、きれいに洗って下ゆでをしておかなければならない。

チンゲン菜の下処理をするのにかかる時間はだいたい二十分ぐらいだろうか。別に長い時間ではなくとも、突然降りかかった義務は千草の心の重荷になっていた。

「森田さん、またすぐ来てくれないかな……」

頑固な義祖父。優しくて思いやりにあふれているけれど頼りないところのある夫。断ることのできないお裾分け。愚痴を吐き出す相手もいない田舎での生活。

繁子に語り尽くすには二時間は短すぎた。

「それで、その農家さんに次行くのは二週間後でしたっけ」

都内にある森田アグリプランニングの事務所で、アルバイトの山田《やまだ》はカレンダーに向かっていた。

「ええ。車で日帰り可能な距離ですが、念のため当日に加えて翌日も私は事務所不在にしておいてください」

「了解っす」

山田は予定日とその翌日を赤ペンで丸く囲った。

繁子は自分のデスクに肘《ひじ》をつき、手元のファイルに何かを書き込んでいる。表情こそ崩していないが、山田の目にはやや疲れているように見えた。

「大丈夫っすか？　力仕事が必要なら、俺にも声かけてくださいね。うまい昼飯を用意してもらえれば、俺何でもやりますんで」

山田は腕に力こぶを作って見せた。社長に要請されて力仕事の出張に行くと、普段の筋トレでは鍛《きた》えられない筋肉に刺激が入るので気に入っている。奮発してもらえる食事も楽しみだ。

「いえ、今回は大丈夫そうです。お気持ちだけもらっておきますね」

協力の申し出を丁寧に断られて、山田は力こぶをしまった。

「そうっすか。それにしても、今回の依頼者さん、なんかいい話ですね。おじいちゃんの後をお孫さん夫婦が継いで農家になるって」

「まあ、そうですね」

繁子は穏やかに返事をしたが、目はファイルにくぎ付けになったままだった。

北関東の今後発展の見込みがある田園地域。祖父の農業を継ぐべく引っ越してきた孫夫婦の新規事業。繁子のパワフルさなら特に苦労もなさそうな案件なのに、何を悩んでいるのか。たぶん俺が聞いても答えてくれないし、答えてくれたところで俺には何もできない。

山田はそう結論づけ、空になっていた繁子のコーヒーカップを回収した。

「おかわりいります?」

「ええ、お願いします。ありがとうございます」

繁子はなおもファイルから顔を上げなかったが、その声にはきちんと深い感謝が込められていた。


ふん、ふふん、ふん。

鼻歌が響く佐久間家の台所には甘い匂いが漂っていた。砂糖、バター、そして小麦粉が焼ける香ばしい香り。千草は上機嫌でオーブンの中からパウンドケーキ型を出し、竹串を刺した。生の生地はくっついてこないが、あと五分余計に焼いた方が焦《こ》げ目が濃くておいしそうに見える。千草は完全に浮かれていた。今日はコンビニのバイトが休みなので、朝食の支度《したく》を終えてからずっとこうして菓子を焼いている。

コンサルタントの森田繁子氏が午後にまた来てくれる。前回、茶菓子として出した焼き菓子を大層気に入ったようなので、作りがいがあるというものだ。

千草は料理も好きだが、菓子作りで手を動かしている時は特に、考えが整理されて気持ちが落ち着く気がして好きだ。毎日の食事作りは義務だけれど、菓子作りは必ずしも生活に必要なものではない。そんな時間のぜいたくが自分には合っているのかもしれないな、と思った。

香ばしく焼けたパウンドケーキをケーキクーラーに置こうと振り返ると、いつのまにか等が麦わら帽子姿で口をもぐもぐ動かしていた。網《あみ》の上で冷ましていたくるみ入りサブレが十個から六個に減っている。抗議と悲鳴の入り混じった声が出た。

「おじいちゃんちょっとー！　それ焼き上がったばかりで味落ちついてないんだから、まだ食べないでよ！」

「いいじゃねえか、焼きたてが一番なんじゃないのか、こういうのは」

「冷めてからじゃないとせっかくのサクッと感が出ないんだよ。あーあ、せっかく苦労してむいたオニグルミを練り込んだのに……」

半分近くをつまみ食いしたというのに、等は悪びれることなく指をなめている。せめてごちそうさまとか言え、と千草が睨みつけると、等は迷ったように口を開いた。

「……お前、和菓子は作らねえのか」

「え？」

いきなり何を言うのか、千草は小さく首をかしげた。

このガンコじいさんは酒は飲むし甘いものも際限なしに食うし、という質《たち》の人だが、和菓子を特に好んでいるという話は聞いたことがない。

「和菓子、ねえ。作るのも食べるのも嫌いじゃないけど、どっちかっていうと洋菓子の方が作るの慣れてるかな」

「ン」

うん、と返事したのか、それともフンと鼻で笑ったのか。どちらともとれる曖昧《あいまい》な返事をして、等は台所から出ていった。

「畑の草取りしてくる。昼にはいったん戻る」

千草が返事をする暇もなく、玄関の引き戸がガラガラピシャンと閉まる音がした。

「何さ。おいしかったかどうかぐらい言えばいいじゃないのさ」

千草は義祖父の難しさに眉を寄せながら、残っていたサブレをつまんでかじった。

約束の午後一時。繁子は以前と同じ真っ赤なBMWで佐久間家へとやって来た。今日の装《よそお》いはシャーベットオレンジの上下パンツスーツにゴールドの小ぶりなアクセサリー。印象としてはややおとなしめな分、シルバーのラメとイミテーションパールをあしらった真っ赤なネイルが見事だった。

「あいにく、今日も夫はシフト変更を頼まれて同席できなくって」

千草は残念な思いで紅茶と各種焼き菓子が大量に載った大皿を置いた。繁子の目が一瞬少しだけ見開かれた後、皿の上にくぎ付けになったところを確信し、内心ガッツポーズをとる。

「配送のお仕事も大変ですものね。次はお目にかかりたいです」

繁子はバッグからタブレットとパンフレット状になった二束の書類を取り出した。そのうち一束を千草に手渡す。

表紙には『佐久間様新規事業案』と飾り気のない文字が印刷されている。それを繰りながら、繁子は説明を始めた。

「さて、以前伺った話ですと、千草さんのご要望は地域の発展に貢献できる新規事業、とのことでしたね。弊社で近隣の人口比、流通、小売販売店の分布などをリサーチした結果、有効なご提案が絞れてきました。次のページをご覧ください」

言われるままに千草が資料をめくると、表紙と同じくシンプルな表題と説明文書が並んでいた。

「……農産物直売所？」

読み上げて、千草は少し脱力した。販売所が悪いわけではないが、そのぐらいなら千草でも思いつく。繁子にはもっと、プロならではの斬新なアイデアを期待していたのだ。

「直売所ですか。うーん。悪くはないと思うんですけど、隣の町の道の駅が大きな販売所も兼ねているので、あまり作る意味がないような気がするんですよね。ぶっちゃけ、隣町とここでは作物もそんなに変わりもないですし」

内心がっかりしながら千草は説明した。隣町の道の駅は広い駐車場と地元産品の販売所、新しいトイレ、そして広いフードコートが人気で人を集めている。ここでいくら自慢の野菜を売ったとはいえ、太刀打ちできるとは思えない。

「だからこそ、ですよ」

繁子は真っ赤な唇の端を少し持ち上げると、用意した書類をもとに詳細な説明を始めた。

首都圏からの日帰り自動車旅行は今後も増加の見込みがあること。そういう消費者は荷物を気にせず土産を大量に購入する傾向にあること。ゆえに商品のラインナップを慎重《しんちょう》に吟味《ぎんみ》し差異化を図ることが肝要。また、そのためには店舗は道の駅と温泉を結ぶ道路上にあるのが望ましい、等。

「要約すると、温泉や道の駅人気にいっちょかみしてやろう、ということです」

「いっちょかみ」

つまりは便乗。シンプルである。

「で、でも。そんな車通りの多いところに店舗作るって、大変じゃないですか？」

千草は思わず下を向いた。何か新しいことをしたい。でも、予算が潤沢《じゅんたく》にあるわけではない。本格的にやるのであれば、銀行から融資を受けるとか大掛かりな話になってしまう。正直なところ、そこまで考えていなかった、というのが本音だった。

「これは一案ですが」

そう言って繁子はバッグから一枚の紙を取り出した。近隣の地図のコピーらしい。中央をまっすぐ走る線は高速と国道で、その隣に赤いバッテン印がついている。

「あれ。ここって確か……」

「ええ、二カ月前に閉業したガソリンスタンドの場所です」

トン、と繁子の真っ赤な爪が印を指した。ああ、と千草も合点がいく。この場所には、大きな屋根つきのガソリンスタンドがあったが、交通量の増加に伴って二キロほど手前にセルフの新しいスタンドができ、閉店してしまったのだ。

「位置的に、交通量が多く、対向車線の車も敷地に入りやすく、駐車場も確保できる。男女別のお手洗いと事務所スペースもあります。それに、屋根がついているから屋外に陳列できますし」

「な、なるほど？」

とうとうと説明する繁子の言葉は説得力がある。ここで妙に猫なで声など出されれば警戒したくもなるのが人のさがだが、冷静で淡々とした口調のため、かえって信頼してしまう。

「それにしたって、建物と土地なら、……お高いんでしょう？」

「まあ安くはありませんね」

ズバッとした繁子の返答に千草は肩を落とす。「ですが」と繁子は続けた。

「ガソリンスタンドというのは地下にタンクがあるので、廃業した際の解体費用がかなりかかるのですよ。ですから、居抜き状態で買ってくれるところがあるなら、売る方もそれにこしたことはないのです。これは他地域の例ですが……」

繁子はそう言うと、タブレットの画面をすいすいと操作した。はい、とそれを見せられて、千草は驚きの声を上げる。

「え、安っ！　いや安くはないけど、でも思ったより高くない」

「ええ。そして、もし千草さんがお嫌でなければ、佐久間家単独での事業ではなく、地域の農家さん数軒、もしくは農協に協力してもらって合同での販売所を設けるという選択もあろうかと思います」

「合同での販売所……」

千草は思わず座布団の上で居ずまいを正した。

農産物販売所を作る。自分が主導して、もしかしたら地域を巻き込んで。千草は思わずエプロンを膝のあたりで握りしめた。

おじいちゃんの農家を継ぎたい、という夫の浩一に賛成して移り住み、「せっかくだから何かをやりたいね」と話していたことが、いきなり輪郭を与えられた。

具体的な店舗候補、かかるお金、労力。そうだ、販売所を始めたらコンビニでのバイトもやめなければならないかもしれない。その分の現金収入は販売所でまかなえるの？　経費と差し引いて売り上げを出せるの？

千草のエプロンは力を入れて握られ、いつの間にか深い皺が寄っていた。

繁子は手元の冊子を戻し、紅茶を一口飲んだ。

「いろいろと申し上げましたが、あくまでこういう方向で現実味を持たせることも可能ですよ、という話です。そもそも、千草さんだけでなく、ご家族も農産物販売所という形態にご興味お持ちか、それも重要になってきますし」

選択を迫るでも、懐柔するでもない冷静な声に、千草はエプロンから手を離して考えた。

確かに最初に言われた時には「今さら販売所？」と面食らったが、現実とすり合わせた実行案を聞いていると、これかなり良いんじゃないか、という気にはなっている。ただ、やはり具体的に話を進めるにはまだ怖い。せめて夫と、ガンコじじいの義祖父が協力してくれたら。

千草が考えに没頭していた瞬間、茶の間と廊下を隔《へだ》てる引き戸が開かれた。

「俺ぁ反対だな」

「おじいちゃん！」

そこには農作業帰りの等が眉間《みけん》に皺を寄せて立っていた。いつもならまだ仕事している時間なのにどうして、と思って窓の外を見ると、気づかないうちに雨が降り始めていた。それで作業を中断し、いきなり帰ってきたのだろう。

等は不快感を隠そうともしないまま、派手な客人をギロリと見下ろした。繁子は涼しい顔でカップをソーサーに戻すと、座布団の上で向きを変えて頭を下げる。

「どうも、お仕事中にお邪魔しております。私、農業コンサルタントをしております森田繁子と申します」

表情を変えずにそう言うと、傍《かたわ》らのブランドバッグから名刺を取り出して立ち上がり、スマートに等へと手渡した。等はその名刺を一瞥《いちべつ》すると、作業着の尻ポケットに乱暴に突っ込んだ。

「農業コンサなんとかだかコンパニオンだか何だか知らねえけど、俺のいない間に勝手に上がり込んで孫の嫁におかしなこと吹き込まんでくれ！」

「失礼ですが」

繁子はずい、と半歩前に出た。う、と等が一歩後方に下がる。

「千草さんの義理のおじい様、等さんでお間違いないでしょうか」

「う、あ、そうだが」

等の文句を真正面に受け取らず、大声にもひるまない繁子の様子に、千草はおっと思った。怒鳴って威張り散らすことで自分の意見を通してきたガンコじじいが戸惑っている。

「お目にかかる前に千草さんとだけお話を進めてしまい、大変失礼いたしました。本日はひとまず資料をお渡ししましたので、あとはご家族でご検討いただければと思います。次に伺う際は等さん、そして浩一さんにもお目にかかってご意見伺えれば幸いです」

背筋を伸ばし、マナー教室の見本のようにスッと頭を下げる繁子に、等も千草も口を挟《はさ》めなかった。

「では私は本日これで」

繁子はちらりと千草に目をやり、また丁寧に頭を下げた。その視線がテーブルの上の焼き菓子に移ったが、それは一瞬だけのことで、すぐに繁子はバッグを手に玄関へと向かってしまった。あまりにも呆気《あっけ》ない去り際に千草は戸惑い、等は憤《いきどお》りのぶつけ先を失っていた。

「ま、待て、待てってての、あんた！」

どやしつけて追い返そうと思った客があまりにもすんなり引き下がろうとしたせいか、等は玄関のサンダルをつっかけて繁子を追った。千草も慌ててその後を追う。

「なにか」

赤い愛車に乗ろうとしていた繁子が優雅に振り返った。

「つ、次なんかねえよ。孫の嫁が何頼んだのか知らねえが、勝手に販売だなんだ、そんなことは俺は許さねえからな！」

「お、おじいちゃん。相談しなかったのは悪かったけど、何もそんなに」

「ええ、無理にお許しいただかなくても結構です」

激高する等に向かって、繁子はもっともだ、と言わんばかりにうなずいた。

「あくまで現段階ではご提案ですので。ただ、せっかく資料をお持ちしたので、そちらをご覧いただいたうえで、未熟な点、ご不満なポイントなどご指摘いただければ、もっと良いアイデアも出し合えるかと思います」

にっこりと微笑み、あくまで柳の枝のように受け流す繁子に、千草は半ば感心していた。これは多分、コンサルタントとしての矜持《きょうじ》と、商売人としての才覚《さいかく》を併せ持ったタイプの人だ、と直感した。

「何も急ぐことはございませんので、ご家族でどうぞごゆっくりご検討ください」

そう言って運転席に乗り込もうとする繁子を、等が「ま、待てぇ！」と引き止めた。

「あ、あんたに農業のことで口挟む資格あんのか！　飲み屋の営業じゃねえってのに農家にそんなハデハデな格好で乗り込んできやがって！」

千草はあーあと頭を抱えた。等はもう、コンサルタント云々《うんぬん》ではなくただ単に怒りと文句をぶつけたいだけだ。よりによって女性の服装にケチをつけるだなんて。

「第一、そんなゴッテリ塗った長い爪して、農作業する場に足踏み入れるんじゃねえよ！」

「おじいちゃん、いい加減に……」

「ご心配なく、つけ爪です」

繁子はそう言うと、左親指の長い爪をバキリと折った。パールの飾りで彩られた赤い爪が外れ、その下から短く切った素の爪が出てくる。

あ、それつけ爪だったんだ、と千草は納得したが、そういうものがあると知らなかった様子の等は「ひっ」と声をあげたきり、外れた爪から目が離せなくなっている。

ここで、あれっ、と千草は気がついた。さっきから繁子は、淡々と話して等のボルテージを上げて怒りの矛先《ほこさき》を自分に向けつつ、うまくその温度を下げているようにも見える。

「服装に関しては、そうですね、私の個人的な趣味としか申しようがありません。必要に応じて、車に積んである作業着や作業用ジャンパーや長靴、地下足袋に履き替えます。防護服もあります」

そう言うと繁子は運転席を前に倒し、後部座席のスペースを見せた。言葉通りに、あらゆる種類の作業着や作業靴が並んでいる。

「お、おう。っていうかよ。でもよ。なんなんだその濃い化粧は」

だんだん揚げ足を取る材料が少なくなってきたのか、等はうろたえながら繁子の顔を指した。

さすがに人の化粧をどうこう言うなんて、と千草は思わず等を睨んだ。

「紫外線対策と己の美化願望を両立できるのであればそれにこしたことはないかと」

繁子は気を悪くした風もなく、淡々と答えた。そして、作業着の間から化粧ポーチを取り出し、中からメーク落とし数種類を取り出す。

「食品加工や精肉加工などの敷地内に赴《おもむ》く際には、影響ないようきちんと落として適切な状態を心掛けております」
さらに繁子はアウトドア用の水タンクを取り出した。必要な時はこれで顔を洗う、ということらしい。
等は文句をつけるポイントを失い、とうとう「ふん！」と顔を赤くして踵《きびす》を返した。そのま
まずんずんと玄関へ向かっていく。
「あ、おじいちゃん！　……もう、すみません森田さん、義祖父が失礼なことを言いまして」
「いえ」
繁子は運転席を元に戻しながら、不快などとはまるで思っていないように首を振った。
「ご自分の農場の今後を考えるにあたり、どんな人間が関わるかは大事なことです。むしろ、
面と向かって不安点をぶつけてくださる方のほうがこちらとしてはありがたいものですよ」
そう言うと、繁子は片方の口角だけを持ち上げた。不敵なその表情に、千草は思わず「ひえ
っ」と口に出しそうになった。
きっと、今まで数多い現場を渡り歩いて、いろんな人と渡り合ったうえで自分のスタイルを
貫《つらぬ》いてきたんだろうなあ、と思うと、そのメンタルの強靭《きょうじん》さが頼もしくも怖くもある。
「とはいえ、どうしますか？」
繁子はシュッと元の無表情に戻り、じっと千草を見た。
「等さんには今後も伺うと申しましたが、実際のところ、コンサルティングを続けるかどうか
は、千草さん次第かと思います。もし今回のことで千草さんのお立場が悪くなるようでした

ら」

「いえ」

千草はきっぱりと否定した。繁子の言葉で、もしかして、と思っていたことに確信を得ていた。多分、この人は義祖父の怒りをわざと自分に向けさせていたのだろう。

そんな気遣いと計算ができる人をここで逃すのは、きっともったいない。

「森田さんさえよろしければ、今後もお力を貸していただけるとうれしいです」

そう言って千草は腰を折って頭を下げた。

「おじいちゃんはあの通りのガンコじじいですし、今後も失礼なことを言うかもしれませんが……」

「いいえ」

千草が顔を上げると、繁子が首を横に振っていた。

「久々に歯ごたえのあるガンコなご老人で、お話し合いの甲斐がありそうですよ。そういう方は、こちらも学ばせていただくことが多いというものです。全力で取り組ませていただきますので、引き続きよろしくお願いします」

作り物めいた笑いではない、人間臭い苦笑いだった。

繁子の赤い車が疾風《しっぷう》のように去っていった後、佐久間家はちょっとした緊張状態に陥《おちい》った。

等は住宅の一番奥にある自分の部屋に閉じこもり、千草が夕飯だと声をかけても出てこない。

そこに運送業で遅番シフトだった浩一が帰宅し、再三声をかけてようやく、茶の間に三人がそろった。

ちゃぶ台に向かってどっかりとあぐらをかき、腕を組んだ等は眉間に皺を寄せてまぶたを閉じている。話し合い断固拒否、明らかな「俺は腹を立てているんだ」アピールだった。

千草は浩一と視線を合わせてうなずき合うと、そろって座布団から畳に座り直した。

「あの、おじいちゃん。今回のこと、すみませんでした。あたしが勝手に考えて、相談もしないままコンサルの人招き入れて。せめて事前に相談すべきでした。ごめんなさい」

頭を下げつつ千草は、事前に相談しても話聞いてもらえないから行動に出たんだけどね、と心の中で呟《つぶや》いた。とはいえ、ここはきちんと謝るべきだということは分かっている。

「悪いのは俺もだ。千草から相談受けてたのに、それをじいちゃんと共有しないままでいた。ごめん」

浩一も同じように深く頭を下げる。

「……別に、怒ってねえ」

怒ってる時に言うセリフでしょそれー！　と思いながら、千草は頭を上げた。等はまだぶぜんとしているが、まぶたは開いて孫夫婦から目をそらしていた。

「俺が何言ったって、結局お前ら若いモンがこれからのこと決めてくのは仕方ねえ。ただ、もし、……これから俺が農作業できなくなったり、子どもができるようなことがあれば、いろいろ状況は変わる。そこはちゃんと考えとけ」

「はい」

浩一がもう一度頭を下げたので、千草も慌てて「はい」と返事をする。等は話は終わり、とばかりに傍らにあった夕刊を広げた。

「よしそれじゃ、いつまでもお腹すいたままじゃいられないし、ごはんにしようか」

気持ちを切り替えたように浩一が明るく言い、千草も「う、うん」と慌てて席を立つ。台所で作ってあったみそ汁や煮物を器に盛りつけていると、案外あっさり終わった義祖父の説教がかえってずしりと肩にのしかかった。

じいちゃんが農作業できなくなる。

自分たちに子どもができる。

どちらも、漠然と考えてはいたことだ。元気な義祖父でもいずれは体が動かなくなるだろうし、不謹慎《ふきんしん》だがいずれは亡くなってしまうのだ。ただ、それがいつになりそうか、もしそうなって義祖父が担っている農作業を自分たち夫婦が担うことになったら、今の生活がどう変わるのか。千草も浩一も具体的に考えてはこなかった。

子どもについてもそうだ。早めに二人は欲しいね、田舎だからのびのび育てられるね、など と浩一と気楽に話をしていたが、実際に妊娠と出産という段階になったら、少なくとも今のコンビニバイトはやめなければならなくなるだろう。

そして、今、千草を突き動かしている「せっかくだからこの地域で何か始めたい」という思いも、叶えづらくなってしまうのではないだろうか。

少なくとも、今提案された直売所は、自分の妊娠・出産にかかりきりになる中で話を進められそうな気がしない。直売所をオープンするまで子を持つことを控えたとしても、店を運営しながら妊娠・出産をこなし、かつ農作業をできるかどうか、自信がない。

千草の心の中で天秤《てんびん》がぐらぐら揺れる。自分の人生で何が一番大事なのか、これからどうすればいいのか、何をどう組み合わせて天秤にかければいいのかさえ分からなかった。

日常の習慣とは恐ろしいもので、頭の中が混乱していても手はするすると動いて夕食の準備を整えた。

「うん、うまいねこのオクラのあえたやつ。ごま油の匂いがいい」

浩一はさっきの気まずい空気など忘れ去ったかのように、豪快にごはんをかき込んでいる。

「ああ、うん。ゆでたオクラに塩とごま油ちょっと入れて混ぜるだけ」

千草も浩一に合わせてなるべく明るい声で返事をする。

「このオクラ、育ち過ぎだ。繊維が硬くて食いづらい。もっと小さく切れ」

その空気に水を差すように、等が余計な文句を入れる。千草は「はーい」と返事だけはしつつ、またこれだ、と口をへの字に結んだ。

確かに今日のオクラは繊維が硬かったから、半分じゃなくて四分の一に小さく切ってあえた方が食べやすいかもしれない。指摘はいちいちごもっともだが、その前においしいとか作ってくれたことに感謝とか、そういうのはないのかと思ってしまう。

せめて、人が作ったもののあらを探すように文句を言うのはやめてほしい。千草はこれまで何度か実際に口に出して抗議してきたのだ。しかし、等の耳にも心にも何一つ届きはしなかった。

結局、なら自分で作れクソジジイ、という一言を無理矢理のみ込んで我慢するだけだ。のみ込んできた言葉の代わりに、はーっと千草は大きな息を吐いた。

「………」

その千草の様子を、浩一がオクラをシャキシャキ噛《か》みながら見ていた。

「ねえ、やめようか」

食事と片づけを終え、千草が布団を敷いていると、ぽつりと浩一が言った。

「やめるって、何を」

ぼふん、と枕を置いて千草は聞き返した。浩一が畳にごろりと横になり、スマホを眺めながら言うものだから、今の契約をやめて格安スマホにのりかえよう、という話かと思った。

「全部。ここに住むこととか、じいちゃんの農家を継ぐってこととか」

「はあっ？」

千草は思わず手を伸ばし、スマホを持つ浩一の手を払いのけながら叫んだ。

じいちゃんの農業を継ぎたい、と言い始めたのは浩一自身だ。まだ移住して三年もたたないというのに、その本人がいきなりのギブアップ宣言。一体何を考えているのか。

「え、何。どういうこと。確かにおじいちゃんに内緒でコンサル頼んだのは悪かったし、反省してるけど、でも」

「うーん、それもあるけどさあ」

浩一は畳をごろごろ転がりながら、少しだるそうに言った。

「なんか、思った通りにいかないっていうかさ。今でも俺はちゃんと農家継ぎたいって思ってるけど、現実的にお金のこと考えたら今の配送業やりながらじゃないと食ってけないし。それは結構きついなって」

「う、うん……」

淡々と語られる内容に、千草は思わずうなずいてしまった。浩一の言う通り、現金収入を考えると浩一はかなり無理をして配送業と農作業を両立している。千草自身も、コンビニバイトの給料がないと自分の服や化粧品も買えない状態だ。

「じいちゃんが今日言った通り、もしじいちゃんが亡くなって、農作業全部やらなきゃいけなくなったら、正直きついよ。子どもだって欲しいと思ってるけど、俺らが育ってきた時よりも学費とか高くなるのは確実だし」

浩一はスマホの画面を指しながら言った。確かに、その通りではある。

「それに、言い出しっぺで千草を付き合わせた俺が言うのも卑怯《ひきょう》だけど、千草が気の合わないじいちゃんのことでつらい思いしたり、我慢してるの、俺はやだよ」

横になった姿勢で、いつもの通りあまり重さを感じさせない口調で浩一は言ったが、そのまなざしは真剣だった。

「それは……うん、でも……」

千草は膝の上でエプロンを握りしめながらうなずいた。突然のギブアップ提案には驚いたし、瞬間的に声を荒らげたりもしたが、妻である自分のことを考えてくれた上での提案だと知ると、どうにも反論が成り立たない。

「俺たちまだ若いしさ。いったんリセットして、他のいろいろな可能性を考えてもいいんじゃないかな」

な？　と浩一は手を伸ばし、千草のこわ張った拳をほぐした。

確かにその通りではある。夫婦二人ともまだまだ若くて健康で、他の輝かしい可能性に賭けることだってできる。

しかし。

「……分っかんない！」

あらん限りの声で叫んで、千草は浩一の手を振り払った。勢いよく立ち上がり、そのまま玄関へと走る。つっかけに足を突っ込むのももどかしく、玄関を飛び出した。後ろから「千草、千草!?」と驚いた浩一の声がする。

それでも振り返ることなく、千草は宵闇《よいやみ》の中を駆けていった。


「はあ、はあ、はあ……」

千草は街灯もない月明りの農道を走っていた。車には見向きもせず、スマホも財布も鍵も持たずに家を飛び出してきてしまったせいで、どこかコンビニにでも入って頭を冷やす、という選択肢もない。

結局、どこにも行けないのだ。

そう思うと、もう足は動いてくれず、千草はその場にうずくまった。

こんな夜道では人も車も通らない。えいっと道路の真ん中に寝ころび、大の字になった。日中、太陽に照らされていたアスファルトがほんのり温かい。空には満月に近い月と、薄い雲がたなびいていた。

両側を田んぼに挟まれた狭い道で、夜に女がひとり、寝ころんでいる。「何やってんだろ、一体」という千草の嘆《なげ》きは、カエルと虫のけたたましい鳴き声でかき消された。

「何やってんだろ、ほんと」

頭の中はまだ混乱でぐらぐらと回っていた。浩一の提案で等の農業を継ぎにきたというのに、当の浩一がその決意を覆《くつがえ》そうと言っている。千草にとっては、ハシゴを外されかけている状態だ。

現状がつらいならリセットを。浩一の意見は分かる。

――でも、つらそうに見えたとしても、あたしはハシゴに乗ってバランスの取り方を学んでいる最中だった。

だから途中撤退を持ち出されて、自分でも驚くほどにショックを受けたのだ。冷静になり、自分の気持ちが分かってくると、千草は途端にむなしくなった。

とはいえ、ずっと道端に寝ころんではいられない。そろそろ帰ろうか、と思っていると、奇妙な音に気付いた。

ずる、ぺたん。ずる、ぺたん。

大きなカエルか何かかな、と思っていると、足下でしわがれた声がした。

「腹へったのかい？」

「ひっ」

千草は思わず大声をあげた。変質者、と叫ばずに済んだのは、その声が女性、しかもお年寄りの声だったからだ。

「え、さ、佐藤さんのおばあちゃん！」

「そうか、腹へったかい」

街灯に照らされて立っていたのは、二軒先の佐藤のおばあちゃんだった。夜だというのに完全に農作業用の装いをしている。

格好のことならば道路で寝ころんでいる自分のほうがよほど不審だ。さらに、義祖父経由で野菜を頂いていることを思い出し、千草は慌てて立ち上がって頭を下げた。

「あ、見苦しいところ失礼しましたっ、大丈夫です。いつもお野菜ありがとうございます」

「ほら、これ、おれのおやつ余ったんだ。食え」

微妙に会話がかみ合わないまま、おばあちゃんは肩にかけたずだ袋からラップに包まれた塊《かたまり》を出した。

「えっ、あ、どうも、ありがとうございます……？」

手をとってまで渡されると、拒むというわけにもいかない。千草は受け取ると、正体の分からないその塊をひとまずパジャマのポケットに入れようとした。

「今、食え。さ」

おばあちゃんはこちらの動揺にも気づかずニコニコと笑っている。さ、と促され、千草はおそるおそるラップの包みを開く。指先にはグニッとした感触があった。のりを巻いていない小ぶりのおにぎりのようにも見える。

「あのすみません、これって何……」

「うめえから。大丈夫だ」

せめて正体を知ってから口にするかどうか決めたい。

千草は白い塊のようなそれを半分に割った。すると、中には黒っぽいものが詰まっている。匂いを嗅《か》いで、正体が分かった。あんこだ。傷んでいる臭いもない。

「い、いただきます」

おまんじゅうみたいなものか。そう思い、千草は端っこを少しだけかじった。

「ん？　おいしい！」

思わず大きな声が出た。あんこは少し細かめにつぶした粒あん、さらに少しゴマの香りがする。外の皮は街灯の光ではよく見えないが、あぶってあるのか香ばしい。しかも、皮がパイ生地のようになっている。

「うん、これ、おいしいです。おばあちゃん作ったんですか？」

「おやきだ」

「おやき？」

おばあちゃんはそれ以上答えずに道路の端に座ると、水筒を取り出して麦茶をすすめてくれた。千草は隣に座って、水分補給しつつおやきを食べる。

おやきというと、小麦粉生地の中にお惣菜の残りやあんこを入れて焼いた信州の名物だ。千草も以前お取り寄せでおやきを食べたことがあったが、もう少しシンプルな味わいで、皮はこんなパイ状ではなかった気がする。こっちの方が自分は好きだ。

変なの。夜に佐藤のおばあちゃんと道路脇でおやつタイムなんて。千草は今の状況におかしくなり、ついむせた。げほげほ、と咳が止まらないでいると、おばあちゃんが背中をさすってくれる。

咳が止まってもおばあちゃんの手は止まらない。そのゆっくりした動作と、おやきの甘さに、なぜか涙が出そうになる。

望んでここに越して、農業を志していた。でも思う通りにならないことばかりで、いつも空回りしていた。

こんな風に座って、誰かが作ってくれたおいしいものを食べたり、背中をさすってもらうことなんてなかった。

千草はこぼれる涙を拭わないまま、おやきを食べ終えた。ごちそうさまを言うと、おばあちゃんはうなずいて立ち上がり、片足を少し引きずりながら家の方へと歩きだした。千草も慌てて後を追いかける。

「おやき、すっごくおいしかったです！　あれは、おばあちゃんが？」

「腹、いっぱいになったか？　若い子は食わねえと」

「実はおなかあんまり減ってなかったんですけど、夢中で食べて、なんか元気でました！　ありがとうございます」

「この年になると、昔痛めた膝が痛くて。じいさん生きてた頃みたいに野菜作るのは難しいねえ」

どうにも会話がかみ合わないが、まあいっか、と千草は話を続けた。

「でもすごいですよ、いくつになっても野菜作り続けるって、プロの精神です」

「おやきねえ、おれの母ちゃんが作ってくれたの。秋田の山奥でねえ」

話題が飛び飛びになる中、おばあちゃんは秋田からお嫁に来たこと、おやきは故郷の定番おやつだが、あんこに黒すりゴマを入れるのと生地を折りパイのように層状にして作るのは母が独自に工夫した、ということが分かってきた。

家に着く頃には千草の気持ちは大分ほぐれ、まだおばあちゃんの話を聞いていたい、と思うほどだった。

「じゃ、あたしの家こっちなんで。よかったら今度、おやきの作り方教えてくれますか？」

「腹出して寝たらね、ヘソ取られるの。だから子どもも孫も、夏でも腹巻きさせたわ」

「じゃ、おやすみなさい！」

「おやすみぃ」

最後のあいさつだけは会話がかみ合い、千草はおばあちゃんに背を向けた。

「おやき作って余った端っこの生地はね。無理やりおやきに入れたら駄目なの。余計なものってのはなんでもそう。もったいないと思ってもえいって千切んなきゃ駄目な時あるの」

え、と千草が振り返ると、もう去り始めたおばあちゃんの背中は小さくなりはじめていた。確かに、パイでもクッキーでも、何度か型抜きして余った生地はどうしてもコシがなくなり、質が下がってしまう。

でも、余計なものはなんでもそう、という言葉は何だったのか。おばあちゃんの真意が分からないまま、千草は家に入った。

電気は全て消され、静まり返っている。義祖父も夫も寝ているようだ。千草はすっかり自分の居場所になった台所へ向かうと、壁際に置いてあった椅子《いす》に座った。少し疲れた時や、煮物の時間をつぶす時に座る背もたれのない腰掛けだ。

ふと、スマホをシンクの片隅に置いたままだったことに気づき、手を伸ばした。浩一からの着信履歴が二件。

そして、『悪いけど配送のシフト早いから先に寝るね。気を付けて帰ってきて。申し訳ないけど明日の弁当よろしく』というメッセージが入っていた。

千草はぐったりと台所の壁に背中をつけ、天井を見上げた。おばあちゃんのおやきを食べていなかったら、そのまま力が抜けて床に倒れ伏していたかもしれない。

浩一には、確かに話し合いの最中に突然飛び出して悪かったとは思う。車で出て行ったのでないのなら、すぐ戻ってくると思ったのだろう。早朝からの仕事も大変だろうな、とも察する。

でも、先に寝るね弁当よろしく、はないだろうよ旦那さんよ。

「余計なものってのは、なんでもそう」

千草はおばあちゃんの言葉を呟きながら、せめて今の声に気づいて飛び起きてきてくれたらすぐ許せるのにな、と思った。

翌朝、千草がいつも通り五時に起きると、等が愛用する長靴は玄関になかった。野菜畑の草取りに出ているのだ。これも毎日の光景だ。

思い出されるのは、浩一と結婚して、農家を継ぐのだ、と息まいてこの家に来た頃のことだ。頑張って早起きした自分よりも先に等が畑に出ていると知り、千草はなんとしても一緒に畑に出て作業を学ばなくては、と焦った。

浩一と共にまだ暗いうちから無理して起き、朝四時ごろに等がのっそり自室から出てくると、二人して「おはようございます！　仕事手伝います！」と飛び出したのだ。

その時の等の苦々しい顔が忘れられない。無言のまま孫夫婦の作業着ルックを上から下まで眺めた後、はあ、と小さくため息を吐いたのだ。

「別に来なくていい。もうちょい休んどけ。浩一、お前早番とか言ってたろ。千草は七時に飯食えるようにだけしといてくれ」

それだけ言うと、さっさと着替えて一人で畑に行ってしまったのだ。残された浩一は「じゃあ、俺は出勤までもうひと眠り」と言ってさっさと引っ込んでしまい、千草は呆然としたことを覚えている。

その時の屈辱《くつじょく》は、弁当と朝ごはん準備のために毎朝台所に入るたびに蘇《よみがえ》ってしまう。

義祖母が亡くなってから等は最低限の自炊しかしていなかったと聞いている。千草はもともと料理が好きだし、浩一は家事全般まったくやらないため、この三人の中で自分が料理をはじめとした家事を取り仕切るのは自然な流れだと思う。

でも、せっかく作業を覚えようと息まいていたのに、「女だから飯の支度」と押し付けられたことに、千草は自分でも驚くほど傷ついていたのだ。

のろのろみそ汁の準備をしていると、昨日のうちにタイマーをセットしておいたお米が炊き上がった。一部は浩一の弁当箱に詰めておかなくてはならない。

だが、今朝の千草は心のどこかがささくれ立っていた。口論になって、家を飛び出した嫁を追いかけもせず先に寝てた旦那に、弁当？　それ、アリかナシかならナシなんじゃないの？

千草は炊飯器の米をほぐすと、棚や冷蔵庫からのり、つくだ煮、肉みそ、ツナ缶、梅干しなどを取り出した。

本来ならみそ汁用にだしを引き、焼き魚や卵焼きで朝食と弁当のおかずを作るべきところを、今日は一切放棄すると心に誓う。

その代わりに、炊いたお米を全て使い、一心不乱におにぎりを握った。お昼の米が足りなければまた炊いたっていいのだ。

具が違う各種おにぎりを作り上げ、さすがにこれだけではまずいかと、たくあんと浅漬けを冷蔵庫から出す。浩一の朝ごはん分二個と弁当用二個を除き、残り全てのおにぎりをラップで包んでショッピングバッグに入れた。ついでに小さな保存容器に漬物を入れ、水筒を麦茶で満たした。

千草は農作業着に着替えると、おにぎり入りのバッグをひっつかんで家を出た。昨日は憤りと混乱で飛び出した道を、のしのし歩いて飛び地の畑を目指す。頭の中は、純粋な怒りが渦《うず》巻いていた。

土手の傍らにある細長いニンジン畑で、等は柄《え》の短い鎌を使って草を刈っているようだった。その小さな姿を見て、千草はすうっと大きく息を吸い込む。

「おじいちゃああああんん！」

あらん限りの声を出すと、等はびくっと体を震わせてからこちらを見た。農作業ルックの孫の嫁を見て幽霊でも見たような顔しないでほしい、と思いながら千草はさらに息を吸い込む。

「手伝いに来たあああああ！」

は？　と意味を理解できていない様子の等は、手にしていた鎌をだらりと下ろした。千草はそれに構わず、ずんずん歩いて畑の端まできた。おにぎり入りのバッグを置いて、等に両手を突き出す。

「それ、貸して。あたしに効率的な使い方教えて」

「な、何言ってんだ馬鹿。畑は俺がやるっつってんだから、お前は飯の支度を」

「支度ならしーまーしーたー！　おにぎりいっぱい作ってきたから。ここで食べればいいでしよ」

ビッ！　と親指でおにぎりを指した千草の気迫に、等は気《け》おされていた。実際、いわゆるキレた状態の千草の目は完全に据わっていた。

「朝ごはんで家に戻る時間の分だけ、あたしに草刈りと鎌の使い方のコツ、教えてちょうだい」

「いや、だってお前、朝っぱらから何でそんな好き好んで」

「おじいちゃんの好きな肉みそ入りのおにぎりも作ってきました」

「……途中で疲れただの腰痛えだの言ったらすぐ家に帰らせっからな」

等はそう言うと鎌の柄を千草に向けた。千草は内心、勝った、とガッツポーズをする。出された料理にうまいマズイとはまず言わない等だが、気に入ったものはやたらとそればかり食べる傾向にあるので、好物は把握《はあく》しやすいのだ。

「まず持ち方だ。最初はお前のいつものやり方で持ってみろ」

促されて、千草は普段通りに柄の真ん中あたりを持つ。するとすぐに、等に腕をつかまれて柄の端近くを持たされた。

「刃に近いところ持ったら、腕振った時に刈れる範囲が小さくなるだろ。こうだ」

「あ、なるほど。この方が確かにいっぱい刈れるかも」

等の口調は面倒くさそうだが、内容は言われてみればその通りだ。

「で、しゃがんで刈るだろ。ゆっくり腕動かしても草倒れるだけで茎《くき》が切れねえから、シャクシャクと肩から腕動かすんだよ」

「シャクシャク、シャクシャク……あっ、刈れた？」

千草は等の草刈りの様子を思い出しつつ、言われた通りのリズムで鎌を振ってみた。心地よい手ごたえと共に、ザッと半円状に草が倒れる。

「そう、そうだ。お前いっつも肘から先だけゆっくり動かすから、なかなかうまく刈れなかったんだよ」

「うっ」

いちいち至極ごもっとも。どこか自慢げな等に、千草はぐうの音《ね》も出ずにうなだれた。だが、すぐにカッと頭を上げる。

「……でもさあ。それならそれで、前に一緒に作業した時にそう言ってくれれば良くない？」

「違うな。農家ってのはまず人の作業ちゃんと見て、自分で工夫して、それでも分かんなかった時にようやく人に聞くもんだ」

早朝の畑の脇で口論が始まり、千草も等も人影が近づいていることに気づいていなかった。

「なにそれ時間の無駄！　それに、コツも教えないまま人の頑張り無視して遅いだのとろいだの向いてないのって、ただ人のこと見下したいだけじゃない！」

「バカ野郎、苦労も悔しい思いもするからこそ、代々の仕事がちゃんと身に付くもんだ。浩一の奴も、ゆうちうぶ、とかナントカ見て農業分かった気になってるが俺にいわせりゃ」

「そういうところだと思いますよ」

ぬっ、と雲もないのに大きな影が二人にかかり、千草も等も「ひいいっ！」と悲鳴をあげてその場に転がった。

「あ、あん、あんたは……」

「も、森田さん！」

二人の前にあらわれたのは、森田繁子だった。

ただし、昨日のような派手な格好ではなく、長靴に上下ヤッケ、腕カバー、大きなつば付きの帽子と、完全な作業着・畑作バージョンの装いだった。帽子の奥のメークが濃くなければ、大柄な畑作のおばちゃんにしか見えない。

「おはようございます。早い時間からお邪魔し、申し訳ありません」

繁子はぴしりと腰を折ってあいさつした。つられて千草も、昨日繁子にきつく当たった等までもが「お、おはようございます」と頭を下げる。

「森田さん、昨日はありがとうございました。な、なんでこんな時間にここに？」

「ご自宅に伺ったところ、浩一さんが千草がいないなら、祖父のところに何か届けに行ったとかだろう。家周辺の畑に姿がないなら飛び地の畑のはずだ、と教えてくださいまして。寝起きのご様子だったのに申し訳ないことをしました。後ですみませんとお伝えください」

「は、はあ。それはどうも……」

いや、どうしてここに、という答えは分かったが、約束でもないのにどうして早朝に来たのかが分からない。千草が問おうとすると、等がズイッと前に出た。

「その格好で来たってんなら、農家が朝から仕事してるって知ってるだろ。なんでこんな時間に来た」

等の厳しい口調に、繁子はすっと頭を下げた。

「おっしゃる通りです。お約束もなく、お仕事時間中に突然お邪魔して申し訳ありません。昨日、当方に大変ご不満なご様子でしたので、失礼ながらできるだけ早いおわびをと思いまして。行き違いから佐久間さんご一家に大変ご迷惑をおかけしてしまいました」

しずしずと、心のこもった詫びの言葉に等は「ふん」とふんぞり返っている。一応の怒りは収まったようだが、千草の方は気が気ではない。森田さんが悪いわけじゃ、と声をかけようとした時、帽子のつばの奥で、アイラインに縁どられた繁子の目がキラリと光った。

あ、これ、何か考えてる。千草はそう判断し、余計な口を挟むのを踏みとどまった。

「そこで、ささやかですが私も農作業のお手伝いができたらと思いまして」

「は？」

これこの通り、と農作業着姿の豊満な腹をたたく繁子に、等は間抜けな声を出した。ボヨヨン、と繁子の腹が揺れる間、気まずい沈黙が続く。

「いや別に俺ぁ、あんたの手伝いなんていらねえよ。勝手の分からん人間に大事な畑に踏み込まれても困る。帰ってくれ」

「不肖私《ふしょうわたくし》、これでも農家さんのお手伝いは慣れておりまして。ちょっとそのお持ちの鎌、貸していただいてよろしいでしょうか？」

「あ？　ああ……」

どうせ大したもんじゃないだろう、とあからさまに侮った顔をして、等は鎌の柄を繁子に向けた。ありがとうございます、と受け取った繁子はその場にしゃがむと、ひとつ大きく息を吸った。

「ふんっ」

シャキシャキシャキシャキシャキ！

繁子は腕を大きく動かすと同時に、その巨体からは想像し難い速さで体をずらし、雑草を連続して刈っていく。

「は、早え！」

「あっというまに雑草が、すごい……！」

等と千草の驚きの声を受けて、繁子は腕を動かしながら少し顔を上げ、ニヤリと笑った。

いや、何で早朝の畑で他人の草刈り賞賛してんだろうあたし、と千草は一瞬冷静になりかけたが、繁子の手つきが見事であることは間違いない。等なら「いてて、腰にくらぁ」と中断しそうな範囲をものともせず、あっという間に畑の縁約二十メートルを刈り終えてしまった。

腰を上げ、どうでしょう、と言わんばかりにこちらを見た繁子に、千草は思わず拍手を送る。

「すごい、森田さん手慣れてますね。腰とか痛くならないですか？」

「慣れないうちは私も痛くなってましたよ。ですので、重心を後ろに置くよう意識して腰を曲げすぎずにやれば、だんだん周りの筋肉が鍛えられてきます」

「なるほど、体の使い方にコツがあるんですね」

「ええ。つらい農作業も使う筋肉を意識すれば良いトレーニングになります。もっとも、これはうちのアシスタントの受け売りですけれどね」

こうですか、いえもう少し腰を落として、と千草と繁子が草刈りポジションの話題に花を咲かせかけていると、等がずんずんと近づいてきた。

「お、おうおう。うちの人間に手前勝手なやり方教えねえでくれや」

顔を真っ赤にし、肩をいからせた等に千草はヤバ、と一歩引いた。確かに自分の畑で身内が外部の人間からレクチャーを受けていたら良い気はしないだろう。

「そうですね、おっしゃる通りです」

怒り心頭の等に繁子は涼しい顔でずい、と近づいた。そのまま鎌の柄を向ける。

「でしたら、よそ者の私ごときではなく、等さんが直々に千草さんに手順やコツをお教えしてあげれば良いと思います」

はい、と柄を握らされて、等は赤い顔をますます赤くした。

「ばかお前、仮にも農業やろうって奴なら、人から教えてもらわねえでも自分で見て、覚えて、そっから学んでいかねえと……」

「先ほども申し上げましたが、そういうところだと思いますよ」

ずい、と繁子は等との距離を一歩縮めた。千草は思わず息をのむ。義祖父は決して人に手をあげるような人ではないが、鎌を手にしながら怒っている人間に近寄るものではない。

「等さんのおっしゃることは、ごもっともだと思います。学ぶつもりで目で盗む、そういったことも大事でしょう。しかし、事実として、見るだけでなく、適した助言をもらうことで技術の習得はより容易になるものと思われます」

「な、なにを……」

繁子の口調は選挙立候補者のテレビ演説、いや、ＡＩによるニュースの読み上げとも思われるほど冷たく淡々としていた。だからこそ、等も反論を差し挟むことができない。かといって、納得もできなそうだった。

「特に学ぶ側の個性というものも考慮する必要があります。等さんはムチムチムチ、ぐらいがちょうどいいと考えておられるようですが、今の若者、特に千草さんぐらいの世代はアメムチアメ、ぐらいがちょうどいいと思います」

「アメ、ムチ、アメ、だと……？」

「最初と最後を甘い言葉にしてムチを包んでやるのがポイントです」

いや待って森田さん何の話してるの。千草は内心つっこみを入れた。繁子が静かな口調でなんだか妙なことを言い出すものだから、等は空いた左手の指を折ってムチ、アメ、とぶつぶつ言い始めている。

「じゃあ、アメムチムチアメ、いや、アメムチムチムチアメでも、良いのか……？」

「おじいちゃん、ちょっと、しっかりして！」

千草の一喝《いっかつ》で、等はようやくわれに返って繁子に詰め寄った。

「み、妙なこと吹き込みやがって。危うく口車に乗るところだった。あのな、仮に教えてやるにしたってな。農家ってのは忙しいんだよ。一から十までハイハイコレコレっつって懇切《こんせつ》丁寧に説明してたら、日が暮れるし畑は干からびちまうんだよっ」

等の口調はきついものだが、千草は口を挟めなかった。農家は忙しい、それはその通りなのだ。嫁に来る前、都会で暮らしていた頃はのんびりゆったりスローライフ、みたいなものを想像していたが、実際に現場に身を置いて、そんなものは幻想だったことが骨身に染みて分かった。現に等はこうして早朝から畑に出て作業をしている。

「おっしゃることはよく分かります」

繁子は一度深くうなずくと、アイラインとマスカラに縁どられた両目をカッと見開いた。

「ですから私がこうして伺った時間を有効活用していただきたいのです」

「ゆ、有効活用だと……？」

「ええ。さすがに何日もというわけにはいきませんが、私がお手伝いして浮いた時間だけでも、千草さんに作業をレクチャーしてください。なるべく丁寧に。あ、私の作業賃はお構いなく。これは依頼とは関係のないボランティアとして伺っていますので」

繁子は等の目の前に手のひらを出して言い切った。賃金なしで作業をする。そう言われてしまうと断りづらくなる。うまいな、と千草はこっそり感心した。無償の善意を持ち出して等にうまく条件をのませようとしている。

「お、おう。駄賃なしで手伝ってくれるってんなら、まあ……」

等はしぶしぶ、といった体ではあっても繁子の申し出をのむことにしたようだった。

「では、私は刈った草をまとめてますので、千草さんは雑草が残っているあちらの方で、等さんからコツを教えてもらってください」

繁子は等からは見えない角度で、ニコリ、というよりニヤリ、と唇の両端を持ち上げ千草に笑いかけた。

「は、はい。じゃ、おじいちゃん、お願いします」

「お、おう……」

若干ぎこちなく、等は鎌を手に雑草の生えている方へと向かった。千草も慌てて追いかける。

「い、いいか。まずはしばらく、俺がやるとこ見とけ」

等はそう言うと、若干上ずった声とは裏腹に、手慣れた鎌さばきで草を刈っていく。さすがだな、と思いながら千草はもっとよく見ようと一歩前に出た。

「あんま近寄んなっ。刃物扱ってんだから、あぶねえだろっ」

「ご、ごめんなさい」

鋭い等の怒鳴り声に、千草は慌てて距離をとった。

「あ、あー。足切ったり手に当たったら危険だから。ケガすっから。自分で使う時も気を付ける、ように」

等はばつが悪そうに言い直した。千草は「はい」と返事をしつつ目を瞠る。

もしかして、さっきの森田さんのアメムチの話を踏まえて、注意のしかたを変えたのだろうか。

別に、千草にしても、さっきの等の言い方は厳しいが必要なことだと理解している。安全に関わることは、容赦《ようしゃ》してくれなくてもいい。

それでも、言い方を変えてくれた等の変わりようがありがたく、千草はへへへ、とこっそり笑った。

「ねえおじいちゃん、朝露《あさつゆ》で草がぬれてて、刈りづらくなる時あるじゃない。そういう時って乾くまで待つしかないの？」

「ああ、待ってもいいけど、予定とかでどうしても刈らなきゃならない時は、力入れていっつもより早く鎌動かして、根性《こんじょう》でやるしかねえな」

「根性で」

「お前そういうの得意だろ」

「人を根性バカみたいにー」

間に軽口も挟みつつ、気がつけば等の鎌さばきでかなりの草が倒れていた。「そろそろ交代してあたしも」と千草が口を開いた途端、グオーンと耳慣れない重低音が響いた。

「い、今の音、何？」

「何だ、災害警報か？」

立ち上がって慌てて周囲を見渡した等と千草の視線の先で、繁子が立ちすくんでいた。

「いえ、私のお腹が鳴った音です」

両手で押さえられた腹の下から、もう一度グオーンと音がした。

そういえば、と千草が腕時計を見ると、もう七時近くになっていた。

「あ、あの。あたし朝ごはん用におにぎり作ってきたので、森田さんももしよければ」

「ごちそうになります」

繁子の素早い返事をきっかけに、いったん朝食休憩となった。

畑の端で里芋の葉を尻の下に敷き、三人は黙々とおにぎりを食べた。千草は米の塩気と甘みをかみしめて、作業の疲れが落ち着いてくるのを感じた。いつものお米やつくだ煮類を使っているだけだし、みそ汁もなく水筒のお茶だけなのに、妙においしく感じられる。

「このおにぎり、とてもおいしいです。中の肉みそは千草さんが？」

「ええ、実家の味なんですよ。にんにくとしょうがを最初にゴマ油で炒めておくのがコツで」

「そうなんですか。等さんも気に入られているんですね」

「ん」

等は肉みそおにぎりを大口で頬張っているせいで、うん、だか、ふん、だか分からない返事をした。とりあえず、等も繁子も、千草の一・五倍ほどのスピードでおにぎりをパクついているので、二人の口に合っているのは間違いない。

「それにしても、森田さん、鎌の使い方上手でしたよね。どこで覚えたんですか？」

「そうですね、確か最初はケープタウン郊外で車がエンストしてキャンプを張らざるを得なかった時に……いえ、この話は長くなるのでまたの機会に」

ケープタウン。どこだそれ。千草はおにぎり片手にポケットからスマホを取り出し、こっそり検索した。

「南アフリカ共和国……」

「アフリカ……？」

いつのまにか画面をのぞき込んでいたらしい等までもが、呆然と呟いた。繁子は無表情のまま、二つ目のおにぎりに手を伸ばしていた。

「こちらは梅干しおかかですね。もしかして、青じそも入ってます？」

「ええ、梅干しの果肉を包丁でたたく時、一緒に刻み入れるとおいしいんですよ。いっぱい入れすぎると味にも舌ざわりにも邪魔になっちゃいますから、ほんの少しだけ」

「肉みそといい、おいしいもの作るのに手間を惜《お》しみませんね、千草さんは。以前出してくださったお菓子も手がかかっていて素晴らしかったですし」

「ん」

なぜか等がうん、とも、ううん、ともつかない声を出して首を縦に振りながらおにぎりを頬張っている。千草にはどこか自慢げな様子にも見えて、なんだよ自分の手柄みたいに、とこっそり睨んだ。

「性分なんですかね。たぶん親譲りなんですが、もとのレシピがあっても何か手を入れたくなっちゃうんですよ。あ、でも手がかかりすぎることはやりませんよ」

「手がかかりすぎることというと？」

んー、と千草は顎に手をやって考えた。

「たとえば、梅おかかおにぎりも、ご飯に青じそ刻んだの混ぜたら一口目から風味が良くなると思うんですよ」

「でもそれだと、混ぜるのに釜からご飯の一部をボウルに移して混ぜて、って手間も洗い物も増えちゃうでしょ。なら梅干したたく時に一緒に刻みいれちゃった方がコスパとタイパ的に楽じゃないですか」

「なるほど。説得力があります」

「こすぱ？　たいぱ？」

突然出て来た横文字に等が眉根を寄せる。繁子が手にしていたお茶を飲み下して説明した。

「コスパとはコストパフォーマンス、つまり投下労働量あたりの成果、タイパはタイムパフォーマンス。こちらは投下時間あたりの成果。つまりはどちらも効率という意味です」

「な、ならちゃんと最初っから効率がいい悪いで話しろってんだよ。わざわざ英語使って、しゃらくさいことこの上ねえ。時間の無駄だ」

ふん、とふてくされたように等は水筒から茶を注いだ。

「等さんは長年農家をなさっているんですものね。農業において効率化や時間というものは大事なことですか？」

「当ったり前だろ！」

しおらしく質問した繁子に、等は唾《つば》を飛ばす勢いでまくしたて始めた。

「手ぇ動かしてたって寝てたって春夏秋冬勝手に季節は変わっちまうんだ。なら農家がそれに間に合うように時間と効率大事に仕事しねえで何やるってんだよ」

何を当たり前のことを、と等は胸を張った。それを聞いて繁子は神妙にうなずいている。千草はほんの少しだけ、口紅の端が持ち上がったのを見た。

「ではお聞きしたいのですが、なぜ全ての草刈りを鎌で一つ一つなさるんですか？　効率が悪いのに」

繁子からさらりと問われて、等は茶を飲み込みそこねて咳き込んだ。

「山間部で足場が悪いわけでも、草が硬すぎるなどの理由もなさそうですのに。鎌に何か特別なこだわりが？」

意地悪な声の調子ではない。しかし確実に等の頑固さを指摘する内容に、千草も膝でにじりよった。

「そう、それ！　あたしも前に言ったけど、なんで草刈機使わないのよ。ご近所の農家は普通に使ってるのに」

「あ、あー、それはそのだな」

等は気まずそうに女性二人から目をそらした。

「俺のやり方に合わねえんだよ」

ぼそり、と答えた等の声に、繁子の形よく描かれた眉が上がった。

「合わない、とは、最低一度は試されたことがあるんですね？」

等の肩がびくり、と震えた。どうやら正解だったらしい。

「どういうことなの、ちょっと」

思わず千草は前のめりになって問いただそうとした。その肩を、繁子が優しく押し返して小さく首を横に振る。あんまり厳しく追い詰めるな、ということかと理解して口をつぐんだ。

「世の中便利にはなっても、道具が自分の手に合う合わないはありますものね。ちなみにどういったところが合わなかったんですか？」

心持ち柔らかい声で聞いた繁子から、等は視線だけでなく顔ごとそむける。表情が見えないまま、ぼそぼそと声が返ってきた。

「……新品で使おうとしたらなんかボタンやらなんやらが多すぎてな。吹かしてもエンジンかかんなくなっちまって」

はあ？　と声を上げそうになって千草は自分の口を手でふさいだ。たったそれだけのことで、せっかく買った草刈機を使うのを諦めてしまったというのか。

「新品であれば説明書が付いていたかと思うのですが、そちらは……」

今度は千草が繁子の肩をたたき、指を唇に当てた。そして内心納得していた。

このガンコジジイは、説明書というものを徹底的に読まない人なのだ。ちょっとした家電を買い替えても、説明書を確認せずに感覚で動かそうとする癖《くせ》がある。

対して千草も夫の浩一も説明書は最後のお問い合わせのページまでざっと目を通してから電源を入れるタイプなので、同居した当初は戸惑ったものだ。

ここからは推測だが、草刈機を購入したものの何かのトラブルで使えず、「別に今まで通り鎌を使えばいい」とかたくなになって今に至る、といったところだろう。

思い返すとトラクターや農機も古いものを使い続け、浩一が何を言っても買い替えようとはしない。もともと変化というもの自体が好きでないことも関係しているのだろう。

「おじいちゃん」

厳しくなく、かといって機嫌を窺《うかが》う猫なで声ではなく、千草は聞いた。

「その草刈機ってさ、まだあるの？」

「ああ、納屋に放り込んでそのままだ」

やった、なら業者に修理に出せば直せるかもしれない。千草は心の中でガッツポーズした。

義祖父のガンコな性格では、自分で修理に出すのは恥ずかしかったのかもしれない。だがよほどひどく壊《こわ》れていないなら、すぐに直してもらえるはずだ。

「ならあたし、修理してくれるとこ探して持っていくよ、それなら……」

「いえ」

それまで黙っていた繁子がずい、と身を乗り出した。

「それでしたら、私が直せるかもしれません」

は？　と等がようやくこちらを見た。あからさまに疑っている顔だった。

三人はひとまずおにぎりを食べ終え、刈った草と鎌を片付けた。それから等を先頭にして自宅の隣の納屋まで戻る。等は農機や古いオイル缶が積んである奥から、ブルーシートに包まれた細長い塊を持ってきた。

地面に置いて包みを開くと、少しホコリをかぶってはいるが、まだ使い込まれていない様子の草刈機が出てきた。

「これよ。エンジンのところにツマミついてて。それ使いながらエンジンかけんだろ？　で、様子見ながら使ってたら変な音が出て止まっちまって。あとから何度ひも引っ張っても動かねえんだよ」

「拝見します」

繁子は地面に座り込み、足に駆動部分をのせて、エンジン回りの様子を確認し始めた。無表情なのも相まって、妙に手慣れているように見える。

「可能性としては、変なタイミングでチョーク使って中で燃料が漏れたかもしれませんね。等さん、ドライバーと布と金《かな》ブラシはお借りできますか？　あ、あと燃料を一時的に移す缶もあると助かります」

「お、おう」

突然てきぱきと繁子に指示を出されて、等は慌てて納屋の中に入っていった。

「……森田さん、機械とか直せるんですか」

「整備士の資格があるわけではありませんよ。ただ、このタイプの小型エンジンは多少親しみがあるもので」

「親しみ？」

「レーシングカートという、モータースポーツの登竜門のようなものがあるんですよ。昔、かじっていたことがありまして。南米を転戦していた頃は整備も自分で……あ、等さんいらっしゃいましたね」

カート。南米。転戦。千草の耳は繁子から飛び出す単語をうまくまとめられない。さっきのケープタウン云々《うんぬん》といい、一体どういう人生歩んできたんだろう、この人。

千草は思わずアマゾンで珍しい動物に遭遇したような目で繁子を見た。

「道具、これでいけるか」

「十分です、ありがとうございます」

繁子は等が持ってきた工具を手に取り、てきぱきと草刈機の駆動部分を解体していった。機械にうとい千草は何をしているのかちんぷんかんぷんだが、等には分かっているのか「ほう」「へっ」とひとり口の中でもごもご何かを言っている。

「ここですね。プラグの一部分が焼け付いているので……ああ、これなら交換じゃなくて掃除だけで大丈夫です」

ぐい、と額ににじんだ汗を拭い、繁子は金ブラシで黒く汚れた部品を磨《みが》き始めた。いつの間にか太陽はだいぶ高くまで昇っている。すぐにまた繁子の額には汗の玉が浮かび、千草はポケットからハンカチを出してそれを拭ってやった。

「ありがとうございます」

「森田さん、器用なんですね。何でも知ってる感じするし」

千草は褒めたつもりでそう言ったが、繁子は「いえ」と小さく首を横に振った。

「むしろ私は、物分かりは悪いし、不器用な方です。ただ、自分でそうだと分かっているからこそ、もっと学ばねばと少しずつ繰り返し、身に付けるよう心掛けてまいりました」

カチャカチャとエンジンを組み立てながら、繁子は静かな声でそう語った。

「すみません等さん、先端のワイヤーが少し劣化しているようなので、替えのものはありますか」

「お、おう。確かあると思う」

繁子に言われて、等は再び納屋の中に入っていった。その間にもバラバラに分解掃除されていたエンジンは組み立てられてもとの姿に近づいていく。

千草の目にはとてもスムーズに作業をしているように見えるが、繁子自身は不器用だと言っている。それがここまでのレベルになるには、どれだけいろいろなことを練習してきたのだろう。

「さっきの話ですが。むしろ私は、千草さんの方がとても器用で、環境にも順応しやすい方だと思いますけれどね」

「あたしがぁ？」

繁子に出し抜けに褒められ、思わず間の抜けた返事になった。

「そんなの、全然ですよ。頭とかいいわけじゃないし、対人スキルとか、世渡りとか、何もうまくできてないし」

そう。自分はうまくなんてやれていない。農家を継ぐことを志して移住しても、義祖父にはなかなか認めてもらえないし、状況を打破しようと農産物販売所などの新しいことをやろうとしても、いまいち踏み出せないままでいる。夫に不安や不満を受け止めてもらうことさえできていない。

「マイナスのことを挙げ連ねたらキリがありません」

千草の心の中を読んだように繁子が言った。ずっと手元しか見ていないのになぜ、と思っている間に、パチン、とプラスチックのカバー部分が留められて草刈機がもとの姿に戻る。繁子が作業の途中で各部品を布で拭っていたせいか、ホコリ一つなく新品同様だ。そこに等が繁子に言われた通りスペアのワイヤーを持ってきた。

「先に取り替えておきましょうか」

まだエンジンの試運転もしないうちに、繁子は草刈機先端の部品を外し、手際よくワイヤーを巻きなおした。エンジンがちゃんとかかる自信があるんだな、と千草はその手元を見ていた。

繁子はエンジンに燃料を入れ直し、付属のハーネスを体に取り付けた。千草は邪魔にならない斜《なな》め後ろからじっと見ていた。

「あ、ちょっと待ってください森田さん、エンジンのかけ方覚えたいから、動画撮ってもいいですか?」

「もちろん」

さっきのはお世辞だ、と千草は思った。

本当にもの覚えのいい人なら、きっと目で見ただけですぐ作業を覚えてしまう。でも自分はそうではない。だからこうして動画を繰り返し見るなりして覚えなきゃいけないのだ。

千草がスマホを構えて録画を始めると、地面に置いた草刈機のチョークを入れる。少し時間を置いてから、エンジンのひもを引っ張った。

「かかった！」

一発ＯＫ。思わず千草の表情も、繁子の口元もほころぶ。

「かかったよ、おじいちゃん！」

千草は等にそう声をかけてから、はっと気が付いた。おじいちゃんにしてみれば、ポッと姿をあらわした女性があっさりエンジンを修理してしまったなら、機嫌が悪くなるのではないか。

そんな心配をよそに、等は片手を顎に当て、ほう、と感心したように繁子を見ていた。

「あんた、なかなかやるな」

「それほどでも」

繁子はニヤリ、と唇の端を持ち上げて笑うと、チョークを切って草刈機とハーネスの金具を接続した。両側のハンドルを握り、手元のツマミを動かすとエンジン音が大きくなる。

そのまま、繁子は近くに生《は》えている雑草を刈り始めた。草刈機の先端が左右に動くたび、それまでわが物顔でしげっていた雑草が倒れていく。やっぱりこっちの方が早い、と千草は感心した。

いくらか雑草を刈ると、繁子はエンジンを切って草刈機をもとの場所に置いた。千草も録画のスイッチを切る。

「こんな感じで、エンジンの回転数を上げ過ぎないように気をつけながら刈っていけばよろしいかと思います。今は動作確認だったので防具は何もつけませんでしたが、フェイスシールドや専用の前掛けを着用するよう心掛けてください。他、詳しい使い方は操作説明書を熟読してもらえれば。千草さん、あとで確認してくださいますか？」

「はい。隅から隅まで読んで、今の動画も見直して、しっかり自分のものにしていきます」

千草は横目でちらりと等を見た。さぞやふてくされていると思いきや、足元の小石を蹴りながらこちらをチラッチラッと見ているではないか。

子どもか。

思わずあきれながら、千草はごく小さくため息を吐いた。

「……で、おじいちゃんには私から使い方を伝える、ということでいいんだよね？」

「お、おう。仕方ねえな。せっかく買ったモンが直ったたっていうんなら、使わねえと損だし」

しぶしぶ、といった体《てい》だが、ようは草刈機が使えるようになることにまんざらでもないのだ。素直に取扱説明書を読むのが面倒だったのと、すぐに動かなくなったのが癪だっただけで。

繁子はそんな二人の姿を見比べて、目を細めていた。

「草刈機だけじゃなくて、家電や新しい農機具など、今後はどんどん使い方が面倒くさいものが増えていきます。そんな時、千草さんがいれば頼れますよね」

「ちっ。まあ、仕方ねえな。大体世の中、パソコンだのエーアイだの、こっちの頭が追い付かないぐらい早く変化するなってんだよ。五年ぐらい前に営業が来たドローンとか、操作面倒臭そうなのなんのって。自慢じゃないが俺ぁ、浩一が小せえ頃、奴のラジコンぶつけて壊した前科があんだ」

等は唇をとがらせながら頭をかいた。完全に、老人の愚痴である。千草は何だかおかしくなって、笑いをかみ殺した。

「難しいもんだって思い込むからいけないんだよ。最近の家電とかはＡＩとか入ってだいぶ楽だよ。最初の設定だけちゃんとしとけば、テレビの録画とかおじいちゃんでも楽々扱えると思う」

「農作業用のドローンも、そもそも機械が苦手なご高齢の方でも操作できるようにすごいスピードで改良されてますからね。機会があれば使っている人に見せてもらうといいかもしれません。私見ですが、中小規模の農家こそ、そういった近代機械はうまく使えば作業者の現役年齢を伸ばし、省力、労働時間の短縮などにつながると思います」

「現役年齢……省力……」

繁子の説明に、等は思うところがあったのか、腕を組んでぶつぶつ復唱している。

「さらに、身近に新しい知識を吸収して活用することに貪欲《どんよく》な若い方がいる、というのはかなりぜいたくな環境と言えますね」

千草をじっと見て繁子は言った。

「え、あたし？」

確かに新しい物事を工夫するのは嫌いじゃないけども。おじいちゃんはどう思うだろう。千草が等を見ると、「なるほどそうだな」と何やら勝手に納得している等と目が合った。

「まあ、俺からしたら何でもかんでも新しいモンに飛びつくのは褒められたもんじゃねえが、少なくとも理解するための時間が俺より残されてるのだけは確かだな」

「残されてるって」

自分は年寄りだと強調する割には減らず口が余計なんですけど、と思いながら、千草ははっとした。等はさりげなく自分の腰をさすっている。地域の健康診断で大きな問題は見つからなかったと聞いているが、体の節々で思うように動かないところもあるのだろう。

「等さんの言い方はなんですが、確かに千草さんはこれから何でも吸収していけるだけの時間も心の余裕もありますものね」

「吸収、ですか」

千草は繁子の言葉にもあまりぴんとこない。繁子は腕を組み、妙に実感のこもった声で続けた。

「ええ。これは多くの人が年齢を重ねてから気付くことですが、若年の時の方が物事をうまく吸収しやすいんですよ。台所スポンジなんかを想像してください」

「あ、なるほど」

スポンジのたとえで千草は納得した。下ろしたての時は水も洗剤もよくしみこむが、使い込んでボロボロになってくると使い勝手がガクンと落ちる。

「おいこっち見んな」

「あ、ごめん」

千草は無意識に等を見ていたことに気付いて素直に謝った。

「そうですよ。老いて効率が悪くなっても一応水は吸います」

「あんたまでこっち見んな」

すいません、と繁子は形だけ謝りつつ、背筋を伸ばして千草に向き合った。

「千草さん。直売所の話は、いったん白紙に戻した方がよろしいと思います」

「え!?」

さっきまで、これから何でも吸収できると褒めてたのに。なんで急に開業撤回の話になるのか。千草は勢いよく首を横に振った。

「なんでですか。せっかく森田さんが直売所提案してくれて、場所の候補まで出してくれてたのに。どうして急にそんな」

「永遠に無理、ということではありません。ただ、今はまだ新しいことに着手する時期ではないという結論に至りました。店舗を構えれば、どうしてもそれを中心にした生活になります。それよりは、今こそ農家の技術含め、レベルアップしてから挑《いど》んだ方がうまくいくと思います」

「レベルアップ……」

千草は等を見た。頑固な義祖父は繁子の言葉一つ一つに小さくうなずいている。ただ、千草を頭ごなしに怒鳴りつけている時よりも、自身で納得した上で主張している感じがした。

「本日、等さんにお会いして感じたのですが、千草さんがもう少し等さんのもとで経験を積み、そしてまた等さんも千草さんの適応の早さを生かして新たな技術を取り込めば、きっと大きな成果が出ますし、その時に満を持して直売所なりの新規事業を立ち上げた方が、高い黒字化率が見込めるかと。私のビジネス的にも、大きなリターンが見込めるようになってからお仕事をご一緒したいです」

キラリ、と目を光らせた繁子に、千草も等もカクンと力が抜けた。そうだ、結局この人は農業コンサルタントという仕事でここにいるのだった。だからこそ感情論や人情で話をするより損得で判断してもらった方が信用もおける。遠回りしつつ、千草は納得した。

「しかし、なあ。仮に俺はよくっても、このはねっかえりがおとなしく俺の言うこと聞いて作業してくれるかどうか」

ちらり、と等が千草の方を見る。

「よく言うよ、おじいちゃんだってロクに説明もしないで人のこと何もできない扱いして」

「素晴らしい」

パチパチパチ、と繁子が場にそぐわないのんきさで拍手をしていた。ぽかん、と目を丸くした千草と等に向かって、にんまりと笑いかけてくる。

「それでいいんです。むしろ、それがいいんです。タッグを組むには双方がまず言いたいことを言い合える間柄であることが肝要です」

「た、タッグ？　あたしとおじいちゃんが？」

「気が合わねえでケンカしてんのに、俺とコイツの何がいいってんだよ」

お互いを指して不満を述べる二人に、繁子はゆっくりと首を縦に振る。

「狭い人間関係、特に家族経営の農家だと、場の空気を乱さないためだけに言いたいことを我慢しすぎることがよくあります。その点、お二人はケンカもいとわず意見を交わしている。これは実は得難いことなのですよ」

「え、そうなのかな……」

「俺ぁ別に、ありのままでいるだけで……」

なんだか褒められた気がして照れる二人の前で、パン！　と繁子が大きな音を立てて手を鳴らす。

「た、だ、し。その間柄を最大限生かすには、ケンカする仲にも礼儀あり。双方努力が必要です。まず、等さん」

びしっ、と繁子から指名されて、等は思わず「お、おう」と背中を伸ばした。

「鎌の草刈りの時も思ったことですが、失礼ながら等さん、説明がお下手でいらっしゃいますね」

「へ、下手ぁ？」

いきなり突き落とされて、等が気色ばむ。繁子は左手の手のひらをぴっと向けて制すると、説明を続けた。

「あるいは、人に説明なさるのが面倒くさいと思っていらっしゃるでしょう。見て覚えろ、などと暴論をおっしゃるのはその裏返しでは？」

「うっ」

痛いところをつかれたのか、等は口ごもった。隣で聞いていた千草は、いいことを指摘してくれたとばかりにうんうんとうなずく。

「焦らずとも、理解してほしい気持ちを持って自分なりの言葉で伝えれば、人はちゃんと耳を傾けてくれますよ。千草さんなら、なおさらです」

千草はうん、と大きく首を縦に振った。今まで等に反発を覚えていたのは、説明が下手だからではない。自分に向き合おうとしない姿勢が、無視されたようで悔しかったのだ。

「そして、千草さん」

「は、はいっ」

強い口調とともに自分の番がきて、千草も背筋を伸ばす。

「あなたはご自身がせっかくお持ちの柔軟《じゅうなん》さを、もっと巧みに使う努力をしてください。具体的には、自分と意見の違う人であっても、おだてたり持ち上げたりする腹黒さを持ってください」

「は、腹黒……？」

待ってそれ、推奨されるもの？　と千草は疑いを抱きながら繁子を見た。繁子は作業着に包まれた豊満な腹をたたいて胸を張っている。

比喩ではなく本当にパーン！　と見事な音が田園に響いた。

「等さん相手にケンカも大事ですが、目的のためには時にうまいことおだてて手のひらの上でコロコロ転がすぐらいのことはできるようになった方がいいです、絶対に」

「お、おじいちゃんを手のひらの上でコロコロ……」

「おいそれ俺の前で言っていいことなのか？」

等の不満に構わず、繁子は千草に近づきその両手をとった。

「改めて厳しいことを申し上げます。農業を志しての田舎への移住というのは、マスコミやSNSで報じられるようなゆるふわスローライフではなくむしろ人間関係を含めたサバイバルライフと心得てください」

「さ、サバイバル……」

「しかし、私の見る限り千草さんはそれに耐えうるポテンシャルをお持ちと推察しました。このミッションをクリアした暁《あかつき》には、ご自身の人間性はこの上なくブラッシュアップされているものと、この森田繁子が請け合います」

「森田さん、そこまで……」

熱意のこもった繁子から目を離せず、千草は心打たれていた。移住に際して耳に心地いい話や、大変なことがあっても頑張れ、と形ばかりの応援などたくさん聞いた。特に夫の浩一からは耳にタコができるほどよく聞いた。

しかし、千草自身の能力と可能性を信じ、大変な道だがその先に光があると示唆してくれた人は森田繁子ただ一人だった。

「森田さん、あたし、やります。そのためには多少は腹黒くなって、おじいちゃんをコロコロでも何でもします」

「その意気です。等さんを上手におだてて手のひらの上でコロコロしてください」

「いやお前ら、俺のことを一体なんだと」

さすがに不満を差し挟んだ等の方に、繁子はつかつかと近づく。さすがに手を取ることはなかったが、両手でがっしと肩を摑んだ。縦にも横にも大きい繁子にそうされると、さすがの等も身を縮める。

「等さんも。千草さんが有能な人物だとは十分お分かりでしょう。どこにいても、自ら困難な道に踏み込み踏破する度量をお持ちの方です。ですから、心配して変に遠ざけるようなまねはなさらず、安心してご自身の技術を伝授してください」

「あ、う、……おう」

等は気まずそうに目をそらした。え、と千草は繁子の言葉に驚く。心配して遠ざける？　おじいちゃんが？

つまりは、等なりに千草のことを案じてわざと厳しいことを言っていた側面もあるということか。それは不器用ながらの気遣いと言い換えてもいいのかもしれない。でも、それにしても。

「わ、わかりづらぁー……」

千草は思わず呻《うめ》いた。等がツンツンしていたのはデレが芯にあったからだとは。老人のツンデレ、面倒くさくてわかりづらい。

「俺ぁ別に心配なんざしてねえっての。ただ、若い娘が好き好んでこんな田舎の零細農家継がなくたって」

へっ、と千草から顔をそらした等は腕を組んだ。あくまで偏屈《へんくつ》を貫き通すつもりらしい。その背後から、小さな影がにゅっと出てきた。

「あんたのとこが零細農家ならここらの農家はみんな零細農家ってことになるねえ」

「う、うわっ！」

「え、佐藤のおばあちゃん!?」

いつの間にか等の背後にいた人物に、千草は驚きの声を上げた。すっかり農作業の格好をした佐藤さんちのおばあちゃんだ。元農家が畑の近くを歩いていようが不思議ではないが、不意打ちのような登場によほど驚いたのか、等は胸を押さえて肩で息をしている。

「佐藤のばあさん、あんたいつの間に」

「ちっさい農家なんて放っといてもうちみたいに消えてなくなっちまうとこ、なくさないで続けたいなんてありがたい話だよお」

相変わらず会話がずれるおばあちゃんは、驚いた等を無視して千草に向かって両手を合わせた。ありがたい、ありがたい、と小さな声で繰り返しているが、千草としては仏様扱いはやめてほしい。

「いえあの、おばあちゃん。別にあたしそんな偉いわけじゃ」

「ほんとこの意地っこき、息子にもわざと厳しいこと言って農家から遠ざけてて心配だったけど。この娘さん肝が据わってるわあ」

「ばあさん！」

等は耳の先まで真っ赤にして怒っている。千草はおばあちゃんの言葉に少し驚いていた。浩一の父と等は折り合いが悪く、そのせいで都会に出て農家を継がなかったと聞いている。

それが、等の気性の難しさではなく、農家の仕事で苦労させたくなかったから遠ざけたのだとしたら。

「しょうがねえだろ。あの頃は減反《げんたん》だ何だって暗い話ばっかりだったんだから。ばあさんだって、気持ちは分かるだろうよ」

「そうねえ。それでも続けたあたしらは偉いし、それを今、苦労してでも継ぎたいっていうこの娘さんはもっと偉いじゃないのさ」

ね、とおばあちゃんは等の肩をたたいた。その表情はしっかりとしていて、等より少し上の世代の、農家の先輩たる風格さえ感じられた。等も「……おう」と否定せずに下を向いた。

ピポッ。

ふいに、場違いな電子音がその場に響いた。千草が音のした方を見ると、繁子がスマホを手にして唇の端を持ち上げている。どこか勝ち誇ったような笑みに見えた。

「これで一応は言質《げんち》となります。等さん、千草さんが後を継がれること、了承されたということでよろしいですね」

「お、お前っ、さっきから静かだと思ったら、わざわざ録画してたのか!?」

「録画ではなく、録音ですね。法的に有効な証拠としては難しいですが、等さんがお認めになった証《あか》しとしては十分有効かと」

「森田さん、さすがっていうかいつの間にっていうか……」

「あらあ。あんた栄養行きわたった体してるねえ」

おばあちゃん一人が空気を読まず、繁子の前まで近づいてきた。そのまま、腹やら腰を両手で無遠慮に触る。人の体に断りもなく触るのは同性でもNG、と千草は止めようとしたが、それを察した繁子は首をやんわり横に振る。

「腰もパーンと横に張って。これはいい子産めるわ。バンバン産めるわ」

「バンバンではありませんが、良い子を産めました。その子も良い子を産んでくれました」

えっ、じゃあ森田さんもしかして子持ちどころか、孫持ち、と千草は驚いて顔を上げた。厚化粧で正確な年齢は分からないが、孫がいる年齢だとは思わなかった。隣を見ると、等も同じく目を丸くしている。

「そう、いいことだわ。まったく、何食べてこんな大きくなったの」

「農家さんが作ってくれたものです」

さっきまで勝手に繁子の体を触り、勝手に言いたいことを言っていたおばあちゃんが、ぴたりと手を止める。ゆっくり見上げた視線の先で、繁子が至極真面目な顔でおばあちゃんを見つめ返していた。

「米や野菜や果物など、農家さんが作ってくれたものです。あと、漁師さんが取ってくれた魚介類や、いろいろなものを食べて大きくなりました」

繁子はさきほど、孫がいると言っていた。しかし、引退するまで農家を続けた老人に対して、どこか子どものような澄み切った目で宣言していた。

「……そうかい」

佐藤のおばあちゃんは繁子の両脇に手をやると、見事に突き出た腹に顔を埋めた。もう一度「そうかい」と言ってから、ふいに顔を上げた。

「あんた、甘いものは好きかね」

「大好きです」

繁子の即答におばあちゃんはうなずき、なぜか千草の方を見た。

「ん？　なに？　あたし？」

なぜご指名された雰囲気なのか。助けを求めるように等を見ても、等も当惑して首をかしげるばかりだった。

「そう。もっと体重かけねえと。根性入れて、腹立つ姑《しゅうとめ》の面《つら》の皮を思いっきりひねり上げるつもりで」

「うっ、別にお義母《かあ》さんとは仲悪くないんで、おじいちゃんの顔でっ」

「なんで俺なんだよ！」

話に突然乱入してきた佐藤のおばあちゃんはその後、繁子の腕をつかんでズンズンと家の方へと歩いていった。無言のままついて行く繁子に続き、成り行き上、千草と等もあとをついて行く。

おばあちゃんは自分の家に着くと三人に家へ上がるよう促し、千草にかっぽう着を渡した。そこから有無を言わせず、おばあちゃん家の台所にて、おやき作りの講習が始まってしまったのだ。

「おばあちゃんこれ、小麦粉は薄力粉？　中力粉？　強力粉？」

「昔は米粉でも上新粉でも、あるもん何でも使ったもんだけどねえ」

「うん、このグルテンの粘りは強力粉と中力粉が半々てとこだね。イーストもベーキングパウダーも無し、と」

おばあちゃんは自分の喋りたい内容を口にするばかりで、正直いって会話は成立しがたい。千草はそれでも手慣れた手つきや台所にそろえられた材料から的確に作り方を習得していった。

「お前、ばあさんと会話になってねえのによく分かるな」

手持ち無沙汰なのか、台所の隅でつっ立っているだけの等が言った。人様のお勝手で何もしないでいるだけの人に口を挟まれたくないが、千草は得意げに胸を張る。

「まあ、お菓子や料理の基本って大体ぶれないじゃない。特にこういう小麦粉系の生地ってさ。あとはおばあちゃんなりの小さな工夫だけきちんと見せてもらえれば」

「普通の人は、その基本をきちんと習得しておくことも、作業しながら人の工夫を見いだすことも、簡単なことではないんですよ」

等と同じく、作業を見学しているだけの繁子が言った。ちなみに農作業着を脱いだ繁子はトラ柄のTシャツとヒョウ柄のスパッツ姿で、おばあちゃんに「それ、いいねえ。どこで買ったの」と賞賛を浴びていた。無地のTシャツ短パン姿だった千草が「負けた」と思ったのは内緒だ。

「耳たぶぐらいの柔らかさで艶《つや》が出たら薄く伸ばして油塗って折って伸ばして、繰り返してさ」

「そっか、これでバターも入ってないのにパイ生地みたいに層になるんだね！」

「中に甘いもんじゃなくきんぴらや野沢菜入れるんなら、サラダ油じゃなくゴマ油塗ってもいい。うちの子らはそれがあんこより好きだった」

千草はすっかり感心し、おばあちゃんの技術を学び取ろうと手元に集中した。

おばあちゃんはコミュニケーションこそ危ういものの、するすると滞《とどこお》りなくおやきの生地作りを進めていく。

台所は住宅同様古いものだが清掃と整頓が行き届き、大きなダイニングテーブルはおやきの生地を広げるのにちょうどいい。少しだけ、等の家に越してきた当初の台所に似ていた。

今でこそ佐久間家の台所は千草が使いやすいようにカスタマイズされているが、以前はもとの主人、つまり今は亡き等の妻、千草にとっての大姑が毎日使い込んだ気配が残っていた。

典型的な、昔ながらの農家の台所だった。大きな鍋をかけられるコンロ、大人数が一度に食事できるダイニングテーブル、壁一面の食器棚にはそろいの皿がとにかくたくさん。かつて家族が多かった頃は、うちも佐藤家も似た風景があったことだろう。

テーブルの上には、佐藤のおばあちゃんが用意したこしあん、カボチャの甘煮、ふかしたサツマイモなどが皿に載っておやきの中身として用意されている。

「同じきんぴら入りのおやきでも、じいさんはしょっぱいのが好きだったし、息子たちはみりんをきかせた甘い味付けが好きだった。何種類も作るのが大変だったねえ」

佐藤のおばあちゃんは生地をこねながら、その目は生地よりずっと遠いところを見ていた。

「たしかに、きんぴらの味付け、あんこのつぶあんこしあんなどは家族内でも意見が分かれますね」

繁子がごく真面目な様子でどこかずれた納得をしていた。

「あー、分かるわ。うちもおじいちゃんがきんぴらには黒ゴマだろうってうるさくて」

千草が台所の隅で所在なさげにしていた等をちらりと見る。本気で睨んでいるわけではないことが伝わったのか、等は唇をとがらせて「黒ゴマの方が香りもこくもあるだろ」とふくれた。

「ま、だからバリエーション豊かに作ることもできるんだけどね。ねえおばあちゃん、これ、あんこにゴマ入れるのもいいんだけど。窓のとこにつるしてる干し柿、あれ練り込んだやつ作っていい？」

千草は実はさっきから気になっていた干し柿を指した。

昨年の秋に作ったもののようだが、カビもなくきれいに干されている。

「いいよ。なんでも、あんたのやりたいように試せばいい」

「あんこに干し柿入れるなんて、甘すぎねえか」

せっかく家主が快く許可を出したというのに、等が余計な疑問を差し挟む。繁子が生地をちぎる手を止め、ぐりんと首を回して等を見た。

「甘みよりも、風味重視ですね。最近はドライフルーツ入りようかんなどがちょっとした人気なのですよ。断面が美しく見える工夫などもされていて」

うん、と千草は繁子にうなずき、使用の許しを得た干し柿を手に取った。よく干されていて少し硬いので、今回は細かく刻んであんこに混ぜることにした。

「見た目だけじゃなく、実際おいしいと思うよ。おやきも、ソフトタイプのドライフィグとか、時間があればこの干し柿もブランデーで柔らかく戻してから入れてもいいかもね。そうなるとナッツも合わせたくなるなー。くるみと、アーモンドと。松の実なんかもいいかなあ」

「ふぃ、ふぃぐ？　なんだそりゃ」

「イチジクですね。以前ごちそうになったパウンドケーキにも入っていたので、等さんも召し上がったことがあるのでは？」

「お、おう、なんかいろいろ入ってたケーキか。なら最初からイチジクとか言えばいいものを」

また唇をとがらせた等に、女性三名は声をそろえてふふっと笑った。

「等さんさあ」

佐藤のおばあちゃんが、千草が用意した干し柿入りあんこを生地で手早く包みながら口を開いた。

「いい孫娘できたねえ」

ふん、ともうん、ともつかない曖昧な声を出して、等はそっぽを向いた。

その日の夜。配送会社の仕事が終わった浩一は、いつもの通りに帰宅した。

「ただいまー。ねえ別にいいんだけどさ、今日の昼、何で弁当じゃなくておにぎり……うわっ!?」

茶の間に入るなり、テーブルの上の皿いっぱいに広げられたおやきに仰天している。その様子を、千草はやや冷ややかな目で見ていた。

「おかえり。ちょっと佐藤のおばあちゃんに作り方教わってね。今日の夕飯これだから」

「ええー、嫌いじゃないけど、腹にたまるかなあ……」

不満げな浩一の目の前に、ぬっと全身アニマル柄の人影が現れる。思わず「ひっ」とその場で尻もちをついた浩一の前に、スマートに名刺が差し出された。

「今朝は寝起きのところを大変失礼いたしました。改めまして、私、森田繁子と申します。本日はおやきの試食にお呼ばれし、お邪魔しております」

「あ、ああ、その節は寝ぼけてて失礼しました。ええと、千草が言っていた例のコンサルタントさんですよね」

浩一はようやく合点がいったようだが、トラ柄Tシャツとヒョウ柄スパッツ姿の、大柄かつ厚化粧という繁子のいでたちに面食らったらしく、そのまま座り込んでいた。

「おう森田さんよ、くるみあんと辛口のぬる燗《かん》も案外合うわコレ。試してみねえか。どうせ部屋余ってんだ。泊まってってって構わねえからもっと飲んどけ」

茶の間の中央では、等が切ったおやきをつまんでは家にあった各種酒を引っ張り出して飲み比べをしている。

呼ばれた繁子はごく自然に等と酒をくみ交わしていた。

「お味がいいですね。くるみあんは千草さんが等さんの好みに合わせて塩を効かせていたので、それが良かったのかもしれません」

「よかったー。くるみあんと辛口ぬる燗はマル……っと」

千草は二人の評価を几帳面《きちょうめん》にメモ帳へと書き付けている。状況が分からない浩一は、慌てて千草を廊下へと引っ張り出した。

「何？　今あたし、おやきと飲み物の相性を極めるのに忙しいんだけど」

「ちょ、ちーちゃん、何これ。森田さんがいるのは分かるけど、何でおじいちゃんと酒盛りしてるの。そもそもこのおやきの山、多すぎない？」

「佐藤のおばあちゃんからおやきの作り方聞いた後、帰っていろいろ試作してたらこのありさまで」

「このありさまって……」

「お酒とかとの組み合わせも想像しながら作ったら、インスピレーション刺激されたわー。おじいちゃんと森田さんの試食コメントも参考になるし」

あっはっは、と千草は朗《ほが》らかに笑った。それを押しのけるようにして、浩一は茶の間に戻り等のもとへと座った。

「どうしたのさ、おじいちゃん。いや、機嫌いいのはいいことなんだけど……」

完全に状況にのまれて戸惑っている浩一に、等は赤ら顔を引き締めて向き合った。

「浩一ぃ。千草から聞いたが、お前、農家継ぐのやめようとか考えてんだってな」

「い、いやその。別にそこまでは。ただ、何も、ちーちゃんが嫌な思いしてまでやることはないかなって」

しどろもどろ、何でそれ知って……などともごもご言い訳を試みる浩一の肩を、後ろからぽんとたたく手があった。千草だった。空いた方の手で親指を立て、等の方へと向けてある。

「浩一さんがやめても、あたしはやるよ」

「おう。そういうことだから、浩一は嫌なら千草残して東京でもどこでも帰っていいぞ」

「はあ!?」

千草と祖父の顔を交互に見比べて動揺する浩一をよそに、等は壁掛け時計とカレンダーを見比べた。

「千草。今日は佐藤のばあさんとおやきで時間つぶしちまったから、明日はみっちり作業するからな」

「うん。午前はコンビニのシフト入ってるから、その後頑張るよ。草刈機の使い方や注意点も動画でチェックしておくからね」

「おう。そっちは頼む。あと、この、こしあんにドライヒグ？　入れたやつ、うまい。日本酒にも洋酒にも合うし、一番気に入った。また作ってくれ」

「ドライフィグ、ね。わかった。優先して作るよ」

まるで実の祖父と孫のように、すっかり仲が良くなっている。浩一は思わず二人から距離を取って、茫然《ぼうぜん》とした。

「……何があったの、一体」

「意識改革、でしょうか」

うわっ、と浩一は声を上げた。すぐ隣で繁子がブランデーのグラスを片手に、切り分けたおやきを次々と口に運んでいる。ごくり、と飲み込んだ後、その顔がまた浩一に向き合った。

「部外者が僭越《せんえつ》ながら申しあげます。浩一さんが懸命に日常を過ごしていらっしゃることは、よく分かります」

「え？　ええ、ああ、はい？」

繁子は浩一の肩口を軽く払いながら言った。配送業の仕事で荷物を担いだ際についた汚れだった。

「ですが、千草さんのサポートの上にあぐらをかいたままで時間をつぶせば、為せることも為せなくなりますよ」

「じ、時間をつぶすって。俺なりに頑張って仕事してるつもりですが」

さすがにカッとなり、反論を試みた浩一の両肩を、繁子がなだめるようにポンポンと叩く。そう強い力でもないのに、それ以上の反抗心をそがれるような迫力があった。

「そうでしょうとも。ご立派です。ですが、農家を継がれるのでしたら、厳しいようですがプラスアルファの努力が必要となります」

繁子は冷徹にそう言うと、千草の方を見た。等が何か味に関して注文を付けているのを、時々むくれながらも懸命にメモしている様子だった。

「千草さんは腹を決め、等さんも受け入れるよう腹をくくりました。あなたも決断なさらないと、千草さんに置いていかれますよ」

「は、はい……」

有無を言わせない繁子の迫力に、浩一は身を硬くした。しかし、時に言い争いを交えつつ会話をしている千草と等を眺め、徐々に肩の力が抜けていった。

「さあ、お仕事でお疲れでしょう。千草さん、浩一さんがお好きな味付けもいろいろ検討されていましたので、召し上がってください」

促されて、浩一はおやきに手を伸ばす。最初はおずおずと、二個目からは次々と手を伸ばして、皿の上のおやきはどんどん数を減らしていった。

浩一が一通り食べ終えたところで、千草はメモを片手に隣に座った。

「おいしかったでしょう」

「うん、どれもおいしかった」

「で、どれか特に気に入った味はある？」

「うーん、これかな。なんか懐かしいっていうか」

浩一が数あるおやきの中から一つを指した。佐藤のおばあちゃんが教えてくれた、切り干し大根をみそ味で炒め煮にしたものだ。等が少しだけ目を丸くする。

「……お前がチビで遊びに来てた頃、佐藤のばあさんが持ってきてくれてたやつだよ、それ。死んだ婆さんもそれが一番好きだった」

「そっか」

「じゃあ、それも定番に入れておこうね」

千草はすかさずメモをとり、浩一はうん、とうなずいた。

「で、森田さんはどれが一番おいしかったですか？」

千草は繁子にも話を振った。ただの会話の流れで、深い意味はない質問だったが、問われた繁子は目を見開いていた。普段無表情に近い繁子が、絶望に染まっているようにも見える。

「え。どうしたんです？　何かあたし、悪いこと聞きましたっけ」

「選べません……」

「はい？」

「甘いのもしょっぱいのも、佐藤さん直伝のも千草さんのオリジナルも、どれもこれもおいしくて、甲乙をつけることなど私にはとても……」

ついには固まった表情のまま、小刻みに震え出した。

「いえ、いいんですよ別に！　変なこと聞いちゃってごめんなさい！」

「森田さんは正しいです、ちーちゃんの作るものは何でもおいしいですから！　だから落ち着いて！」

「お、おう、俺もそう思うから気にすんな！　家まで震えてる！　悪ぃ、俺、ちいと飲ませすぎた！」

千草も等も浩一も、必死になって繁子の震えを落ち着かせた。佐久間家三人の心が初めて一つになった瞬間だった。


数日後。農家の朝は早ぃ。等は朝食前のひと仕事、と作業着に身を包んで玄関を出た。朝陽が目にまぶしく、思わず目を細めた。

「おはよーおじいちゃん。タマネギ畑の雑草抜きに行くんでしょ。あたしも行くよ」

逆光の中で、こちらもすっかり農作業ルックの千草が笑っている。

「お前、別に朝の作業までついてこなくていいって言ってんのに。朝飯の支度やコンビニでの仕事もあんだろ。……あんまり、無理すんな」

最後は聞こえるか聞こえないか程度の声で言った等に、千草はにんまりと笑った。

「下ごしらえは夜のうちに済ませておいたし、今日はコンビニ休みの日だから昼間休めるもん。それに、農作業だと思うとなんか気がめいるじゃない。朝活って思うようにしてる」

「あ、あさかつぅ？」

「そ。朝のフレッシュな空気の中、お陽様の光を浴びて自然の中で野菜作り。超健康的。超ポジティブなライフスタイルでめっちゃブチ上がるわあ」

ぐっ、とそう立派でもない力こぶを見せて千草は快活に笑う。等はあきれたように肩をすくめた。

「ぽじてぶだかブチブチだかなんか知らんが、農家を継ぐなら体が資本だ。無理して倒れたら布団です巻きにして寝かすからな」

「はあーい」

ぶつぶつ言いながら畑に向かう等の後を、千草は返事をしながら追いかけた。

千草が農業コンサルタント森田繁子に相談した起業の件は、ひとまず白紙になった。

今は農家の後継者として経験を積むこと、そしていつか本当に何かをスタートさせるその時まで、千草の長所を磨いておくこと。それが必要なのだと、千草本人が深く理解したからだ。

それから、千草は完全に等の弟子《でし》として振る舞い、コンビニ勤務のかたわら本格的に農業を学んでいる。もはや浩一ではなく嫁の千草の方が実の孫のようだ。

以前と違い、等は厳しい指導をしながらも頭ごなしの言い方を控えている。千草も、等の頑固さと切り離せない気遣いや不器用さが少し分かるようになり、適切な距離と、繁子が言っていた手のひらの上でコロコロ転がすやり方が分かってきた。

「この間農業雑誌のカタログ見てたらさ、座りながら作業できる腰掛け台車ってあるじゃない。こういう草取りとか間引きの時とか、あれ使ってみたらどうかな」

「ありゃあハウスでよく使われるもんだろ。この辺じゃ誰も使ってねえ。あんなんに座ってちまちまやってたら笑われちまわあ」

「でもおじいちゃん腰痛いってよく言ってるじゃない。高いものでもないし、物は試しで」

ああでもない、こうでもない、と千草と等が話しながらタマネギ畑の雑草を抜いていると、佐藤のおばあちゃんが畑に隣接する道をゆっくり歩いていた。

「あんたら、早いねえー」

声をかけられて、千草はブンブンと手を振る。

「おはようおばあちゃん。昨日、おやきの新しい生地、イースト入れてちょっとフカフカなやつ試作したの。あとで持ってくね。感想聞かせてー」

「はいよー」

おばあちゃんは小さな手を振って歩いて行った。等は少し驚いたような顔で二人のやりとりを見ていた。

「佐藤のばあさん、お前におやきの作り方教え始めてから、ずいぶん頭しゃっきりしたなあ」

「そうかな。そうかも」

「うちに持ってくる野菜も、現役時代なみにきちんとした出来だしな」

うん、と千草は同意した。以前はしおれていたり小さかったりとお世辞にも立派とはいえない野菜をお裾分けされ困惑したが、最近はみずみずしいものばかりだ。

「この間もらった大っきなチンゲン菜、食べごたえあったわー」

「ああ、湯がいて豚の角煮に添えたやつか。あの角煮、うまかったからまた作ってくれ」

「うん、ブロック肉安い時にね」

そんなことを話していると、佐藤のおばあちゃんと入れ違いに人影がこちらに走ってくるのが見えた。

「おーい、ちーちゃん、おじいちゃん」

作業着姿の浩一が、慣れない長靴をがぽがぽ言わせて走っていた。

「浩一お前、今日も配送の仕事あんだろ。朝から無理すんな」

「三十分だけでもね。やるよ。嫁さんとじいちゃんが頑張ってんのに、寝てんのも落ち着かないなって」

浩一はふうふう息を切らせて額に汗を浮かべている。千草は自分の首に巻いていたタオルをとって顔を拭ってやった。

「うむ、殊勝な心掛けである。特別に、今日の晩ゴハンはうぬの好みを聞いてやろう」

ははーっ、と浩一は大げさに頭を下げた。

「ありがたき幸せ。では、チーズが入ったささみフライ食べたいです」

「俺ぁさらに大葉が入ったやつが食いてえです。前に出されたのがうまかったんで」

等までもがおどけたように頭を下げた。二人の仕草に千草は思わず噴き出す。

「しょうがないなあ。じゃ、さっさと雑草抜き、終わらせちゃいますか」

千草は腕まくりをして仕事にとりかかった。昨日は修理した草刈機を半日ずっと振り回していたせいで、右肩と腕が筋肉痛だ。

その痛みが仕事を頑張った証しのように思えて、千草はよしっと両拳を握りしめた。

コツコツ、とゴールドのハイヒールのかかとを鳴らして、森田繁子は階段を昇っていた。

三階の、「森田アグリプランニング」というプレートがついた扉の前でドアノブに手を伸ばし……。

「っ！」

豊満なボディをぴったりと包んだピンクのスーツが、機敏な動きで横に跳ねた。その直後、バン！　と豪快にドアが開かれる。知らずに立ち止まっていたら、ドアと壁の間にはさまれているところだった。

「あっ社長！　おかえりなさい！　靴の音が近づいて来たんで、俺、間違いなく社長だと思ったんですよ！」

筋肉質の大きな体に似合わない、子どものような笑顔で山田が迎えた。

「……山田君」

ボールをとってきた忠犬にも似た自慢げなようすに、繁子はあくまで無表情で事務所内へと入る。

「せっかくお出迎えいただいたところ申し訳ないのですが、外開きのドアをいきなり開くと危ないですよ」

「あ！　そうですね、すみません！」

「以後気を付けてください。普通の人ならぶつかりますから」

「はい気をつけます。……ん？　じゃ社長は普通の人じゃない……そりゃそうか」

一瞬反省したのち納得した山田を無視して、繁子は自分の椅子にどすんと座った。

「改めて、お疲れさまでした。今コーヒー用意しますね。北関東とはいえ、往復は大変だったでしょ」

「そうですね。結局、直売所の依頼は流れてしまいましたし」

繁子が残念な様子もなく淡々と言うものだから、山田は危うくコーヒーカップを取り落とすところだった。

「え、じゃあ、無料相談期間のままで空振りですか。せっかくいろいろ調べものしたり資料作ったりもしたのに」

「山田君にも資料作成を手伝ってもらったというのに、結果的に無駄になってしまった訳ですからね。私の責任です、すみません」

あまりに潔《いさぎよ》く頭を下げる繁子に、山田は慌てて首を横に振った。

「いや俺は別にいいんすよ。無駄になったのはもったいないとは思いますけど、今回初めてやらせてもらった作業ばっかりで勉強になりましたし」

本当に気にしていない、というように明るい口調で言いながら、山田はコーヒーを注いだカップを繁子のデスクに置いた。

「ただ、北関東の、農家を継ごうって意気込んでた若夫婦さんでしょ？　社長に頼んで新しい事業の可能性を探ってたのにナシにしちゃって、その、農家継ぐって話自体、大丈夫なんですか？」

シルバーのラインストーンがきらめく長い爪をきらめかせてコーヒーを一口含んだ繁子は、小さくうなった。

「おそらく、大丈夫と思います。というより、今、新規事業に焦って手を出すよりは技術の習得と家族経営の地盤固めが大事だと、ご本人たちが身に染みたようなので」

「まあ、それならご家族はいいでしょうけど……」

コンサルタントとしては骨折り損のくたびれもうけではないのか。そう言いたげな山田の心を読んだように、繁子はエナメルのバッグから一枚の紙を取り出した。

「なんすかこれ？」

手渡された山田はけげんな顔をして目を通す。その表情が徐々に驚きに変わっていった。

「帰りのＰＡ《パーキングエリア》で簡単に試算したものですけれど。今、焦って直売所を作った時の集客見込みと収益率。そして、十年後に規模を一・五倍にした店舗を出した時の数字を比較したものです」

「な、何でこんなに違いが出るんですか？　調べた時に出てた近隣の温泉や道の駅の集客をあてにしたって、十年後にこんなに人が増えるはずがないっすよね。計算間違いとか？」

繁子はにんまりと鮮やかな唇の端を持ち上げると、首を横に振った。

「計算間違いではありませんよ。十年後、高い確率であの地域は人口増と物流増が見込めます。これはまだ極秘なのですが……」

社長とアルバイトだけの事務所だというのに、繁子はちょいちょいと山田の耳を借りると、手短に説明した。

「半導体の、工場？」

なぜ農業の話からいきなり半導体の話に。理解できない山田に、繁子は説明を重ねた。

「将来的な半導体不足を見越して、財界と政界で水面下で進めている話ですが、まず九割九分ゴーサインが出ます。ＳＮＳでも対人でも絶対他言無用ですよ。まあ、要するにいずれ大きな工場ができるのであの周辺も賑わう、ということです」

「はあ、大きな工場が、ですか……。それで、今回の話は焦らなかった、ってことですか」

「ええ。ただ、今のうちにここは押さえておきました」

続いて繁子がバッグから出したのは、土地の契約合意書だった。

「え、これは……俺が調べた、例のガソリンスタンド跡地っすか？」

「ええ。今回、佐久間さんのお宅に通うついでに、購入の手続きを進めておきました。これで、いざ佐久間家の皆さんがお商売を始めようという時、いい条件の場所を安価でお譲りすることができます」

山田はへー、と口を開けて感心した後、パチパチパチパチ、と拍手をした。繁子が得意げに胸を反らす。腹の肉までが自信ありげにたぷんと揺れた。

「十年後、どうなっているか確実なことは分かりません。それでも、今回のクライアントは十年後の姿に期待できると判断したのですよ。今顧問《こもん》料を頂戴《ちょうだい》するよりは十年後の方がこちらも利益が大きそうですし」

最後に経営者の素直すぎる本音を見て、山田は軽く苦笑いした。それを見越したように、繁子は真面目な顔で続ける。

「ビジネスである以上、大事なことですよ。片方がゼロ割で損、片方が十割の得をするよりも、ちょっとした譲歩や我慢や時間をかけることによって八割対八割にした方が実りが大きいでしょう？」

ゼロ足す十、八足す八、と頭の中で計算して、山田は「なるほど！」とうなずいた。

「それに、クライアントは思いのほか才能に恵まれた方でして。将来は直売所だけでなく、農産物を生かしたおやきなどの販売も、大きなビジネスとしてご提案できるかもしれません。それまでにこちらも勉強しておかねば」

「えっ、おやきって何ですか、うまいやつですか。それ十年後もここで働いてたら俺も食わせてもらえるやつですか」

「おいしいですよ、甘い系も惣菜系も、バリエーションは無限にありそうです。山田君が出店の時まで社員として働いてくれるなら、ぜひ試食係をお願いしたいところです」

「やった、おやきの試食ー！」

喜ぶ山田を見て、繁子はどこか満足そうにうなずいた。

「そういえば社長、不在の間に手紙が二通届いていています」

山田に手渡された二通の手紙のうち、一通目は、花とウサギがパステルカラーで描かれた封筒だった。宛名と『坂内《さかうち》みずほ』という差出人が書かれている。デジタルの仕事をしながら丁寧な暮らしをしているみずほらしく、きれいなブルーのインクで書かれた几帳面な文字が並んでいた。

「その北海道の手紙、依頼人の方でしたっけ。名簿にはその名前、なかったんですけど」

「ああ、これは、四谷登《よつやのぼる》さんご依頼の件でお知り合いになった方ですよ」

繁子はペーパーナイフで丁寧に封筒を切り、中身を取り出した。四角く折りたたまれた便箋と、写真が一枚。

「へえ、みんないい笑顔ですねえ」

ひょいと行儀悪くのぞき込んだ山田が感心しながら言った。写真は、四谷夫妻とみずほを中心に、近隣の農家の家族みんなが集合してピースサインをしている。そろいの法被《はっぴ》を着て、背後に鳥居が見られることから、地域のお祭りか何かの記念写真らしい。

便箋を開くと、こちらも丁寧な文章が並んでいる。近況報告を兼ねた礼状だった。

「この、坂内さんという方が山林を購入して移住したことから地域の方と認識のズレが生じていたわけですが……その後、害獣対策も進み、坂内さんも地域に溶け込んで元気にしている、という近況報告ですね」

「へえ、考え方が違っても話し合えば何とかなるもんですね！」

山田はそう言って笑ったが、実際にはみずほと地域住民が和解に至るまでの道のりは、けっして易しいものではなかった。だからこそ、こうした穏やかな近況報告の手紙が手の中で重みを増す。

「こっちは、松嶋《まつしま》牧場さんですね。いつもの」

事務的な白封筒に、印字された宛名シール。千葉の松嶋夫妻が営むヤギ牧場の、収支経過報告だった。

ワープロの収支報告と、繁子が口利きをした乳製品販売会社との新規契約の進捗《しんちょく》などが、印字されたビジネス文章の書類として数枚。そして、今回は珍しいことに手書きの便箋が一枚入っていた。

「珍しいですね。ええと……勇人《ゆうと》さんです。由美《ゆみ》さんと時々衝突をしつつ、元気でやっている、と。アザミも新しく生えたものはすぐに駆除《くじょ》していて順調。持て余していた若いオスヤギも、各所に引き取ってもらって管理の余裕ができました、と。あと、山田君は元気ですか、ジョニーが会いたがっているので、休みの日に遊びに来てください、とのことです」

「そうっすか！　俺もあの時より筋トレの成果出てますし、ジョニーと試したいっすねー」

山田は機嫌よく、以前より一回り太くなった二の腕をたたいた。確かにこれならオスヤギ渾身の頭突きにも対抗できるだろう。

「ただ、やり手の由美さんのことですから、丸め込まれてうっかり従業員契約結んだ、なんてことのないように気を付けてください。くれぐれも乳製品につられないように」

「うっ、そうでした。気を付けます……」

山田は気まずそうに頭をかいた。

手紙を確認し終えて、繁子はふと手元を見た。机の上でスマホが点滅している。見ると、『森田晴海《はるみ》』からLINEが届いていた。

『ひなです　おばーちゃんおいしいのやつまたくれてありがと』

明らかに晴海のものではない幼児言葉でのメッセージ。そして、続いて送られた写真では、孫の陽菜《ひな》が先日送ったジャムの瓶を持って笑っていた。すぐに続きのメッセージが送られてくる。

『晴海です。荷物ありがとう。さっきのは陽菜が文字入力を覚えたので送りました。年明け、陽菜の冬休みに合わせて休暇とれそうなんだけど、東京行ったら泊めてくれる？』

繁子は一瞬目を見開いた。すぐにスケジュール帳を確認して、『もちろん』と返事を送信する。間髪容れずに次のメッセージを入力した。

『陽菜に食べたいものを聞いておいてください。お店を探しておきます。あなたが気に入りそうなお酒を出す店も』

そして、一瞬迷ってから『一緒に行きましょう』と送信した。

十秒ほど経ってから『了解』というネコのスタンプが送られてきて、その後すぐに『ひなに食べさせ過ぎないように、腹八分でよろしく』とメッセージが続いた。

繁子は『分かりました。楽しみにしてます』と返事を入力し、スマホを置いた。

「なんか社長、満足げですね。そんなに十年後のおやき、期待できそうなんですか」

「まあ、そんなところです」

繁子は頷くと、両手を上げて全身を伸ばした。

「いろんな局面において腹八分で我慢する自戒は必要になりますが、どうやら未来は明るそうですよ」

にんまり、と心の底からうれしそうに微笑む繁子に山田は少し驚いた顔をしたが、すぐに一緒に笑顔になった。

初出
「日本農業新聞」二〇二二年十一月一日〜二〇二三年十月三十一日に掲載。
単行本化にあたり、加筆修正しました。

河﨑秋子

かわさきあきこ

一九七九年北海道別海町生まれ。二〇一二年「東陬遺事」で第四六回北海道新聞文学賞（創作・評論部門）、一四年『颶風の王』で三浦綾子文学賞、一五年度同作でＪＲＡ賞馬事文化賞、一九年『肉弾』で第二一回大藪春彦賞を受賞。『土に贖う』で第三九回新田次郎文学賞を受賞。『ともぐい』で第一七〇回直木三十五賞受賞。著書に『鳩護』『絞め殺しの樹』『鯨の岬』『介護者Ｄ』『清浄島』『愚か者の石』『銀色のステイヤー』、エッセイに『私の最後の羊が死んだ』がある。

森《もり》田《た》繁《しげ》子《こ》と腹《はら》八《はち》分《ぶ》

二〇二四年十一月三十日　第一刷

著　者　河﨑秋子

発行者　小宮英行
発行所　株式会社 徳間書店
〒一四一－八二〇二　東京都品川区上大崎三－一－一
目黒セントラルスクエア
電話〔編集〕〇三－五四〇三－四三四九
〔販売〕〇四九－二九三－五五二一
振替　〇〇一四〇－〇－四四三九二

組版　株式会社キャップス
本文印刷　本郷印刷株式会社
カバー印刷　真生印刷株式会社
製本　東京美術紙工協業組合

落丁・乱丁本は小社またはお買い求めの書店にてお取替えいたします。
ISBN 978-4-19-865923-3

鳩護《はともり》

河﨑秋子

一人暮らしをしている小森椿《こもりつばき》のベランダに、突然真っ白な鳩がきた。怪我《けが》をしているようで、飛び立つ気配はない。仕方なく面倒をみると、白鳩に愛着がわいてきてしまった。数日後の帰宅途中、謎の男に「お前は俺の次の『鳩護』になるんだ」と奇妙な宣告を受ける。鳩を護《まも》るのが宿命だという。なにその運命？　どうして私？　混乱する椿をよそに、白鳩は椿の日常を否応《いやおう》なく浸食していく。解説・川上和人